红棉花开

荔枝熟了

张伟棠 著

中国纺织出版社有限公司

内 容 提 要

《荔枝熟了》是作者近几年来深入粤港澳大湾区北部山区田间地头、乡村社区所见所闻的真实记录,也是作者走访祖国各地景区体验生态文明与山乡巨变的真实感受。作品既描绘了社会主义新农村的美丽,也反映了大湾区一日千里的变化。全书分"乡村巨变""湾区新韵""锦绣河山"三辑。

时间从来不语,却回答了所有问题。文章涉及生活的方方面面,包含作者对人生的参悟和豁达的处世态度,诠释了作者的人生智慧。

图书在版编目(CIP)数据

荔枝熟了 / 张伟棠著. -- 北京:中国纺织出版社有限公司,2025.2

(红棉花开)

ISBN 978-7-5229-1776-4

Ⅰ.①荔… Ⅱ.①张… Ⅲ.①散文集-中国-当代 Ⅳ.①I267

中国国家版本馆CIP数据核字(2024)第096303号

责任编辑:柳华君　　责任校对:高　涵　　责任印制:储志伟

中国纺织出版社有限公司出版发行
地址:北京市朝阳区百子湾东里A407号楼　邮政编码:100124
销售电话:010—67004422　传真:010—87155801
http://www.c-textilep.com
中国纺织出版社天猫旗舰店
官方微博 http://weibo.com/2119887771
北京虎彩文化传播有限公司印刷　各地新华书店经销
2025年2月第1版第1次印刷
开本:880×1230　1/32　总印张:72
总字数:890千字　总定价:680.00元(全9册)

凡购本书,如有缺页、倒页、脱页,由本社图书营销中心调换

目 录

辑一　乡村巨变

002　荔枝熟了
008　东湖情结
012　爱上菜心
016　增江唱晚
021　百花涌记
025　鸟语花香
027　大榕树下
031　正果美食
034　童年趣事
038　儿时纪事
043　派潭即景
048　新塘掠影
052　石滩菜市
055　增城三宝
057　乡间小路
059　燕石翔云
061　小鸟与人

065	相约荔湖
067	走进大埔围
070	走进麻车村
074	初识白江湖
078	漫步金兰寺
085	人间四月天
093	秋天的增江
096	做一回派潭人
099	穿越时光穗稻
106	百花美景胜桃源
111	增城古树多姿彩
118	麻车夜色寄乡情
125	五彩斑斓色香味

辑二 湾区新韵

134	抚今追昔珠江口
146	波澜壮阔的史诗
150	风调雨顺飞来寺
153	千年宝刹延祥寺
157	清献园里忆清廉
161	苏东坡与王朝云
165	感受云山诗意

168	不一样的春节
173	西湖印记
176	粤东行草
182	北江飞霞
185	上善若水
209	一套西装
214	闲话点菜
218	筑梦百年
225	怀念父母
229	包角仔
232	美人蕉
235	拜七姐
238	龙川行
242	落　叶
244	蜡　烛
246	水

辑三　锦绣河山

252	西行散记
261	西域放歌
267	丽江印象
274	三峡恋曲

281	大连走笔
286	再游漓江
291	古城新韵
296	毛尖飘香的地方
304	寻觅远方的诗句
313	心驰神往内蒙古
318	神农架到武当山
326	走马芷江古城
330	领略腾冲秘境
335	感受白沙古镇
339	丽江古城的水
341	初识张居正
346	情牵杨家界
352	速写闽浙赣
370	平遥古城行
373	京津游记
379	长兴颂
381	波密吟

辑一 乡村巨变

荔枝熟了

荔枝熟了。荔香飘向四面八方……

荔城处处热闹起来。你看,大街小巷车水马龙,乡村绿道人来人往。一到周末,亲朋好友,三五成群;荔枝林下,欢声笑语,赞不绝口。品尝荔枝后,人们便到农庄品尝烧鸡、河虾、坑螺……品尝咸鱼蒸花腩、咸鱼茄子煲、咸鱼芥菜汤……还有姜丝蒸咸鱼、肥菜煲咸鱼,如果运气好,还能吃上风味极佳的清蒸荔枝菌。

马主任看着果店鲜红的荔枝摆上架了,路边摆卖的荔枝也多了,便知道荔城为期一个月的荔枝文化节、旅游节拉开了序幕。

几年前,荔枝节一到,请马主任吃饭的人便接二连三。后来,请吃饭的人少了,送荔枝来的人也少了。

然而,荔枝节还是那么热闹,还是一如既往的客似云来。马主任还是不停地吃他喜欢的桂味、糯米糍、仙进奉……不过这些荔枝都是他的儿子、儿媳买回来孝顺他们老两口的。儿子长大了,有了稳定工作又娶了媳妇，老两口也有孙子了……

每逢佳节倍思亲，但马主任在荔枝节里总是"倍思旧"。他十分怀念那种被人捧上天的感觉。

这晚，马主任陪老伴在荔枝文化公园散步，他们忽然想起了仙园荔枝场的陈老板。老伴说："陈老板已经有三四年没送荔枝给我们了。以前每年他都是一大筐一大袋地送到我们家里来。"马主任一拍脑门："是啊，我怎么不联系陈老板搞点好荔枝吃！"

以前，马主任对陈老板没少关照：种植技术、鲜果保质、产品推广和社会关系等方面都帮了大忙。陈老板对这位农经办主任感激不尽，连年视为上宾。近几年，可能是太忙了……

马主任掏出手机翻来弄去，终于找到了陈老板的手机号。一拨，通了。

"喂，陈老板吗？你好！很久没联系了，最近好吗？"

"好，好。"对方那边很嘈杂，陈老板好像正和很多人在一起。

"你的荔枝怎么样，产量可以吗？"

"好，好。"

"我想过两天去你的荔枝场走走，品尝品尝……"

"好，好。"

"这个陈老板真不错，算我没白帮他的忙。"马主任冲着老伴笑了，"过两天我就去仙园荔枝场，搞两箱好荔枝给你吃。"

老伴也笑了，说："你这个死老头还是挺有面子的。"

这天下午还没下班，马主任就开着丰田小车直奔仙园荔枝场。

这款车的优点就是后备箱储存空间特别大，放十箱八箱荔枝没问题。

来到果场门口，陈老板迎了上来。这是一位黑黑实实的小个子中年男人，一说话就笑，一笑就露出两排雪白的牙齿。

"哎哟，还要陈老板亲自迎接，您太客气了。不好意思，又来打搅您了。"

"欢迎光临。"

果场服务中心人来人往，大家忙着将一箱箱荔枝打好包装后往外运。"陈老板，那么热闹！你忙吧，我自己去树下走走，尝尝鲜。你那么忙就不用陪我了，一会儿我再回来这里搞两箱荔枝就行了。"

"好，好。两箱够吗？"

这陈老板真够大方的！"那么，三五箱都没问题。"马主任心存感激，对着陈老板不断点头，笑容可掬。

"好，好。招待不周，敬请原谅。"

马主任来到荔枝树下，只见枝头果实累累。果大核小，清甜爽滑，是这果场荔枝的特点。剥开果壳，果肉晶莹剔透，让人垂涎三尺。马主任陶醉了。他每走到一棵树下，都踮起脚，瞄准当阳、红熟的鲜果摘几颗，一边品尝一边闭着眼睛说："不错，不错。"

荔枝树不高，肥壮的马主任轻而易举地摘了十几棵树。每棵树吃三五颗，也应该有三四斤了吧？嗯，好在吃中午饭的时候"留一半饥饿留一半饱"，现在这个大肚子可以尽情发挥了。

马主任走走停停，边摘边吃。太阳悄悄地降落到西边山头的荔枝树上，圆圆的、红红的，构成了一幅美丽壮观的晚霞图。

天气太热了，马主任汗流浃背，满脸通红。面对如此诱人的美食、如此迷人的风景，他忘了疲倦，忘了许多……

不少游客在树林下穿梭往来，有一家数口，有三五知己，也有数十人组成的团队。据说进场自助品荔枝每位80元，大多数人可以吃一到两斤，但也有不想吃太饱的，他们要把美好的回忆留下来。马主任算了一下，自己最少吃了四斤。

马主任摸一摸圆鼓鼓的肚皮，想："这荔枝太好吃了，这陈老板也太客气了，任吃任装，等一下还有数以箱计的收获……"

马主任心满意足地返回服务中心。陈老板正在迎来送往，忙个不停。他向陈老板点点头，说："太感谢了！打搅你了！我刚才吃了很多，你的荔枝品质就是好！我那几箱荔枝呢？"

陈老板叫一名青年把5箱荔枝推过来，说："马主任，你的仙进奉，5箱，每箱10斤。要过秤吗？"

"不用，不用，还过什么秤！谢谢，谢谢。放我车后备箱就可以了。"

"那请到前台，2500元。谢谢了。"陈老板微笑着向马主任点点头，雪白的牙齿与他黝黑的脸庞形成了鲜明的对比。

什么？怎么这样！马主任十分尴尬，宽大的额头冒出汗珠："我，我没带钱。"

陈老板也很不好意思："啊？那怎么办？"

"能挂账吗？"马主任的肥耳朵、大鼻子和红脸庞都变青了。

"没办法，这几年来出场的荔枝都按市场价收款。"

搬荔枝的青年说:"可以刷卡。"

马主任声音颤抖:"信用卡也忘了带。"

青年说:"可以微信支付。"

马主任说:"我哪里会用微信啊。"声音小得几乎没人听得见。

青年提议:"拿我们手机打你家孩子的电话,我加他微信,他手机有钱就可以了。"

马主任的肥耳朵、大鼻子和红脸庞都变紫了。他拨通了儿子的电话……

青年操作完毕,对马主任再次表示感谢。

陈老板也再次感谢马主任的支持和关照。

马主任动了动肥厚的嘴唇,也不知该说什么,只好懊丧地驾车离去。

"这种八辈子不遇的倒霉事怎么会降临到我身上呢?"马主任百思不得其解,"好在是我一人孤军探险,如果是呼朋唤友前来,那更丢死人了,我这张老脸真不知往哪放!"

马主任用尽吃荔枝的力气,把车开回家里。

儿子、儿媳一起把荔枝搬进屋里。老伴连续吃了十多颗,连说:"好吃,好吃!"

马主任生气了:"好吃个屁!我以为那陈老板请我吃荔枝,结果还要我给钱,难堪死了!"

儿子笑了:"人家任你吃,吃了十多棵树,没收你一分钱呀!"

"他们要你付2500元!"

"谁叫你带那么多荔枝回来？"儿子轻轻地拍了拍老爸的胸口，"现在都什么时代了？靠请客、送礼、拉关系的岁月已经一去不复返了。"

马主任呆呆地看着儿子……

东湖情结

蕉石岭下梅花庄，梅花庄依东湖畔。

我的初恋，我鲜为人知的过去，距今已45年了。

从增江的末端——东江口，我骑着自行车，沿着尘土飞扬的增滩公路，到增江医院（现荔城医院）右拐，跨过东门桥，不知不觉到了东湖牌楼。

我第一次欣赏到东湖秀美的英姿，也是第一次感受增江文化的底蕴，更是第一次领略增江人文历史的魅力！

我特意绕东湖转了一圈，再沿梅花路进入增城师范学校——我永难忘怀的母校。不知怎的，自从接触了东湖、梅花庄、蕉石岭、荔枝坳，又亲密接触了太子坑、西山潭、西山凤塔、裕达隆花园……我的好运来了，正如我们的母亲河增江会给她的每一位儿女带来好运一样。其中最让我印象深刻的是18岁那年我收到了人生第一封情书。

说真的，懵懂的我欣喜若狂，看完情书后彻夜未眠。情书的落款是"梅花"。我很感动！

但是，梅花是谁呢？我们班没有一个叫梅花的姑娘。当时的师范学校有四个班，我们班是英语班，其他三个叫普师班。我去普师班调查了三天三夜，也没有发现一个叫梅花的人。

梅花庄当时有五间学校，分别是增城教师进修学校、增城师范学校、增城高级中学、增城水上学校和增城新城学校。我尝试去了解这些学校里有哪一位年轻的女孩叫梅花。但是，没有，除了一位59岁马上要退休的阿姨，真的没有。

365天过去了，学校总结表彰大会上，我以英语班总分第一名的成绩上台领奖（那本笔记簿我现在还保留着）。第二天，我的课桌柜里又出现了一封信。信封一模一样，打开一看，字迹一模一样，仔细阅读，情感一模一样。唯一不同的就是落款：东湖。

我一拍脑门，灵感来了：不就是要我去东湖等她吗？

我匆匆吃了饭，用最好的香皂洗了澡，穿上我最好的秋蝉牌衬衫，还有那平常舍不得穿的人造革鞋，以最快的速度来到东湖边。

西边，晚霞通红。湖边，行人渐多。

东湖是增江（含现荔城地区）三个景区之一，凤凰山、雁塔山都在河西，只有东湖在河东，这里历来是市民休闲的重要场所。我怎么见不到一个熟悉的女孩子呢？

我绕着东湖堤边走呀走，来回走了三圈。湖边像我这样的年轻人真的不多，更不要说年轻女孩。走第四圈时，我终于遇到一些熟人。

第一个,女的,她是我的老师,是年过五十的历史老师!还有,其他老师、老师的亲属……糟糕,这么多老师在这里,我不能再等了。

于是,我马上躲到一棵柳树后。我目不转睛地看着过往散步的人。我确认,全部人都绕了一个圈,全部人我都看见过,但是,没有我心中的她……

我很寂寞。我魂不守舍地走回教室。那时候,学校对晚自习出席要求不是很严格,但我也有一点懊悔,我浪费了一个晚自习的时间。

当晚,我失眠了。你是谁呀?让我这样牵肠挂肚。你是不是有什么难言之隐?你说出来呀。

3650天之后,我携眷来到蕉石岭下的梅花庄,重游母校,重游东湖。我说,我毕业的时候很想留在增江工作,我真的存着幻想,希望某一天梅花或东湖会出现在我的身边。

随着东湖周边环境越来越亮丽,随着增江人民生活水平越来越高,随着东湖文化广场越来越受瞩目,我们来这里游览的感觉也越来越不同了。

最近,我们应增江街道办的邀请,参观了鹤之洲、太子坑、大埔围、白湖村等,听了赖际熙、陈宗南、尹庭湖、蔡九传等历史名人的故事,还听了对浮扶岭、古东街、金牛都、南山钓台、曲水流杯、增江晚渡和增江画廊等历史名胜的介绍,深深体会到增江东岸的美好无法形容,无法统计,也无法一一成为与我相恋的对象。

于是,我释怀了。

我的初恋、我的梦中情人——梅花、东湖，不就在眼前吗？对，我天天都可以来见她！

爱上菜心

一连几天低温阴雨,天气转冷了。

每年这个时候,我在广州的老朋友李立都会毫不客气地打来电话:"小张,冬天来了,增城的菜心进入最佳时期,快点弄两箱来,趁我还能吃,让我多吃几棵靓菜!"

于是,我奉命行事,周六或周日凌晨带着家里的买菜能手一起到市场挑选二三十斤地道的增城菜心,再买纸箱装好,然后,不远百里开车送到广州荔湾区老朋友家里。

过不了两三个星期,李老又打来电话:"你那菜心还有没有?我都这把年纪,你还不弄点来给我,等我死了就空余一腔遗憾——增城菜心吃少了。所以呀,你是我的老朋友,就让我多吃几棵靓菜吧!"

我不敢怠慢,又驱车送了几箱增城菜心到他家。但是,每次送菜心给他,他都要请我们在荔枝湾酒家吃饭,一吃一喝就是上千块钱。我送给他的菜才几十块、百来块。如果我们不吃他的饭,他就发脾气:"你信不信我把你的菜扔到马路上去?就是黄金,我也扔了!"

果然,李老又打来电话。我这次改变了策略:"李大师(他是著名的画家、书法家,我习惯叫他大师),我提个建议,我接您回增城,带你到小楼去,摘了新鲜的菜心我再送您回广州。你意下如何?"我真的很心疼他,在我们增城的农家乐,五六个人的饭菜花销两百来块绰绰有余。"来增城可以看看这里的风土人情,了解这里的环境变化,感受这里的乡土情怀,呼吸这里的新鲜空气,欣赏这里的如画仙境,还有花的海洋、鸟的天堂、人的乐园……"

"别说了,你这小子嘴巴抹了蜜,油腔滑调!明天早上十点钟,我在荔枝湾酒家门口等你,你来接我们去增城。"

我们一行回到增城已是中午十一点多。载着李老伉俪和他的孙子,还有我家的买菜能手,先到荔湖、人工沙滩泳场、增城画廊、鹤之洲风景区游览,再沿着增江河边碧道到了小楼人家旅游休闲度假酒店。一下车,李老禁不住吟诵:"躲进小楼成一统,管他冬夏与春秋!"

品尝了小楼河鲜的美味之后,我带他们游览报德祠。我们跨过小楼人家酒店门前的二龙桥,翻过河坝,就到了报德祠。这可是岭南难得的三教合一的圣地。广场有一棵千年木棉,它与何仙姑家庙屋顶桃树、荔城西园挂绿荔枝和小楼仙藤园的古藤合称增城"仙花、仙桃、仙果、仙藤"。

我们来到千年古藤景区。仙藤延伸30多米,枝干直径最大处有 1.5 米，气势磅礴，千姿百态。八月开花时，更是香气袭人，让游客如痴如醉。

从仙藤园往南 300 米便是何仙姑家庙，举世无双的仙桃便生长在何仙姑家庙的屋顶。这棵仙桃一粒果最高卖出了 13.8 万元的天价。何仙姑家庙的后山上耸立着仙姑塔，雄伟壮观，日夜注视着增江从脚下缓缓流过。

风景美不胜收，仙气徐徐袭来。李老的夫人和我们家的买菜能手诚心诚意地为何仙姑添了香火，保佑家中男女老少身体健康。李老的孙子还向许愿树上抛了两个愿望。我们问他许了什么愿，他神神秘秘地不跟我们说。后来，他爷爷又追问，小家伙才终于说出来："我愿爷爷多吃几棵靓菜！"搞得我们哄堂大笑。

在赖村主任的带领下，我们来到小楼镇腊圃村的菜心基地。这就是正宗增城迟菜心的生产基地。基地中的菜心一望无际，绿油油的一大片。我们走在半人高的菜中间，闻到纯朴的菜花清香。赖村主任说："我们这里的迟菜心只施有机肥，从来不用化肥农药。这里土地肥沃、空气清新、水质特殊，虽然菜心生长期长，但质量特佳，像树一样大棵的菜心也能保持嫩、甜、香、滑的风味。树型好，色泽佳，除了菜心，头、秆、叶、茎部分也味道鲜美、香甜可口，均可做成各种各样的菜品。有个别地方的菜农为加大产量和促进生长施用化肥，那些菜心绝对不是这样的味道。"

我们一边听村主任介绍，一边动手摘菜。我家里那买菜能手一下子成了割菜能手，很快我们便收获了一大堆靓菜。我们连箱子都不用,就用绳子捆绑,几大捆菜心塞满了车子的后备箱。李老笑得有牙无眼:"我有大把靓菜吃了。"

别过赖村主任,前行半公里上了广河高速,开车 30 分钟便到了广州城区。便捷的交通令李老不敢相信:"怎么半小时就到广州了?"孙子笑了:"爷爷,您是不是菜心吃多了,这就是我们的广州城呀!"

李老乐呵呵地揪着孙子的耳朵:"少啰唆,我们回家就煮菜心吃。"

离别时,李老对我说:"你们增城山好水好,人好路好,菜心更好。以后多接我去增城吃迟菜心。"我说:"好,好。"

当天夜里,我做了一个奇怪的梦:李大师搬到增城小楼的小区里住了下来,目的嘛,就是多吃几棵靓菜……

增江唱晚

晚风轻轻地吹送了晚霞。

鹤群悄悄地飞进了鹤洲。

倒映在增江河面上的蓝天白云和翠竹绿树渐渐潜入水中,河东南山上的凤塔跟随着对岸的雁塔羞答答地蒙上了神秘的面纱;雁塔桥上过往的车辆纷纷亮起前灯。在河面上训练的皮艇驶回码头,和谐的夜幕静静降临。

突然,雁塔桥桥身亮起了黄灿灿的灯光,凤塔、雁塔也披上了金黄的外衣,树底下、花丛中亮起了醒目的五颜六色的灯光。江边小型喷泉随着灯光的变化成了色彩斑斓的人工瀑布。两岸楼宇顶端万灯竞亮,形成一道道金黄的水平线,仿佛是增城人民正奔向的和谐、幸福、安康、美丽的黄金海岸。高耸入云的丽江国际楼群上同时出现了变幻莫测的蓝色精灵,楼身闪耀出一组组温馨浪漫的巨幅画面:一家三口,拿着鲜花,笑逐颜开,行走在增城的繁华闹市;

几名年轻人骑着自行车,飞奔在增城风景迷人的绿道上;一位老人家携着孙子在诗意盎然的增城广场散步,不时抱起孙子旋转;一班少男少女在馆藏丰富的增城图书馆埋头苦读,遨游在知识的海洋;某个社区家家户户张灯结彩,喜气洋洋……

漫步在国际龙舟赛场,观赏着增江的醉人夜色,身为增城市民的我深深体会到大美增城和谐幸福、整洁美丽的含义,陶醉在山好水好人更好的氛围中。一对情侣与我擦肩而过,从口音听得出他们是外地人。女的说,"只要你在增城买了房子,我马上嫁给你"。男的说,"必须,一定!因为我也爱上了增城"。

龙舟赛场是2010年亚运会专用赛场,分河东、河西两部分。当年亚运共有三个项目的比赛场地设在增城:国际龙舟赛场设在增江画廊核心地段,体育舞蹈赛场设在增城体育广场体育馆内,飞碟射击赛场则设在派潭风光如画的白水仙瀑风景区。曾经默默无闻的增城从此名扬天下。

龙舟赛场旁边是依水而建的荔韵公园。下游便是鹤之洲湿地公园、人工沙滩泳场和初溪水利枢纽。荔韵公园和增城广场、增城公园、儿童公园、荔湖公园、东湖公园及荔枝文化公园一样,都是广大市民休闲散步、跳舞健身的好去处。你看,一群人正随着优美动听、节拍铿锵的音乐翩翩起舞,尽情欢乐。

荔韵公园一带的路灯非常特别,灯柱就像放大了的亚运火炬,火炬上端发出柔和的光亮,让人感到特别自然、特别舒适、特别精神抖擞。走过樱花园,穿过紫荆区,踏上大王椰树下的鹅卵石小道,便到了荔韵公园的亲水平台。不少夜间垂钓的爱好者已各就各位。他们各拿一张小凳,坐在河边的花草树木深处,专心致志、旁若无人地享受着宁静的增江之夜。渔线上的浮标发出浅蓝的光,仿佛与一河两岸璀璨亮丽的灯饰争妍斗艳——尽管无法相比,也要一决雌雄。一只大黑狗蹲在旁边,守护着主人家。突然,主人家迅速提起鱼竿——一条斤把重的鲫鱼跃出水面。大黑狗立马起身,挥舞着两只前爪,欢呼雀跃,为主人叫好。

我蹲在亲水平台边,伸手抚弄着增江水。掬一把水洒向空中,水珠折射着远处五光十色的霓虹,在夜的遐想中飞逝。再掬一把水洒到脸上,一种特别亲切的感觉油然而生。时已入冬,水还温暖。

龙舟赛场上游,雁塔和凤塔隔河相望。巧夺天工、变幻无穷的灯饰给雁塔镀上了一层闪亮的金箔。雁塔山上的花草树木都装着亮丽的彩灯,姹紫嫣红、鲜艳夺目,像众星拱月一样簇拥着耸立在山顶的金碧辉煌的雁塔。四周多组激光灯的光束晃动着照射到上空。"雁塔长虹""增江晚渡""南山钓台"曾属"增城八景",彰显了增江两岸历久弥新的美丽。雁塔山更是荔城人文历史的写照,有明代诗句为证:

雁塔新成万历年,一支文笔插云间。
高登几级眼千里,长啸一声身半开。
秀气遥凌霄汉外,祥光常伴斗牛间。
秋风渐近题名外,努力前途猛着鞭。

登上塔,增江四桥尽收眼底。雁塔桥、人民桥和增城大桥灯光闪烁、流光溢彩。正在重建的东门桥就像静卧于母亲腹中的胎儿,呼之欲出。

最让人眼前一亮的是上游的增城大桥。增城大桥又名彩虹桥,于2014年重修建成现在的大型拱梁桥。红色的双拱腾空而起,极像蓝天白云下吸着增江水的彩虹。入夜,一排排柔和的灯光点缀着大桥上下,彩虹桥穿上若隐若现的霓裳,忽明忽暗、千姿百态,显得更加妩媚动人。

彩虹桥的上游,徐徐驶来一艘标号为1978的豪华邮轮。增江两岸彩色的灯光、彩色的瀑布、彩色的树木、彩色的车流和彩色的高楼大厦,都在热烈地欢迎这艘邮轮的到来。欢迎她来到北回归线上这个人杰地灵的好地方,来这里品尝荔枝的香甜、菜心的鲜美和腊味的甘香;来这里感受增江画廊的美丽、白水仙瀑的婀约、派潭温泉的浪漫、小楼仙境的迷人;来这里领略增城人民的开放包容、热情豪放、团结奋进、昂扬向上;来这里体会增城改革开放,特别是迈进中国特色社会主义新时代以来经济社会的深刻变化;来这里分享物质文明、精神文明、生态文明和人民群众幸福快乐的生活……

1978豪华邮轮也不负众望,它奢华气派的装饰、美轮美奂的设备令增城市民耳目一新。里面的歌舞厅、电影院、美食城,全方位满足广大市民特别是年轻消费者听觉、视觉、味觉的需要。不说酒店、美容、保健和文化创意公司,船上光是特色美食就有20多家,怪不得少男少女们来到这里都流连忘返。到了晚上,1978邮轮灯光灿烂、霓虹闪烁、火树银花，简直成了一座充满诱惑的不夜城。

你看，直插苍穹的烟囱被星星包围，在周边五彩霓虹的衬托下显得格外挺拔。巨幅的烟囱外墙正在播放充满动感的电影画面。在增江对岸散步的市民也能欣赏到这些精彩的片段。

由废旧厂房改造而成的电影城屋顶上，激光灯束划破长空，仿佛为1978豪华邮轮照亮了前进的方向。就在这里，曾多次举办中国电影界的大型活动，星光熠熠，点亮了邮轮，点亮了增江，点亮了增城……

一只巨型的"白兔"正奔向停靠在艺术博物馆门前的"月亮"。一家五口从"王者烤吧"出来又步入了"深夜食堂"，几个青年从"情湘御厨"出来又扎进了"海市蜃楼"，一对情侣从"不见不散"出来又走进了"一醉方休"。

不少俊男美女从不夜城来到增江边欣赏迷人的夜景，也有不少美女俊男从增江边走进不夜城享受醉人的浪漫——络绎不绝，源源不断。

迷人，醉人，我们的增江之夜。

百花涌记

百花涌，于荔城中部由西往东，绵延6.5千米，流入增江。上游"百花崖影"和下游"鲤桥春浪"曾属荔城八景。闲时信步，沿涌探源，已难觅史料所载的百花涌之影踪。一日千里的城市建设，鳞次栉比的高楼大厦，纵横交错的大街小巷，令百花涌静卧于石子森林脚下，断断续续，低吟着如歌岁月……

百花涌主要源于百花水库。水库三面环山，周边峰岭重叠。主峰背夫山位于荔城、朱村、小楼三镇交界处，海拔458米，物产丰富，水源充足。从背夫山和木棉山涌出的众多溪流在群爱村附近合流，流至"百花崖影"景点再汇入百花水库。

百花涌是百花水库泄洪主干流。平时，百花涌的水源主要来自三处：百花水库南侧的迳吓流域，百花水库北侧的蒋村流域和沿途生活废水。流经洋溪村、庆丰村后，百花涌承接了马屋、汤屋的另一股支流，在彭屋城西加油站附近形成了百花涌主流。

我约了几个"老增城",从百花山庄开始,沿百花涌岸边散步,并开启了手机的微信运动模式。几个人手机显示的步数各有不同,直到雁塔桥百花涌出口终点,我的步数是17805,其他人分别是17650、18165、17810。这些数据因手机信号的差别和显示灵敏度而不同,但按每公里1500步的常规数据计算,扣除支流交汇处和欣赏景点时多走的步数,百花涌两岸曲线路程约十公里。

解放前,每逢上游暴雨,百花涌两岸民众便饱受水淹之苦。新中国成立后也出现过水淹民居现象。多年来,人民政府对百花涌进行了多次整治,在流域两侧全部砌了石墙。现在百花涌两岸已成了美化绿化的亮点和人们散步的好去处。

百花路是荔城大道通往百花水库、百花山庄度假村的必经之路。40年前,还在读书的我偷骑了大哥那辆笨重的红棉牌自行车,载着两位同学来百花景区游玩。那时,我们觉得百花路离荔城镇区十分遥远,起码也是远郊。百花路那时还是一条泥土路,周边房屋不多,更不要说高楼洋房了。回程时,在现三中附近自行车胎穿了,推车半天才在增城林场附近找到了修车店。

现在百花路周边高楼林立、楼盘众多,欧亚山庄、银汇府邸、怡康华府、力源豪苑、力源愉苑、方圆·云山诗意、广悦轩、雅居乐、碧桂园……百花涌在银汇府邸旁从百花路下面通过,进入力源愉苑和广悦轩之间,向雅居乐和洋溪村流去。我在这段水路游览时突然发现涌里有一条40多厘米长的大鱼游来游去。同行的"老增城"说:"这是埃及塘鲺,百花涌很常见到这种鱼。夜深人静时,这种鱼还会发出低沉的怪叫声。"

百花涌从加油站旁穿过荔城大道,经过第一座排灌站后向左转,隐藏到荔景大道下面。这一带近20年的变化特别大。当时只有一些低矮的小楼、零星的商铺和比较出名的农机厂(农机学校)。自从荔城第一个高档小区怡景城建成后,荔建花园、金田花园、富丽花园迅速落成,然后就是锦城花园、荔兴花园、新天美地、锦绣御景苑等一大批住宅区。人口增加让此处立显繁华热闹。抚摸着麻石栏杆,徘徊在涌边的绿荫下、花丛中,看着蓝天白云,听着小鸟欢歌,我们无限感慨……

百花涌从荔景大道出来,流经锦城花园、荔江小学和荔明苑、国土局等地继续往东。这段流域右边是荔枝文化公园和增城儿童公园,左边是银苑花园、世纪之选花园、锦德名轩等,远一点的楼盘有好景华庭、汇港轩等。荔枝公园以前是农民伯伯的果园。增城公园在锦城花园对面,以前是一座坟墓众多的小山。再追溯到20世纪80年代,上述住宅小区及街道那时都是农田或山地,多属夏街大队。

百花涌穿过观翠路即到东汇城和合汇中央广场。东汇城是继挂绿广场后在万达广场之前落成的重要商贸中心。增城检察院第二代办公楼曾庄严地耸立在东汇城公寓大楼原址。十多年前,检察大楼周边还是山岭、荒地。为了服务增城经济发展,检察大楼"主动让贤",搬迁至府佑路现址,当时还借用党校旧房子办公数年。

百花涌和合汇中央广场擦肩而过,在和增城文化广场挥手致意后穿过荔乡路来到中医院。这里又是一个住宅高度集中的新区,先有靠旧城这边的顺景名苑、富城丽苑、怡康花园、滨海花园、中坚豪庭、叠翠华庭和海涛居等,后有靠南部新城石滩方向的景观花园、中坚花园、汇港豪庭、松田大厦、宜家水岸、金河湾家园等。在景观花园和金河湾家园之间是百花涌第二座排灌站。这里原来是著名的西游记艺术宫和颇惹争议的跑狗场,它们在宜家水岸和金河湾家园动工兴建之前就已销声匿迹。

近几年,江畔豪庭、欧亚公馆、同创滨江和创基丽江国际等新型楼盘拔地而起,增江两岸面貌焕然一新。大街车水马龙,绿道游人如织,到处热闹非凡。随着雁塔公园的重修和雁塔寺的动工兴建,这里一定会成为增城古老景区展新姿的亮点。

这时,百花涌从雁塔山脚下轻轻地穿过广汕公路(增城大道),经过最先进的电排设施洗礼后与美丽的增江结合……

鸟语花香

鲜艳的红旗高高飘扬。

婉转的音乐随风飘荡。

漫步增城广场,听鸟语,闻花香,无尽的遐思尽情飞翔。

增江边的白鹤是否要来欣赏美景?白水寨的仙瀑为何飞溅而来,滋润着这里的一草一木?荔湖畔的格桑花与广场上的波斯菊争妍斗艳;何仙姑的信徒们羡慕这里风景如画,纷至沓来,放飞梦想。

哦,这就是梦的故乡,诗的远方。

远处,高楼林立;四周,车水马龙。西广场,草绿花红;北广场,气势恢宏;东广场,树木苍翠;南广场,开阔空旷。

众多的艺术雕塑,星罗棋布。永久舞台的歌声,仿佛还在耳边回响。文化长廊的橱窗,展示出改革开放的辉煌。

乐湖岸边,一排排璀璨的红树刚直不阿,一棵棵淡绿的杨柳婀娜多姿,一丛丛鲜嫩的美人蕉风姿绰约。还有,最让人陶醉、让人心旷神怡、让人久久不愿离去的是那一簇接一簇的九里香。

水面，倒映着蓝天白云、高楼大厦。特别抢眼的串钱柳映在粼粼波光里，披针形的绿叶特别绿，披针形的红花特别红。一只鹩哥站在水中那头铁牛的背上，看着湖边对它弹琴的"老汉"，好一副得意的模样。

跨过小白桥，穿过翠竹园，来到名人林。雨树下，草坪上，坐着的人谈笑风生，散步的人怡然自得。

中轴线两边的杜鹃丛中，两只相思鸟亲密相伴，卿卿我我，互诉衷肠；缓跑径旁边的紫荆树上，一群麻雀高调相约，异口同声，为美好未来放声高唱。

鱼池岸边的玫瑰，经过寒风的吹袭，长出了鲜嫩的新芽，绽放出鲜艳的花朵。那一片娇媚的兰花，经过冷雨的洗礼，更加风情万种。

没有一个寒冬不能逾越，没有一个春天不会到来。经历考验，我们更成熟；迎风战雨，我们更健康。

春回大地，百花齐放。

增城大地，鸟语花香。

伟大祖国，繁荣富强。

大榕树下

"万物各得其和以生,各得其养以成。"

"绿水青山就是金山银山。"

2021年10月12日,《生物多样性公约》第十五次缔约方大会领导人峰会在昆明举行,国家主席习近平以视频方式出席了会议并发表了主旨讲话,引发了国际社会广泛共鸣和深入思考,也激发了广大人民群众保护生态、和谐发展的高度热情。讲话中提到:

"人与自然应和谐共生。当人类友好保护自然时,自然的回报是慷慨的;当人类粗暴掠夺自然时,自然的惩罚也是无情的。我们要深怀对自然的敬畏之心,尊重自然、顺应自然、保护自然,构建人与自然和谐共生的地球家园。"

我不禁想起童年时代生活在农村的许多趣事。

我的故乡竹园村处于山区地带,村里只有一条大路通往镇上。村四周山岭起伏,全是绿竹和树木。

村口有一棵特别高大、老态龙钟的古榕树，我至今仍记忆犹新。

大榕树根壮枝繁、绿叶婆娑，树荫覆盖范围有一个篮球场那么阔，树身要五六个大人伸开手臂才合抱得过来。树荫下放着许多光滑的青石板。

夏天，男女老少饭后都喜欢在大榕树下面乘凉。他们海阔天空，无所不谈。谁谁这段时间赚大钱了，谁谁刚刚升大官了，谁谁偷东西被抓了，谁谁读初中就谈恋爱……

那时，我和小伙伴们也时常在大榕树下听大人们讲故事，听他们谈天说地。从他们口里，我确实知道了不少东西。但我也常和伙伴们在树下面玩耍嬉戏。

一天，我发现了树上某个坑窝里有一个鸟巢，两只鹩哥经常飞进飞出。我把消息告诉了我最好的朋友细花。她听了非常高兴，闪着小眼，拍着手掌，并要我马上去掏鸟蛋给她玩。我为了让她开心便答应了，并且承诺把掏来的鸟蛋全部给她。

第二天清早，趁着大榕树下没人，我偷偷爬到树上。大榕树树身凹凸不平，有许多坑坎，极易攀。细花在树下等着，抬头紧盯着我。

差不多接近鸟窝时，突然听到"扑扑"几声，两只鹩哥飞了出去。我不禁吓了一跳，要不是我爬树本领高强，还会掉下来哩。

我继续往上爬。到了鸟巢前，我把手伸进去又马上缩了回来。因为我听说鸟窝里也可能有老鼠和蛇。为不被咬伤，我先试探了一下。等确信没有其他有害之物了，我便又把手伸进里面。鸟窝里很温暖，一手摸着的几个鸟蛋还保留着热气哩！

我取了两个蛋,向正在下面张望的细花晃了晃。她马上焦急地说:"快,给我!我要!"于是,我把一窝蛋共五只全端了放进袋里。

我正要往下爬,忽然看见那两只鹩哥围着大榕树飞来飞去。开始,它们都不作声,后来看见我掏了它们的蛋,就"咕咕咕"地叫了起来,声音非常哀怨,好像在说:"求求您,把鸟蛋放回去吧,我们一定会报答您的,求求您!"我的心不禁颤了一下,但细花在催我,我便继续往下爬。

可是,那两只鹩哥的喊声更大了,甚至飞到我附近围着我转。它们咕咕地叫着要向我扑来,要把我撞到树下似的。它们一定恨死我了!是呀,我干吗要抢它们的蛋呢?如果别人抱了我去,我的爸爸妈妈怎会不伤心呢!对,我不能抢了人家的蛋,不能啊!

于是,我向上爬,又把那蓝白色的蛋全部放回巢里。那两只鹩哥不再叫喊了,只是在我四周静静地飞翔着,好像在默默向我表示感激。我的心也轻松了。

但我一到地上,细花就吵闹不休:"你为什么不把鸟蛋给我?为什么拿了又放回去?呜呜!我偏要……"

我也气了:"嚷什么,你要就自己去取吧!"说完,我冲回家,趴在床上哭了起来。妈妈叫我吃饭,我也爱理不理。

第二天,细花一见了我就吐口水:"呸!我不跟你玩了!"

果然,过了很长一段时间,她还是不理睬我。我看见她总是独来独往,心里很难过,加上我不跟她在一起玩,自己心里也不好受。我不禁又想:算了吧,就对不起鹩哥,把鸟蛋掏给细花好了,唉!

这天一早,我又爬到大榕树上,只见两只鹩哥正在和一只老鼠打架!老鼠窜来窜去要冲进巢里,两只鹩哥阻挡着,不断地向老鼠扑去,专门啄老鼠的头部!

我看呆了,多么勇敢的鹩哥啊!

这时,两只鹩哥同时展开翅膀,飞速撞向老鼠!老鼠掉到地上,挣扎了一下就死了。我的心既轻松又激动。两只鹩哥见了我,就围着我轻轻地飞来飞去。

我往窝里一看,只见五只娇嫩的雏鸟正在伸长小嘴咕咕叫哩!多有意思的鹩哥们啊,我再也不动你们了!

我下了树,那两只鹩哥又高兴地飞回窝里。这时,我忽然发现细花也站在大榕树下。我正要转身走开,她却拉着我的手说:"我们捉些小虫给鹩哥崽吃好吗?"

我一惊:"真的?你也喜欢保护它们了?"

她撒娇地笑了:"嗯,它们打死老鼠了,老鼠是我们的敌人。昨天,我哥哥还说,鹩哥专门吃害虫,是益鸟,叫我们别伤害它!"

"太好了!"我高兴得跳了起来。

于是,我们马上捉了些蚱蜢,除掉头和脚,我再爬到树上,放进巢里,让小鸟享用。从此,我们常常捉虫喂鹩哥。那两只大鹩哥见我爬到树上也不飞走了。

没多久,那五只小鹩哥也长大了,会飞了……

正果美食

提起正果美食，我马上便会想起远近驰名的正果云吞、正果腊味、兰溪濑粉、黄塘头菜，也会想起在蒙花布附近开农庄的美女老板陈纯。她就如同正果美食一样，深深地吸引着来自四面八方的宾客。

近日正果美食节开幕，我一早就驾车前往，准备好好地领略正果的风土人情。当然，重点就是品味正果的美食。

正果镇历史悠久，是增城有名的古商埠。正果美食的美誉已经流传数百年。

正果美食节从2014年开始，每年12月中旬举办。近年，广州市有关部门把正果美食节提升到一个更有影响力的高度——广州乡村美食汇，使这一活动成了全市著名的由政府主导的乡村美食品牌活动。每年，正果美食节主会场、分会场一连三天都会吸引不少来自深圳、佛山、东莞、惠州等地的游客，成了宣传广州美食特别是正果乡村美食的重要窗口。

把车停在镇政府门口的老街文化长廊附近,沿着江水清冽的增江往上行。温暖的阳光下,大街小巷人来人往,十分热闹。来到正果寺前的主会场,这里更是人头攒动,熙熙攘攘。我在美食展摊前的人流中左穿右插,终于看到了绿底白字的"纯美农庄"展位。我眼前一亮:"那不是陈纯吗?"

只见她忙里忙外招呼客人,推介各种美食、特产。纤细的腰肢系着细花围裙,丰满的胸脯显得更富魅力;齐肩的短发摆来飘去,红红的圆脸显露出灿烂的笑容。她这里的竹筒饭、腊味饭、纯鱼面、鹅汤糍、豆糠糍、糖不甩、濑粉、云吞、艾糍、头菜肉饼、正果河鲜等美食特别受欢迎。

陈纯和她的五六个美女推销员伴着纯美农庄的美食形成了一道特别亮丽的风景线。

我认识陈纯是十多年前,那时她才十八九岁,刚刚高中毕业,来到县城的酒家做服务员。她不是部长、经理,但她热情周到、工作娴熟,点菜十分内行,让人有宾至如归的感觉。我好奇地问:"小妹,你是哪里人?"

"正果。"

我又问:"你这么内行,做餐饮很久了吗?"

她嫣然一笑:"我从初中起每到暑假都出来打暑期工,我爸让我学本领回正果老家开饭店。"

我对她另眼相看。于是,我成了她的常客。

正果镇美丽乡村建设有声有色地开展。陈纯在亲朋好友的支持和政府有关部门的帮扶下，回到家乡开办了纯美农庄。开业那天我还带了一班朋友去捧场。后来，正果进行万家旅舍建设，又全力创建旅游特色小镇，湖心岛、佛爷寺、蒙花布、九峰山、畲族文化村等景点吸引了无数游客。纯美农庄生意蒸蒸日上。

我特别喜欢吃纯美农庄的云吞。皮薄脆，肉滑爽，高汤香气扑鼻。正果云吞之所以好吃，关键是选材讲究和精工细作。最优质的白面粉、最新鲜的土猪肉、营养丰富的牛骨熬汤，再以十多道工序的手工制作，确保了每一颗云吞的美味。

在纯美农庄，除了享受品种繁多的正果美食，还可以买到正果腊味、黄塘头菜、番薯、芋头、鱼干、豉油、榄角、菜干等土特产。我每次带朋友去消费，大家都心满意足，满载而归。

看着陈老板和她的姐妹们忙个不停，我没有上前和她打招呼。我远远地看着她们。我想，正果人勤劳、善良、纯朴，在这个山好水好、物产丰富的地方，他们的幸福指数一定很高。她们脸上荡漾的甜笑足以显示广大农民生活水平的提高。政府各部门这么多年来致力于乡村振兴，引资、引智、引技，心血不会白费，汗水不会白流。

看着来来往往的游客，不难想象，乡村美食汇为当地老百姓带来了多好的经济效益和社会效益。

今年美食节筹备期间，陈纯就告诉我，她第一时间报名，而且一下子要了两间展位。她备足了各种各样的美食和土特产，叫我到时一定要去品尝。我说，我肯定去，美食节去，美食节后我也去！

其实，正果值得人品味的何止美食！

童年趣事

我8岁那年,开始在老家龙门水西小学读书。

那时,物资贫乏,我们的生活很清苦。夏天,我上学没凉鞋穿,就蹬着一双木屐。木屐走在泥路上的声音不大,但到了学校走在阶砖上就霍霍作响。这种木屐制作简单,把木块锯成鞋底状,在鞋头钉上一块拱形塑胶即可。钉子是圆头图钉或一厘米长的角钉,塑胶则从废旧车胎上剪下来。一排五六颗各种颜色的图钉被按在鞋头两旁,看上去很美,颇有艺术感。角钉又叫屐钉,由于钉头小,要加一层胶垫再钉上去才牢固。

20世纪70年代初,大哥已跟父母出田赚工分了。放学后,我就跟二哥去兜鱼、摸螺或者去摘蛇泡、稔仔、美人蕉吃。我们都是用每天晚上的时间做功课。那时,周六早上也要上学。到了星期天我们就去挖地胆头、多须公或者割芒草、车前草,有时也会去水沟痹鱼或者到干枯的河底捡废铜烂铁。

我9岁那年,最小的弟弟出生了。我下面有3个弟弟,我成了他们的三哥。我读书成绩不错,还是班长,因而弟弟们都很崇拜我。在追逐打闹的时候,发生争执了,谁是谁非,他们都乖乖地听我裁定。怎么处罚,他们也听候我的发落。惩罚的方式很多:用饭浆把白纸条粘在鼻尖上;用蚊帐夹夹耳垂;用手指弹耳朵,轻罚弹一两下,重罚就多弹几下。

我和大哥、二哥做错事,父母就罚我们抄毛笔字或者干重活:去井头挑水把缸灌满;去鱼塘挑水冲洗猪栏;去五里外的山上砍木柴并挑回来放在门前的禾塘晒干;去屋后菜田割猪菜,斩碎后放进大铁锅烧熟。如果是晚上进行处罚,往往是在阶砖地上做俯卧撑或在木梯和柜顶架一条竹竿上做引体向上。父母对我最优待,处罚我的时候就叫我背唐诗、宋词。这对我日后文学创作的帮助很大。

那时,门前的禾塘就是我们的乐园。我们蒙着眼睛玩"摸人",蹲在地上打玻珠;有时玩木螺、推铁圈,有时学踩"驳脚"。除了经常欣赏女童们踢毽子,还可以看到两只公鸡的精彩格斗。我们也经常在禾塘边的瓜棚下捉蜻蜓,或者拿弹弓夹石子射苦楝树上的麻雀。有时候,个子很小的相思鸟会飞到禾塘上,一跳一跳地挑逗我们。我们一向前,它就飞走了。

那时,逢三、六、九是龙城镇的赶集日。我们几兄弟都喜欢这几天。父亲经常在赶集日把农产品拿到镇上去卖,有时候卖鸡蛋,有时候卖我们去山上采回来晒干的地胆头、多须公、车前草等中草药。然后,买回盐、酱油、火水(煤油)等生活用品。20世纪70

年代初我们村还没通电,晚上还是点火水灯。每次父亲赶集回来都会分给我们几兄弟糖果、饼干或者甘草榄、酸梅干等美食,有时候还会给我们带回铅笔、橡皮、作业本等文具。最让我们兴奋的是父亲偶尔会带一两本小人书回来,每当那时几兄弟便会争相传阅。

我们也盼望中秋、春节的到来。不管如何清贫,到了中秋节就有月饼吃,晚饭还有鸡、有肉、有鱼,拜月亮的时候还有各种各样的水果。春节就更热闹了:提前一个月,父母就开始备年货;节前几天,我们打米饼、包角仔、夹糖环;大年三十晚上,放烟花、烧鞭炮;年初一开始穿新鞋新衣服,还有利是钱收;过年的几天里,家中每天亲戚来来往往,餐桌上的饭菜特别丰盛。

夏天,我们经常脱光衣服跳进白沙河游泳。河水冰凉、清澈,让人感觉很舒服。白沙河不深,河底的水草、枯木、鹅卵石清晰可见。水里的鲫鱼、南刀鱼和花锦衣、白头翁、红眼鳍游来游去,有时候还会偷偷冲过来咬一下你的脚底,让你又痒又爽。

冬天,我们跑到番薯地捡番薯,然后找一堆干柴草放在田沟里点燃,把捡来的小番薯(大的捡不到)放进火里烩。烩熟的番薯特别香,一剥开皮,就令人口水直流。有时候,我们也烩木薯,把中间那条筋去掉后吃起来同样有滋有味。

我们班有个特别活跃的女同学叫细花,跳绳、踢毽都是村里赫赫有名的,跳半小时不喘气,踢三五百下不用停。她是村支书的女儿,家境较宽裕,生活比较好。可我是班长,学习成绩比她好。她就坐在我旁边,经常抄我的作业,考试也千方百计偷看我的试卷。

她家是全村最高的两层楼，就在我家斜对面。每天上学的时候，看到我出门了，她也会跟上来和我一起走。有时候，她会带一些番薯、芋头、香蕉之类的东西给我吃。"感谢你，昨天考试我也一百分。"她还送过一支金华牌水笔给我，让我感动不已。

1974年，父亲落实政策回增城。我们离开水西的时候，细花还站在门口依依不舍地目送我们。

儿时纪事

1967年,因父亲的原因,我们一家随之返乡。

那年,我5岁。

从增城出发,汽车在泥土公路上颠簸了四五个小时,来到了100公里外的龙门县城。

步出车站往东行两公里,走过龙城大桥,翻过白沙河大坝,绕过芬塔山,穿过翠竹林,就是有六七百人口的竹园村了。

白沙河日夜流淌,浇灌着竹园村肥沃的土地;翠竹林生机勃勃,孕育着竹园村淳朴的民风。肥沃的土地没有带来丰富的物产,淳朴的民风没有造就富足的生活。村民们世世代代面朝黄土背朝天,过着清贫的日子。

叔叔见我们回来了,决定把那只生蛋的老母鸡杀了,举办最隆重的宴席欢迎我们。我们都感到不好意思。又不是衣锦还乡,有什么值得他们如此费心劳神!他们的生活本来就很艰难,太苦了他们。

但叔叔说："兄弟情分比金贵，难得一聚。"

这一顿饭，是我们从没享用过的盛宴。我们一家十分感谢叔叔及乡亲们的盛情。

我们一家很快就融入竹园村乡亲们的生活里。由于我们从大城镇回来，见多识广，加上我们待人诚恳、彬彬有礼，社员们很快就接受了我们。小孩们一起玩耍、聊天，大人们一起早出晚归、辛勤劳动。

有时候，我们一班小朋友在屋前的土坡上玩打玻璃珠。有时候，我们玩跑单圈，用带钩的杆子推着铁圈飞快地奔跑。大家各玩各的，好一派乡村的欢乐祥和气氛。

有时候，我们就在地塘上玩木螺，就是木制的陀螺。我们用小麻绳缠绕住木螺，往地上一抛一拉，木螺就在地上飞速旋转起来。谁的木螺先倒下就输了，谁的木螺坚持到最后就赢了。输的就让赢的弹一下耳朵。

竹园村四周的毛竹特别茂盛，所以，竹园村的竹席很有名，畅销省内外。制作竹席的传统工艺相当复杂。首先要选取又大又直的老毛竹，按一定的尺寸锯成竹段，破开后削成厚度一致的竹片。用扯线锥子在每块竹片相对应的位置钻两个小洞（如果钻三个洞就更加结实），然后拿一种特别韧的麻线把竹片串起来，再把一丝丝的竹刺挑掉。最后用砂纸把席面磨滑，用开水浸泡一两个小时，一张清凉舒适的竹席就做成了。竹园村做竹席已有一百多年历史，外界不少人干脆把竹园村叫成"竹席村"。

和翠竹林相间的还有一片遮天蔽日的乌榄林。高大茁壮的榄树千姿百态、风情万种，简直就是天然的雕塑群。我们一班小朋友经常跑到榄林里捉迷藏、打游击。

乌榄，又名黑金子，全身都是宝。乌榄成熟时，人们就拿着长长的竹竿把乌榄果打下来，捡起装满箩筐，一箩箩挑回家。乌榄用热水浸熟，取下果肉包上盐晒干就成了风味独特的榄角，这是饭餐极好的佐料。取走榄仁后的榄核是慢火熬汤的最好燃料，更是雕刻的上乘材料。榄仁既是制作月饼馅料的极品又是餐桌上的珍馐。乌榄为村民带来了相当可观的收益。

大一点的小孩喜欢玩"驳脚"——类似高跷的玩具。做一副驳脚，要找两根长竹竿，两块二三十厘米长的厚木头，以及钉子、绳子。把木头钉在竹竿头部往上30厘米左右的地方，再用绳子捆绑加固，一支驳脚就做成了。

踩驳脚，是一项高超技艺。先找个高一点的地方，脱掉木屐（那时，冬天有布鞋，但夏天要穿木屐或者打赤脚，极少有凉鞋穿），双手左右开弓扶稳竹竿，两脚迅速站到木头上，同时均衡用力提起竹竿迈步、走动、向前。这动作难度相当大，极富挑战性。但如果成功了就能平稳地行走在地塘上，那种高人一等、傲视群雄的感觉确实让人兴奋。有些年轻人玩上瘾了，在地塘晒了谷物的时候，他们就踩着驳脚穿街过巷，脚步霍霍作响，像骑马一样威风凛凛。

看见大哥、二哥玩驳脚，我十分羡慕，自己也学着找来竹竿木头做了一副。驳脚是做好了，要学会踩驳脚走路就不容易了。

我一连几次从石板凳往驳脚上踩都失败了。不是站不稳跳下来，就是连人带竿摔到地上。在旁边看的小朋友都哈哈大笑。有一次我还摔得不轻，膝盖皮都破了，流了很多血。但我并没有哭，爬起来，捂住伤口跑回家，找来紫药水搽一下又上学去了。

过了两天，伤口不痛了，我又去学踩驳脚。跌倒了站起来再学，一次又一次，功夫不负有心人，几天后，我终于成功了，也可以踩着三四十厘米高的驳脚悠然自得、穿街过巷了。

有时候，放学了没什么事做，看到蓝天白云、风和日丽，我和二哥就到水坑里戽鱼或者到田里摸螺。那时没有人用农药，田里各类生物随处可见，现在难得一见的彩蝴蝶、红头蛇、萤火虫、猫头鹰也时常与我们会面。

戽鱼，是农家孩子经常进行的一项活动，既能通过体力劳动锻炼身体，又可以收获鱼、虾、蟹作餐中美味。

首先，我们在浅水坑中选择某一段看上去有鱼的流域，在上游用泥、沙、石筑一道坝，把水拦住。然后，把下游的水戽干，所有的鱼、虾、蟹便只能束手就擒。运气好时还能抓到斑鱼、白鳝等名贵品种。

收获完了，把拦水坝推平，上游的水就会漫涌下来。慢慢地，水坑恢复原貌。

我们带着一鱼篓战利品赶回家。当晚，全家人开开心心，美餐一顿。

有时候，大雨刚过，天空弯着美丽的彩虹。这时的河水相当浑浊,我们就去河边兜鱼。

我们站在岸边,拿着柄杆有一丈长的网兜,看准机会往水中一刮,用力迅速收网,然后提到岸上。鱼儿还没看清什么情况,就成了网兜中的猎物。有时候,网兜里会有几条颜色不同、大小不一、形状各异的鱼,也会有虾公、水龟。我们经常会捕到一两斤重的大鱼。

当然,兜鱼完全靠运气。鱼看不到来人,人也看不清水里有没有鱼,经常是把网兜插到水里,提上来,空空如也。连续几次收网毫无收获,这是常有的事。但小半天下来,网兜里的收获往往是很不错的。曾经有一天下午,我兜到好几斤大小不同的鲫鱼、南刀鱼、塘鲺、黄丁……获得了老爸老妈的表扬。

晚上,我和二哥在煤油灯旁做功课。大哥白天赚工分去了,晚上就和爸爸一起教我们做作业、背诗词。妈妈在一旁缝补衫裤。

那时,日子过得清苦,但很实在。很快,我们就在老家乡下度过了7年难忘的时光。

1974年,政策落实,我们一家又返回了增城。

派潭即景

增城的绿道、万家旅舍可谓远近驰名,良好的生态吸引了众多来自广州、佛山、东莞、中山等地的游客,好山好水、美食美景都给游客留下深刻印象。近日,有朋自远方来,我陪他们到派潭潇洒走了一回,拾获许多难忘景致。

场景一,白水仙瀑

在派潭一位文友的带领下,我们首先游览了白水仙瀑。

白水仙瀑位于白水寨风景区内。我们刚来到高滩,就远远看见雪白的浪花从400多米高的山上飞泻而下,那形态就像一位身穿长裙头披丝巾的仙女在翩翩起舞。

据了解,白水仙瀑落差428.8米,是国内落差最大的飞瀑,被誉为"北回归线上的瑰丽翡翠"。白水仙瀑周边茂密、青翠的原始森林负离子含量高达 10.86 万个 / 立方厘米，堪称"最佳天然氧吧"。白水仙瀑流经多个观瀑平台，汇入石马龙水库。沿着溪流，景区建设了 9999 级登山步道和 666 米原木栈道。登山石级就好像通往牛牯嶂顶峰的天梯，故取名"天南第一梯"。

我和朋友们说，来增城旅游，如果不亲临白水仙瀑体验她的灵气、目睹她的艳丽、领略她的风骚，就等于没来过。

场景二，石氏宗祠

位于河大塘的石氏宗祠其实就是石达开故居。该建筑刚修复不久，呈前低后高的半圆形。后面有山岭，前面有禾塘、水塘，再往前远望是连绵起伏的牛牯嶂山脉，两端高中间低呈左青龙右白虎、前朱雀后玄武之势。该祠堂名叫"**武威堂**"。

石达开是太平天国领导人之一，生于 1831 年，死时才 32 岁。他熟读兵书，练就一身武艺，被洪秀全封为翼王，是太平天国杰出的军事将领。民间流传着诸多石达开劫富济贫的故事。

场景三，三忠古庙

汽车在乡村水泥路上行驶，两旁的青山绿水、蓝天白云构成了一幅又一幅美丽的风景画。

来到三忠庙，首先映入眼帘的是"三河两桥"的别致景色。一棵躯干硕大的千年木棉树挺立在通往古庙的小桥桥头。有着三股支流的河水清澈见底,潺潺的流水声像轻快的乡间小调。

三忠古庙多次被洪水冲毁,现景是20世纪90年代修复的。里面有几副对联挺有意思的:"灵界重兴万众热情齐赞助,山河光复三忠大义永辉扬""钟法灵验仙气长存,子民得福恩颂流芳""人忠大义扶大宋,灵神灵气结灵山"。何谓三忠?历史说法不一。宋代三忠为文天祥、张世杰、陆秀夫;明代三忠为史可法、黄道周、瞿式耜……

场景四,花卉基地

牛牯嶂下的农户多以种植业为生。汉湖、东洞、七境、亚如岖、樟洞坑等村在上级单位的帮扶下迅速发展起种植业。投资近亿元的三合花卉基地让我们大开眼界。该公司不但为众多农民提供了在家门口就业的机会,还带动了整个产业链的发展。

走进大棚内,各种花卉植物生机勃勃,十分诱人。有一种叫红美丽的盆栽虽然有叶没花,但它的叶有着绿、黄、紫、红多种颜色,尽管不及红掌鲜艳夺目,也非常好看。还有金线莲,既是观赏植物,又是中药,更是上等汤料。

在石斛种植场,我们看到了一大片长势喜人的石斛,茎像茅根,叶像兰,洁白的花瓣又精致又好看。石斛是名贵的药材,大面积种植石斛让村民走上了致富之路。

场景五，阿朵木瓜

在派潭文友的引领下，汽车刚在木瓜种植场旁边停下，我们就纷纷冲向田里。孩子们更是欣喜若狂，专挑大的瓜摘，还要攀比谁的大！有人不停地拍照，也有人摘了木瓜掰开就吃。据说这种木瓜是增城区农业科学研究所全面推广的优良品种，名叫阿朵木瓜，矮小的树干却能结出累累的果实。

场景六，村口男孩

在七境小学附近的路口，我们看到一个六七岁的小男孩正在把一大袋垃圾分类放进三个不同的垃圾桶里。他那专注的神态让我陷入沉思。我深深体会到精神文明建设和振兴乡村战略给农村带来的翻天覆地的变化，特别是人们精神面貌的变化。同时，我也觉得社会主义核心价值观在农村每一个角落都已经深入人心。中央每年的一号文件都是关于"三农"的，足见党和政府对建设社会主义新农村的重视。我们确信，乡村的明天更美丽。

场景七，创作基地

李家庄旅社是一套古老的四合院式民居，经过精心修葺，布置成一家简单舒适的旅店。里面有套房8间，还有厨房、餐台。特别是一张用来练习书法、绘画的大木台,显得格外醒目。因为,在门口"万家旅舍"红色灯箱标识旁边,还挂着另一个牌子:增城区文艺家采风创作基地。

据说,增城区文联经常组织文艺家下乡采风,为助推乡村振兴鼓与呼。这里,就是增城区文艺家创作文艺精品的基地之一。

场景八,灵秀山庄

晚上,我们在灵秀山庄品尝农家菜。白切骟鸡、酱爆花腩、姜葱大鱼等菜色,由于原料正宗、选材地道,令人回味无穷。我最为赞赏的还是这里的药材酒。50元一斤的货却比市面上卖500元一瓶的好喝多了,既好入口又不上头,让你兴奋又不难受。李老板说得好,我们30元成本的酒卖50元,市面上有些酒却全靠卖品牌,同样是30元成本,他要卖500元一斤。

看来,到乡村消费就是划算,物美价廉,何乐而不为?

新塘掠影

我们上车的时候还是天色阴沉、淫雨霏霏。20分钟后一到新塘镇便见蓝天白云、晴空万里。

参加当日采风活动的除了30多名本地作家,还有省市著名作家王十月、郑小琼、艾云、郭玉山、黄金明、伊始、世宾、陈小虎等。

座谈会上,新塘镇政府领导对新塘的人文历史和经济社会情况进行了简介,使我们对这个全国知名的经济重镇有了进一步的了解。

记得多年前一次出差广西,朋友听说我是增城人,马上就问:"是新塘的增城吗?"我说:"是增城市新塘镇,不是新塘市增城镇。"还有一次去北京,北京的朋友直接说没听说过增城,就知道有个新塘。可见,我们的新塘镇早已名声在外。镇上的增致服装、创兴服装、广英服装、康威体育、豪进摩托等一大批企业都是全国知名品牌。新塘获得中国牛仔服装名镇、中国绿色名镇、中国十佳和谐小城镇、中国最具发展潜力名镇、全国民营企业发展环境最佳乡镇等殊荣并非浪得虚名。

人口49.05万,两税收入40.41亿元,规模以上工业总产值接近400亿元,注册生产企业4000多家……这些数据,比很多县市厉害得多。

在凯达尔广场项目现场,我们了解到新塘未来的发展规划。这个项目是与广州东部交通枢纽中心同步建设的国家重要项目,原有的快速路、高速公路、铁路、水运和新规划的高铁、城轨、地铁都从这里向四面八方延伸。周边正在投资或者已基本建成的项目有富士康科技园、珠江国际智能科技产业园、华电燃气冷热电三联供项目、阿里巴巴物流园、中小微企业金融服务区……众多大型企业的落户,让新塘多年入选全国综合实力千强镇。而且,新落户的都是现代化、科技含量高的知名企业,低碳环保,为新塘实现可持续发展奠定了基础。

交通方面,水路陆路、城轨高铁为新塘带来了便利。空运也非常快捷。新塘北面是广州白云国际机场,南面是深圳宝安国际机场。而新塘到这两个机场均只需要30分钟左右的车程。

新塘的生产企业规模庞大,经济发展速度惊人。但是否会因此破坏了生态环境,造成大量污染呢?

作为本土作家,我对新塘的了解始于20世纪80年代初。当时,和我一样当中学教师的新塘籍同学中10人居然有6人下海经商当了老板。我经常到新塘找他们玩。读岗公园、新塘泳场、古海遗踪等地方给我留下了美好的记忆。还有陈家林森林公园、大墩公园、四望岗公园、群众文化广场等,都是空气清新、繁花似锦的地方。特别是陈家林水库和四望岗公园,确实让人流连忘返。

近几年,新塘镇领导干部和广大群众做什么事都讲究环保先行。特别是大力实施"千园计划"和美丽乡村建设以来,大批小公园和乡村广场如雨后春笋般涌现出来。东区公园、四望岗公园、陈家林森林公园不断扩建,万亩花园、健身绿道的美丽画卷正在展开……50多个花园式住宅小区一个比一个美轮美奂。翡翠绿洲小区、豪进山湖珺璟小区、保利东江首府等,环境幽雅,风景如画,充分体现了宜商宜居新塘的魅力。

走进中国传统村落、广州文明示范村——瓜岭村,我们进一步领略到新塘的人文历史和社会经济发展。作为增城人,新塘的历史名人湛若水、陈大震、陈恭尹、陈献章等我早已略知一二,特别是湛若水的故事听过不少,书也读过不少。但参观瓜岭村,我真的还是大姑娘出嫁——头一回。

走进村口,首先映入眼帘的是水泥基座上竖着的一块汉白玉石碑,上刻"中国传统村落瓜岭村"。

转入村内荷塘、凉亭、球场、学校、古屋、老树……一切都亮丽整洁而有序。图书馆、展览室、议事厅、公告栏、小广播、道德讲堂、价值观教育基地、非遗学习传承基地等充满现代化气息的设施让我们驻足细品。

其实,瓜岭村最出名的就是两座护村炮楼和两处有百年历史的华侨古屋。两处古屋的建筑风格均属中西合璧类型,造工精细、用料考究、布局严谨。其中黄国民故居特别有纪念意义和保留价值。

两座炮楼分别叫宁远楼和棠荫楼，均为1927年由华侨集资兴建的钢筋混凝土砖木造构四层正方柱状平顶更楼。其中宁远楼因其历史意义和艺术价值，于2002年7月被公布为广州市文物保护单位。

走过旧村区，登上雅瑶河河堤，雄伟挺拔的宁远楼耸立在眼前。四周花红草绿，树木环绕，环境优美。宁远楼依水而建，四面环水，通过一架吊桥进入。整座楼外观酷似捆绑式火箭，楼顶四角处各挂一柱状外飘堡，垂至三楼后收为尖锥状。这四处外飘堡均设有射击窗眼。

踏过吊桥，走进宁远楼，攀爬着铁梯逐层而上。由于有钢板镶嵌在门窗上，各层的结构均保存完好，楼顶围栏和墙面也基本保持原貌。楼内只见炮轨但不见大炮。据说一楼有水井，还有暗道通往雅瑶河，如果守不下去，可以潜水到外面。瓜岭村的黄老书记还告诉我们，宁远楼是广东省唯一的保持独立周边防御水系结构的"四只角"碉楼。

当天，我们和省市过来的作家还参观了新塘很多地方，听了很多关于新塘的历史故事和现代经济发展介绍。

其实，新塘的故事一两天是说不完、道不尽的。

石滩菜市

　　子夜的钟声刚刚响过，广深准高速铁路增城站旁边，增滩一级水泥公路、荔城至东莞公路、石滩至新塘107国道的交叉口，车辆越来越多，行人越来越密，熙熙攘攘地热闹起来……

　　明亮的街灯通宵亮着，把30米阔的马路照得如同白昼。人流、车流，像百川归海般涌向这大马路边的石滩果菜批发市场。

　　凌晨三点，当人们睡梦最甜的时候，石滩菜市便开始繁忙起来了。菜农、菜贩们汇集到场内九个大铁棚下面，买的卖的，摩肩接踵，把偌大一个市场挤得水泄不通。讨价声、还价声、叫喊声、谈笑声，此起彼伏，合奏成一曲热烈而欢乐、紧张又和谐的交响乐……

　　大大小小的车辆停放在市场四周和附近的马路旁边。东风、龙马、跃进、五菱、大手拖、小手拖、嘉陵仔、本田王，还有数以千计的自行车，你来我往，进进出出，好不热闹。四通八达的水泥马路显得拥挤不堪。

市场内，大筐小筐，大包小包，各色各样的蔬菜瓜果摆满地。一年四季，随着时节的不同品种各异，花样翻新。空心菜、大白菜、西兰花、黄牙白、青豆角、芥蓝心、生菜、菠菜，还有萝卜香麦、白瓜生姜、大葱小蒜、番薯芋仔、尖椒番茄、韭黄枸杞，还有南瓜木瓜、乌榄黑蔗、荔枝龙眼、甘橙橘果，还有田螺、沙蚬、白鸽、肉鸡，就连菜农们不大愿沾嘴的萅苨菜（猪姆菜）也登上了大雅之堂……全年上市品种120多个，每天的品种也有四五十个，真可谓种类繁多。

这么多的菜，主要贩去深圳、东莞、惠州、香港、新塘等地。菜贩们收购菜后，马上一筐筐装好，搬到车上，天未亮就出发。有的运去各城镇的肉菜市场，有的运往深圳海关检疫出关，有的运到街头零售，更多的是运进工厂的食堂里。据一位姓何的菜贩说，他每天交给东莞市篁村镇某大型合资厂的蔬菜就有3000多斤，若按每斤1元钱，平均毛利30%计，他每天可以挣900元。不过，这要全家男女老少五六员大将齐上阵才行。选菜、讲价、挑拣、过秤、包装、上车跑一小时车程后，又要卸车、分拣、过秤、开单……工作量还相当大哩。

该市场1990年3月开张迎客，当时许多工作还未走上正轨，直到1992年才真正兴旺起来。石滩镇工商所人手不足，就向外招兵买马。原来的成市时间不固定，不但管理人员工作和生活没有规律，就连做买卖的也摸不准石滩菜市的怪脾气。有时来得早，等几小时还未成市，有时来迟了，连菜叶也捡不着……后来，管理方千脆把开市时间定在每天凌晨三点。这样有利于菜农前日下午摘菜，有利于蔬菜的保鲜，有利于菜贩们收菜后当天早上就及时运到目的地。

不知不觉，东方泛出了鱼肚白。石滩菜市的人流、车流慢慢地涌向四面八方。噪声小了，机动车的引擎声远了，道路显得宽阔起来。又一天的菜市正式结束。

太阳露出了半边笑脸——美好的生活才刚刚开始……

增城三宝

一曰：司机医生猪肉佬。
二曰：镬头风扇电磁炉。
三曰：增城挂绿百花好。
四曰：荔枝乌榄凉粉草。

曾经，司机和医生是人们梦寐以求的职业。20世纪六七十年代，增城的镬头和风扇畅销全国各地。增城宾馆、挂绿宾馆和百花山庄度假村曾是增城餐饮和旅游界的代表。千百年来，增城的荔枝、乌榄和凉粉草更是享誉世界各地，是真正的"增城三宝"。

荔枝，人称岭南果王。苏东坡曾作名句称"日啖荔枝三百颗，不辞长作岭南人"。增城是著名的荔枝之乡，共有100多个品种的荔枝，常见的优质品种是桂味、糯米糍、仙进奉。西园挂绿荔枝更是世界顶级，一粒单果曾售出55.5万元的价格。增城荔枝因其肉质爽脆、清甜多汁、皮薄核小而闻名于世。增城荔枝干也行销世界各地，是创收外汇的主要农副产品。

乌榄，人称黑色金子。俗话说："口嚼甘榄，其味无穷。"甘榄包括乌榄和白榄，增城以产乌榄为主，有西山、黄肉、羊角、青皮、杂榄等30个品种。其中以西山榄为最佳，皮薄脯厚、色泽鲜美、筋幼肉嫩、味道芳香，而且幼树嫁接容易，出果率高。乌榄全身都是宝，榄肉可以腌制成咸榄角，或配上上等酱油晒成油榄角，是极佳的佐膳小菜，远销海外，很受欢迎。榄皮榄肉还可以榨油，榄核可作雕刻原料或高级燃料。榄仁是名贵的菜肴，是点心和月饼馅料的稀有原料。用乌榄加工成的凉果不计其数，在市场上很抢手。

凉粉草，是制作凉粉的原料。增城盛产凉粉草，产品远销菲律宾、新加坡、泰国、印度尼西亚等地。凉粉制成后色泽黑褐晶莹，形状似水豆腐，味道清凉香甜、润滑爽口，是夏天清热解暑、降火祛湿的天然食品，还可治疗中暑、感冒、高血压、关节痛等，是增城久负盛名的土特产。由于凉粉草是一种贱生的植物，荒山野岭到处都可以栽种，野生的凉粉草也不少，所以，凉粉草成了当地农民提高经济收入的一条便捷小径。

乡间小路

从村口一直通到两里外公路上的,是一条五尺宽的田埂。

别看我们这个小村只有三十户人家,但时间一长,便在田埂上踩踏出一条五寸深、一尺阔的小路。小路两旁则长满绿油油的小草。

春天,农民们在这条小路上来往走动着,十分繁忙。当水田映着蓝天时,这条小路像彩带嵌在绿绸中横过一面大镜子似的。

那镜子还不时照映出小路上行人那匆忙的身影。当水田插上秧苗之后,一片绿洲中,这条黄白色的小路明显地把绿洲分成两半。这是多么让人舒适的美景啊!

小时候,我常骑在水牛背上,把牛赶到这小路放牧。看着牛吃着小路两旁的青草,我和同伴们的心都乐得开花……

令人不快的是,在我们的生活中会出现冬天。

收获过后的田野,一片荒凉。小路上的行人寥寥无几。小路两旁的草被霜冻坏了,像害了病似的面黄肌瘦。冷清的小乡村偶尔出现两声犬吠或孩啼，一缕缕炊烟被猛烈的北风刮走。我们一群放牛娃不知道该去哪放牛才好。看着耕牛不能吃到青草的可怜样子，我们都难过得哭了起来……

有一次，我和伙伴们正在翻过土的田野上玩耍。两个青年骑着自行车在小路上前行。一个戴墨镜，穿着喇叭裤，从村内往外飞驰。另一个留着长发，穿着花格T恤，从公路那一头向村内驰去。他们都沿着被人踏得平整光洁的小路蹬着车子，不愿驶到两旁草地上去。

随着一阵急剧的车铃声，两辆车子撞在一起。轰隆一声，两人齐齐跌倒，那副墨镜被抛进了稻田里。

他俩怒得跳起来破口大骂，污言秽语满天飞，互不相让，最后竟动手打起架来。幸亏一群社员赶来劝架才未有人受伤。

目睹全过程的我已目瞪口呆，再没有心思玩了……

当春天又回到大地的时候，我们仍旧到小路上去放牛，并趴在绿茵茵的草地上谈天说地。

这条小路呵，虽然小，却走过浩浩荡荡的喜送丰收粮的队伍，走过送子当兵的父母，走过读大学当了科学家和艺术家的乡贤，也走过路线教育工作队，还走过……多着哩！

这时，路上又来了两个骑车的，一个五十开外的老伯，一个身体健壮的妇女。相遇时，他们各自都下了车，推着车子从草地上走过，并互相投去感谢的一笑！

乡间小路呀，我永远跟你在一起，农民们永远跟你在一起。现在，你已经越走越宽了……

燕石翔云

沿荔新公路到达石滩镇的石湖村路口,往北走两三公里便到了吓岗村和西瓜岭村交界的燕石公山。

这里漫山遍野长着乌榄和荔枝树,把光秃秃的燕石公山包围起来。山顶的草坪上凌空架起一块巨石,像一头巨牛卧在山顶上。有人曾测得该石长18米,宽15米,高11米,由12块大小不等的石块以3个支点承托着,脱离地面,被称为"天下第一石头",世界上找不到第二块这么大且完全脱离地面的石头。巨石下的空洞可容纳数十人。主洞口宽阔,左右和后洞口甚小。由于该石从侧面看形似飞翔的燕子,故称"燕石翔云"。巨石的左侧刻有"燕石翔云"四个大字和两行模糊不清的小诗。

经常有游人来燕石公山观光览胜,或素描写生,或吟诗作对。当地农民也经常来此焚香朝拜,祈求风调雨顺、五谷丰登。但至今没有人能爬上圆溜溜的巨石顶端。

"燕石翔云"作为当地难得的自然景观，深深吸引着各方游客。明永乐年间，"燕石翔云"被定为当时增城八景之一。清乾隆年间，管一清任增城知县时游览了该景并赋诗一首，描述了"燕石翔云"的气势和景色：

　　叠翠凌空势若飞，旧家王谢梦依稀。
　　春秋递越常标胜，鹰隼相猜顿息机。
　　花暝柳昏翔碧落，蛮烟蛋雨老乌衣。
　　罗浮近接差迟羽，不逐天鸡弄曙晖。

　　这么巨大的石块怎会架在山顶上呢？民间有许多美妙的传说。其中有一说法是在很久以前，这一带渺无人烟，流浪到此的农民见此处山清水秀、土地肥沃，便安居耕作。谁知年年辛苦都换来一场空，他们的农作物都被害虫吃光了！海龙王怜悯农民，派出无数海燕飞来吃掉害虫，保护庄稼。海龙王还做了一只巨型的石燕，在天兵大将的帮助下安放在山顶上。从此，这一带再也没有害虫来骚扰农民种庄稼了。"石燕"就像令人敬佩的神仙，日夜保护着当地农民老少平安、六畜兴旺、年年有余。

小鸟与人

近日,小鸟多次碰撞窗门玻璃,勾起人无限遐想,我不禁静坐下来,打开我的文档……

我那美妙的童年时代,是在风景秀丽的龙门水西度过的。那时候物资贫乏,但丝毫没影响到山村孩子纯真的心。

我们赤脚走路上学,泥土铺就的村道很舒服、很亲切。我们背着书包,迎着朝阳,有说有笑,无忧无虑。

有个女同学长得白嫩嫩、水灵灵的,十分漂亮。她平时叽叽喳喳像只画眉,我喜欢叫她小鸟。她爸是大队书记,有一辆永久牌单车,有时候会骑单车送她上学。全校师生都羡慕她。每次她跟我们一起走路都会带一些甘草榄、麦豆粒、花生米之类的东西给我们吃。

那时,我家很穷,兄弟又多,家里从不吃早餐,中午放学太迟了有时也会没粥吃(那时很少有饭吃)。实在饿了,我就去摘蛇泡、稔仔之类的野果吃。

一天,她见我没精打采的样子便问:"怎么啦,面青青的?"我说中午没吃东西,饿的。她忽闪着双眼看着我,不作声。

第二天中午,上学路上,她塞给我一个热气腾腾的大红薯。之后,她经常会给我带红薯、芋头……

1974年,政府落实政策,我们一家要回到石滩镇。那时,我读小学五年级。临走前一天下午放学,几位同学依依不舍地随着我慢慢走在土路上。

路边灌木丛中的相思鸟啾啾啾地低吟着悲情歌曲。蓝蓝的天上,飘着一朵朵久久不愿散去的白云,偶尔飞过来一行白鹭发出声声低沉的感叹。

我们走出校门,走过张屋,走过下元。我们谁都不想回家,包括家在相反方向的下寮围的同学。

我们来到了芬塔山下的白沙河边,坐在青青的草上。河水清澈见底,游鱼来回可数,鹅卵石清晰可见。高大的芬塔山为我们挡住了快要下山的太阳,但我们依然觉得浑身热烘烘的。可能是清澈的河水太吸引人了,也可能是离愁别绪令大家不知道说什么才好,"让我们跳到河里去吧",小鸟一句话,我们纷纷扔掉书包,跟着她扑到水里。

河水不深,刚过肩膀。落水一刻,那种意境,那份感觉,让人刻骨铭心,终生难忘。

山边有一棵大桫树,一群鹩哥忽然高声歌唱。"水面倒映着美丽的白塔……我们来尽情欢乐……"

别了,同学们;别了,美丽的小鸟!我们何年何月才能再见?我何年何月才能再听鹩哥的高唱、白鹭的琴声、相思鸟的低吟?何年何月才能再数游鱼,再点鹅卵石?

后来,在县城苦读、在单位谋生、在商场搏击的我,再也没听过鹩哥的高唱、白鹭的琴声、相思鸟的低吟。时至今日,我也没再见过小鸟,再也没有吃到她那香喷喷的红薯……

就在我以为那清澈的河水、可数的游鱼,还有蓝天白云、各种小鸟再难见到时,2007年,我搬到荔城居住。在荔城,我经常见到鸟儿在树上欢歌,甚至在路上跳舞。路边的电线上经常有鸟儿站立,排成一串串优美的音符。早上,经常有小鸟把我叫醒,催人奋进。原来,附近有荔江公园、鹤之洲湿地公园,特别是生态保护得非常好的圣皇洲竹林小岛,简直就是小鸟的天堂。加上附近凤塔公园、雁塔公园和石角村山岭上都有各种鸟类栖息,所以经常有鸟儿飞到小区来活动。

2008年春,我来到体育广场,同样发现有一群小鸟在地上时而轻跳,时而慢步,时而点头……

我来到增城荔枝公园、文化广场、金竹公园,也经常发现各种鸟类的身影。如果你游览增城的绿道或者登上蕉石岭森林公园,那就更容易和小鸟交上朋友了。如果到了增城北部的山区镇,就更加可以发现增城人环境意识的提高和科学发展观的落实……

2010年5月,我搬到了广电新闻中心大厦办公。这栋标志性的建筑位于城市中心的增城文化广场旁边。广场有不少鸟类出没,因此经常有鸟儿飞到大厦停车场觅食，也经常有鸟儿飞到我办公室的窗台上。很多次，鸟儿啄着窗户，好像正隔着玻璃和我打招呼。在闹市中心见到鸟儿，真是另一番风景。

　　此情此景，令人浮想联翩。久违了，可爱的小鸟。

相约荔湖

谁不向往绿水青山？
谁不思恋林荫小道？
谁不怀念花前月下？
岸绿水清，波光粼粼。
一年四季，繁花似锦。
碧道绕湖，游人如织。
空气清新，仿佛仙境。
我以为，这是心灵的港湾。
我以为，这是人间的天堂。
挽手小楼仙境、人间正果，连接白水仙瀑、增江画廊……
赏心悦目的湖光山色，宽敞舒适的湖边栈道，古色古香的亭台楼阁，四周林立的高楼大厦，还有岸边连片盛开的格桑花、挺拔的大王椰、迷人的兰草香……

每次,客人们都流连忘返。

每次,发到朋友圈的照片都获得无数点赞。

一望无际的湖面白鹭翻飞,整洁的环湖碧道绿树掩映,生机勃勃的鲜花绿草令游客如痴如醉、流连忘返。

骑车的,散步的,垂钓的,拍照的……柳树下的情侣搂搂抱抱,卿卿我我;草坪上的孩童蹦蹦跳跳,欢呼雀跃;蓝天里的风筝乘风破浪,展翅飞翔。

我看见,来自四面八方的游客无不春风拂面、精神爽朗。

啊,这就是荔湖!

走进大埔围

广州最东的行政村是增城区增江街大埔围。

大埔围村位于324国道广汕公路边,紧邻惠州市博罗县福田镇。

从广州一路向东,沿广汕公路驶至离博罗县界300米处右转,便是大埔围村口停车场。停车场旁边就是大埔围花海公园。花海公园旁边有一个波光潋滟的小湖,湖上两艘形似绣花鞋的随风轻轻摇晃的小船一下子吸引了我们的眼球。

大埔围花海里面花红草绿、树木繁茂,长廊拱门富有浪漫的诗意。花海园内设有亲子乐园、薰衣草园、风车园、樱花园、桃花园和玫瑰园等景点。其中规模最大的是玫瑰园。放眼望去,墨绿的叶,鲜红的花,十分好看。我马上把这里的玫瑰花发上了朋友圈,一会儿就收到了很多点赞。有朋友还留言:大埔围花海的花红得相当可爱,红得让人陶醉……

以前,这里是散、小、乱的养猪场,村容村貌以脏、乱、差出了名。后来，上级以"美丽乡村"建设为突破口，大力实施乡村振兴战略。他们坚持"因地制宜，科学规划；因难见巧，群众参与；因势利导，持续发展"的思路，将社会主义核心价值观的宣传教育融入村民日常生活，融入本土文化，融入景区建设。同时，他们积极引进社会资本，促进特色产业发展；充分利用周边高校资源，打造大学生创新创业基地；合理利用自然资源和区域优势，推动休闲农业和乡村旅游融合发展。短短几年时间，大埔围从原来有名的软弱涣散问题村变成了"全国文明村""全国绿色村庄""全国美丽宜居村庄""国家AAA级旅游景区""广东省文明村""广东省卫生村""广东省宜居示范村""广东省乡村旅游示范村""广州市爱国主义教育基地"……

现在，除了村前花海、湿地公园，大埔围村还有很多景点：农耕园、休闲馆、观音庙、美丽磨坊、叶氏祠堂、荷塘月色、客家老屋、创客驿站、文体中心、艺术空间和东江纵队革命旧址等。

离开花海，来到村委会，我们拾级而上，看到操场两边各有一幢三层红色小楼，这就是大埔围村的红色教育基地，是撤并"麻雀小学"时留下的课室。这里可以进行革命传统教育、爱国主义教育和社会主义核心价值观教育，既适合青少年学习，也适合成年人学习。

再沿石级登上山顶，只见一座纪念碑耸立在树林中，上刻"革命烈士永垂不朽"八个大字。据介绍，抗日战争期间，大埔围村民积极支持抗日游击队在此开展抗日活动：为游击队通风报信、送粮送药、提供蔽身场所，有些村民还加入了游击队。解放战争时期，村民们全力配合东江纵队战斗，舍生忘死，为中华民族的解放事业做出了贡献。

从山上下来，我们见到不少荔枝树，树上长满了一串串成熟的红荔。参观完大学生艺术创意展，我们来到旁边一间农家乐饭馆。还没坐下，姓叶的老板就拿出一篮荔枝请我们吃。这些荔枝和刚才树上的一样又大又红。剥壳品尝，晶莹剔透的果肉又甜又香。

欣赏了手绘墙艺术作品，我们来到塘边观赏荷花。

荷塘边有一棵黄皮树，树上结满了黄灿灿的果实。一位村姑扛来铝合金人字梯，三两下便摘了很多黄皮果，递给我们每人一串。"吃吧，吃吧！新鲜好吃！"我们毫不客气，都"大开吃戒"。果然，果子酸酸甜甜的，特别香。

太阳快要下山了，我们都舍不得离开大埔围村。乡村振兴战略的实施、社会主义新农村的风貌，给我们上了深刻的一课。

走进麻车村

麻车村位于增城南部,人口约 17000 人,辖 20 个合作社,是增城最大的行政村,始建于南宋开庆元年,已有 760 多年历史。近年来,麻车村按照"产业兴旺、生态宜居、乡风文明、治理有效、生活富裕"的总要求,围绕"观光休闲农业+田园风光"主题,扎实推进,成效明显,2020 年被授予"广州市美丽乡村"称号。

麻车村物产丰富,除了水稻、荔枝、乌榄、南瓜远近驰名,还有许多享誉中外的土特产,比如鱼生、头菜、鹎可腌菜心等,还有如丰酱菜、乐丰食品、正佳腊味、澳海老土酱油等。麻车村的非物质文化遗产项目——舞火狗更是久负盛名。

麻车的"舞火狗"与确山县竹沟镇的"打铁花"有点相似。龙门县蓝田镇的"舞火狗"是瑶族少女的成年礼,麻车的"舞火狗"则是一场声势浩大的巡游活动,又称"麻车夜色",已有 600 多年历史。

麻车火狗由九种"动物"组成：龙、凤、狮、鹿、麒麟、蟾蜍（咸虾）、犀牛、宝鸭和锦鲤（鳌鱼），故亦名"火九"。火狗均用竹竿、竹篾、稻草、麻绳扎成，插上香柱。点燃后，舞动前行，长长的火龙浩浩荡荡，蔚为壮观。为首的火龙长50米，重4000斤。挥舞各种道具的参演村民有800多人，巡游队长5500米。巡游当晚，万人空巷；两旁观众，人山人海。"千人点火""巨龙出洞""池塘倒影""群情汹涌"等场景十分震撼。

组成麻车火狗的九种动物都有吉祥的名字，分别是：巨龙戏珠、双凤朝阳、狮子滚火球、鹿回头、麒麟吐玉书、咸虾吐日、犀牛望月、宝鸭穿莲、鳌鱼戏水。表达了村民们祈求风调雨顺、老少安康的心愿，也体现了他们团结一致、共庆丰收的喜悦。

刘氏宗祠是麻车人的骄傲。此为增城四大名祠之一，五间四进，规模宏大，所用花岗岩和坤甸木等均为上乘建材。该祠始建于明代嘉靖年间，人字封火山墙，灰塑龙船脊，碌灰筒瓦，青砖石脚，混合结构，气势恢宏。特别是梁架、檐板上的浮雕木刻形神兼备、栩栩如生。院落围栏的石雕纹饰也精致细腻、生动传神，有"国色天香""鱼跃龙门""双凤朝阳""麟吐玉书""龙凤呈祥"等，寓意深刻。

刘氏宗祠门前尚存四对花岗岩桅杆夹，好像在向世人讲述麻车那些显赫一时的"威水史"。数十位贡生、举人刻苦努力、拼搏成才的故事，证明了麻车历来人才辈出、人杰地灵。

麻车村还有确斋公祠、松吕祠、尚书祠和文笔塔。尚书祠就在刘氏宗祠旁边,为纪念宋绍兴进士、兵部尚书刘汉明而建。该祠以青砖、古木、红砂岩、花岗岩为主材,结构对称、精巧美观,彰显中国传统建筑风格。尚书祠和刘氏宗祠现在均已被列为广州市文物保护单位。

麻车村中有一棵古榕树,粗壮的枝干,长长的胡须,看上去老态龙钟却又枝繁叶茂。狂风吹、烈日晒、暴雨淋,老榕树看透世态炎凉,阅尽岁月沧桑,依然笑傲江河。就在这棵树下,村民们度过了多少美好时光?也在这棵树下,上演了多少喜怒哀乐?

麻车村的连片荔枝、乌榄也全是古木老树。走进荔枝林,只见高大挺拔的荔枝树一棵挨着一棵,枝叶婆娑,遮天蔽日。阳光从叶缝斜进来,荔枝林犹如人间仙境。每年六七月荔枝成熟的时候,麻车村的荔枝林人来人往、热闹非凡。麻车产的甜岩和水晶球是增城荔枝中的贵族,以其果肉晶莹爽脆、清甜多汁、香味浓郁闻名遐迩。

麻车村的乌榄树特别高大,饱经沧桑的树皮斑驳粗糙,蜿蜒曲折的树枝苍劲有力,青翠碧绿的树叶郁郁葱葱。乌榄被称为黑金子,全身都是宝:榄肉晒干既可作饭餐佐料又能做成点心,榄核既可作燃料更是上等雕刻材料,榄仁是月饼馅的主要材料更是金贵的餐桌美味。据说全球90%的榄仁产自广东,广东90%的榄仁产自广州,广州90%的榄仁产自增城,增城90%的榄仁产自麻车。

麻车村家家户户"乒乒乓乓"砍榄核的壮观场面形成了一道独特的人文景观。砍榄核是一门绝活。坐在竹凳上,面前摆着高度适中的木墩,旁边是一大堆干而脆的榄核。将榄核垫在木墩上,一手握刀，另一手捏榄核，手起刀落，榄核从中间断开分成两截，即见穿着赤红色外衣的榄仁。砍榄核的刀必须是有一定重量的钝刀，砍的时候刀柄与刀锋处先靠木墩才不会伤到捏榄核的手指。砍榄核还要会用力，力小了砍不断榄核，力大了会伤到手指或连榄仁一起砍断。

村委会刘书记说，由于周边有增城火车站、绿湖国际城、广本研发中心、立高集团公司等大项目，村民们都盼望能把延绵一公里的古荔林、古榄林打造成具有地方特色的区域性休闲公园。

从麻车村智慧图书馆出来，穿过整洁的村巷，漫步在大祠文化广场的池塘边，只见塘水清澈，游鱼可数。路边绿树成荫。村干部还饶有兴趣地向我们介绍了在建中的休闲公园、水景公园、健身公园和新篮球场的规划情况，让我们看到了麻车美丽乡村建设的美好前景。

初识白江湖

增城区正果镇是广州市东北角最边远的小镇,与博罗、龙门接壤。早在 30 年前,我就听说过增城正果镇内有一个直属广州市管的梳脑林场,但一直无缘造访。后来,我又听说了一个陌生的名字:白江湖森林公园。

正果美食节期间,朋友带我在正果游山玩水,我才知道,白江湖森林公园就是原来的梳脑林场。

汽车沿着一条整洁的柏油路穿梭在山岭林间。我们的汽车直接开到半山停车场,停车场旁边就是绿水如茵、平静如镜的白江湖,远处最高峰就是梳脑山。

梳脑山东南侧是正果镇的浪拔、麻冚村,西面是派潭镇的樟洞坑,北面是龙门永汉镇的黄牛冚。梳脑山因远看形如弯弓,状似发髻梳于脑后而得名。梳脑林场是广州市属林场,林地面积733.3公顷。十多年前,国营林场变身森林公园的计划已经开始实施。梳脑林场因其空气清新、交通方便和溪流清澈、景观独特,很快吸引了世人眼球。

从林场到公园的华丽转身,并非轻而易举。白江湖森林公园还没有正式对外开放,许多工程还在建设中。但是,梳脑山的巍峨伟岸,白江湖的天生丽质,小溪流的清纯净洁,令"养在深闺无人识"的白江湖森林公园迅速声名远播。

白江湖面积不大,但四周绿树繁茂、苍翠欲滴,走在环湖栈道上,感觉特别舒适。

水嗡阁外的湖面上,我们看到了6只黑天鹅在清澈的湖水中游弋,那鲜红的长嘴巴特别耀眼。

白江湖边有一景点叫"双龟望月"。经双龟望月左边的石级上山,便是丛花谷景区。

我们没有上山,继续右转绕湖而行。很快到了神山阁和杜鹃阁。这里除了湖边原有的天然植物,还种了许多极具观赏价值的花草树木,把整个湖区装点得更加靓丽迷人。

走过风铃阁,很快到了水库大坝。大坝下游便是通往浪拔河的山溪。小溪两边都建了人行栈道。溪水一会儿缓静轻流,泛起涟漪;一会儿飞流直下,形成瀑布。溪谷两岸,大小树木千姿百态,不少鸟儿在树杈上跳来飞去。

沿溪行,但觉处处风景如画。原生态、纯天然的感觉特别强烈。溪谷底部为天然石床,溪水全都在石面上流淌。最让人称奇的是河床石窝。这些石窝大多数只有一两米宽,尽管溪水清澈洁净,仍望不见底。最深的石窝有二三十米深,犹如天然古井,神秘莫测。也有些数米见方的石窝,看上去就像金碧辉煌的天然浴池。浴池旁边的石头经过溪水长年累月冲刷,都变得光滑亮丽,坐在上面感觉十分惬意。

溪谷两岸的树木种类繁多、形态各异。除了松柏、水杉、白桦、枫树、马尾松等树种,绝大部分树木我们不知道名称。有些稀有品种挂了标牌进行简介,让我们增长了见识,如竹节树、鼠刺树,还有七色堇、水晶兰、柏树果……

来到试剑石景点前,只见该石高约4米、长7米,中间一条上宽下窄的缝隙将其一分为二,好像被锋利的宝剑劈成两段。因惊叹宝剑的厉害,世人称其为"试剑石"。

在试剑石旁边的栈道上,我们偶然发现一条长约两尺的草花蛇。它自木柱旁边爬出来,正准备越过栈道往溪水边去,见我们来了又马上缩回去。这蛇是不是要到溪边喝水呢?肯定是我们把它吓到了。我们马上躲到一旁,默不作声。一会儿,草花蛇见四周无人便很快爬过木栈道,钻进溪边的石缝里。看来,它也不想惊动过往的游人。

我想起刚才从大坝走下来,经过百丈飞瀑景点的时候,见到石级旁边的树丛中,有一条五颜六色的蜥蜴。它见我们来了马上就在叶子后面躲了起来,不想吓到过往的游人。这不就是人与大自然的和谐相处吗?

试剑石下游,有一处波光粼粼的水潭。潭里水质明净通透,潭底石块清晰可见。我们好想脱光衣服跳进这一尘不染的水中尽情享受大自然赋予的欢乐。

水潭旁边矗立着一块像雄鹰一样的石头。世人称该潭为"鹰池"。每年夏天都有不少游人偷偷跑来这里沐浴。有些人还从几十公里外的东莞、佛山、惠州等地专程而来。他们认为鹰池水是深山幽谷的仙水，能祛除百病、强身健体。

白江湖森林公园大门附近的河床中央，一尊洁白的河神塑像立在石滩上。清澈的河水唱着欢歌在她身边轻轻流淌，流向下游的增江，把河神的美好祝愿带到正果、荔城，带到千家万户。

漫步金兰寺

一

金兰寺不是寺,是村,位于广州市增城区石滩镇三江平原地带,是远近驰名的鱼米之乡。

金莲寺是一座寺,但现在不见了。人们现在看见的是天后宫、洪圣宫和姚氏宗祠。

一条笔直的水泥路直通金兰寺。左边,是一畦畦绿油油的蔬菜,还有藏在绿丛中的一颗颗鲜艳的红宝石——亦果亦菜的小番茄。右边,一排排香蕉树像整齐的仪仗队方阵,恭迎着各方客人的到来。

村委会就在原来的金兰寺小学内,两栋楼经过简单修葺,成了很不错的办公场所。为了下一代的健康成长,金兰寺小学合并到条件更好的中心小学去了。

东境、南境、西境、山围、关村,5个合作社,近3000人,金兰寺算大村了。全村姓姚的超过80%,姚氏算大姓了。西境前面的鱼塘超过百亩,也算大塘了……

二

村委会旁边有一座大戏院。

龟背拱形屋顶抵挡了50年的风吹日晒雨淋,其巍然挺立的意志引来了燕子的爱慕、飞榕的眷恋,就连那片碧绿的青藤也悄悄地爬了上来……整座大戏院中间没有一根柱子,虽然现在已是危房,但过去曾名震四方。

大戏院旁边有一座大水塔。40多年前村民自建泵房、自装水管、自修水塔,实现了家家户户通水通电。金兰寺是大村,就是要让人羡慕、让人敬佩。当时,不少大队、生产队都过来参观学习。

大操场旁边有几棵百年老树。其中一棵200多岁的大榕树,绿叶婆娑、枝繁叶茂,充满勃勃生机。南榕北槐,就是说北方的村子都有槐树,不知真假,而南方的古村落都有榕树,一点不假。你看,大榕树树荫覆盖的地方有篮球场那么大,仿佛是在为金兰寺世世代代的村民带来福荫,仿佛是在保护金兰寺年年岁岁风调雨顺、五谷丰登,仿佛是在祈求老百姓时时刻刻心想事成、身体健康。

三

沿着悠长的古巷漫步,搜寻金兰寺的前世今生。

两边的墙角长满青苔,破旧的木门摇摇欲坠。低矮的砖瓦房空无一人,偶尔可以看见里面搁置着鸡笼、风柜、大木桶……据长者姚叔照说,人们早已住到新居去了。

三块麻石为一组,连绵不断,铺成了1000多米长的古巷,凝聚了700多年的乡愁。麻石的缝里长着绿油油的小草,为潮湿而沉寂的古巷带来了几分生机。有些麻石已被沙泥覆盖,但我们清晰地看到石还在,路还在,魂还在……

麻石路边有排水沟,宽深不过三四十厘米,但三面由石块砌成,整齐美观。这让人一下子想起了丽江古城束河古镇千家万户门前的小溪流,真有异曲同工之妙。

麻石古巷有一间南池书室,里面有两块字迹斑驳的石碑。姚叔照说,一块碑代表一名举人,本村出现过两名武举人。

麻石路边还有一座三层高的炮楼,虽然不知何年何月被雷电毁了一角,但炮楼雄姿依旧。我们仿佛看到了清末民初村民们同心协力筑炮楼的热闹场面,也仿佛看到了村民们团结一致保护家园的动人情景。

四

金莲寺在哪？金莲寺为何不见了？

人，皆有好奇之心。我们沿着古石巷，扶着鱼塘边的石栏，从东境走到西境，从山围来到关村……

一棵老态龙钟的桐油树下坐着三位年迈的婆婆，她们的眼球浑浊，但分明充满着好奇、希望，仿佛在问我们：找到没？知道金莲寺在哪里吗？

其实，渊博的考古学家比我们更好奇。他们分别在1958年和1962年来到金兰寺考古，没找到金莲寺，却发现了典型的贝丘文化遗址。于是，他们如获至宝、喜出望外，把出土文物和大量的图片搬进了省城博物馆。

"这，就是贝丘遗址。"姚叔照指着元江边一处杂草丛生的残墙断壁，滔滔不绝地向我们讲述当年挖掘文物的盛况。可惜，除了砖头碎瓦和泥土中夹着的蚝壳、蚬壳之类的东西，我们没有什么可喜的发现。倒是古老的元江码头向我们透露了当年的岁月沧桑。

码头宽约15尺，是昔日繁忙的交通要道。坚实的麻石一直延伸向河水深处，两边砂岩石砌成的护土墙经过风雨的侵蚀，已多处剥落。从这个码头，可以坐船到增江、东江、珠江，可以到东莞、惠州、广州，可以走向全世界。可是，现在已经不是以船运为主要交通的时代了。

五

一路寻访,我们来到了姚氏宗祠。

作为广州市文物保护单位,姚氏宗祠颇具气势。两尊红色的"犀牛望月"石雕虽然皮层剥落,有些变形,但依然威风凛凛地镇守在大门两边。

姚氏宗祠坐西朝东,五间四进,是典型的明代建筑。朱砂岩石柱,封火山砖墙,红砂岩墙脚,灰塑龙船脊,三合土铺地……彩绘壁画、雕花木桩、酸枝横梁、坤典木柱……处处经典,可惜处处苍凉,我们无法想象它昔日的荣光。

屋顶花墙上有一幅"岳阳三醉图",部分地方脱落了,露出另一幅"花鸟虫鱼图"。姚叔照说,不同的朝代绘不同的画,墙头上的彩绘已覆盖了三四次。不管怎样,彩绘始终代表着村民美好的愿望和对幸福生活的追求。他还说,已着手重修姚氏宗祠,不久的将来,姚氏宗祠会像麻车村刘氏宗祠一样庄严肃穆,富丽堂皇。

六

寻寻觅觅,总不见金莲寺踪迹。

为什么叫金兰寺村?是否因为金莲寺曾经有过两次"金兰结义"?

姚叔照说,第一次在金莲寺的结义有9帮18派78姓首领参与。

"反清复明"失败后,第二次结义的人经过大浪淘沙,只有36姓。

什么是"金兰结义"?梅兰竹菊号称花中四君子,兰花被喻为香祖,人们常以金兰来赞美兄弟情谊、人格魅力。古人结拜成兄弟姐妹时,依次叩拜天地后须由长者领读《金兰谱》。久而久之,结拜便成了"金兰结义"。

"金兰结义"最早来自中原,后广为流传。金莲寺的结义理所当然也是"金兰结义"。年复一年,金莲寺不见了,慢慢地人们只知道金兰寺村——美丽富饶的鱼米之乡。

七

难道金莲寺就没有留下什么看得见摸得着的东西吗?

"有,有两座古钟!其中一座就放在洪圣宫,另一座在省城博物馆。"

姚叔照带我们来到村北元江桥头。洪圣宫、天后宫像衣着华丽的两兄妹,正并肩而立。门前河边空地的铁棚下立着一尊长方形的大铜鼎,鼎上的香轻轻地飘着白烟。我们走进天后宫,再从侧门转到洪圣宫,只见一座古老厚重的铁钟靠在墙根。铁钟高一米左右,钟口向下,顶部形似麒麟。钟身锈迹斑斑,刻有许多繁体字,隐约可见"增城县""金莲寺""万历年间"等字迹。

"金莲寺就在双宫门口大铜鼎这个位置。人们已记不清金莲寺是何年何月被清廷大内高手带兵镇压反清复明志士时摧毁的。唯一能勾起人们对古寺联想的就是这生锈的铁钟了。"

据说，嵩山少林寺很多古迹也曾被清兵烧毁，后来才得到修复。

我们默不作声地看着姚叔照老人，总觉得余兴未尽，总觉得还想了解些什么，得到些什么。是什么东西呢？说不上来。

握手道别的时候，村委干部的眼神让我想起刚才古桐树下那三位婆婆，他们都充满渴望、充满祈盼！

他们是否都在祈盼重建一座让人日夜挂念的金莲寺？是否祈盼著名的贝丘文化遗址能展示在世人面前？是否祈盼金兰寺的美丽乡村建设稳步推进？

人间四月天

一个正常人登上牛牯嶂顶峰，不足为奇。但是，对于年过六旬的老党员俏花和这几个特殊的姑娘来说，这是一件不可思议的事。然而，她们确确实实攀上顶峰了，这真是个名副其实的壮举！

那天早晨，太阳刚刚从东方升起的时候，她们一行四人乘越野车来到牛牯嶂山脚下的水库边。金色的朝阳洒满大地，温暖的春风迎面吹来，宽阔的湖水波光粼粼，登山开始了！

美兰身段苗条，容姿丰润，白净的圆脸上嵌着一对机灵的大眼睛，谁看见她都会惊赞她的超群美貌！然而，她竟是个听障姑娘！她自小心灵受到严重创伤，时常独自流泪……近来，在俏花阿姨的帮助下，她看到了生活的美好，鼓起了生活的勇气，她成熟了。当姐妹们写字条约她登山时，她连连点头。

俏花一马当先，在前引路。美兰向上攀着，丽英紧跟在后。丽英抓住光滑的竹竿由美兰牵着一步步向上……突然，脚一滑，丽英摔倒了！抓着竹竿另一端的美兰没提防，松了手，丽英向下一滚。天哪！美兰急了，啊啊叫着扑向丽英……扶起丽英后，四人围在一起，幸好只伤了皮。

大家都心疼丽英，个性深沉的丽英却坦然地笑了，劝大家别为她难过。听说爬山，她坚决要来，想不到才开始就……

她们休息了一会，又继续攀登。

"路，本来没有，走的人多了，便成了路。"

跟在丽英后面的是俊枝，她患了小儿麻痹症，左脚坏了，每移动一步，都要用手撑着膝盖，才能保持平衡。但她身残志坚，俏花阿姨提出登山建议后，她积极联络其他人。她性格开朗，话不离口，生活好像过得很欢乐，但内心忍受着普通人难以体会的痛苦。

年纪最大的老党员俏花，艰难地行走在前面探路。她原是纸厂工人，市劳动模范，在厂里埋头苦干了近30年，不幸在一次事故中砸断了右手。后来，她在街道居委会任党委副书记，负责党群工作，常和青年促膝谈心，对这几名特殊青年更是关怀备至。爬山就是她提出来的，得到了热烈响应。她相信，姑娘们定会领会登山的启示，领会她的良苦用心。看着她们顽强向上攀的情景，她心里又欣慰又难受……

路，狭窄难走，蜿蜒曲折，途中还有石头、野藤、杂草阻挡，有时会打滑，有时会绊脚，有时会出意外，但这是真正的路，生活的路！

这路，再艰辛也要自己走，自己闯！只要生命不息，就不应让人家背你前进!

俏花她们信心百倍,没有为阻碍重重的山路叫苦,还有说有笑的。能亲自向山上攀登,她们的心里感到幸福!

四月的清晨,凉风习习,东方天际刚露出一抹霞光,俏花阿姨就去接美兰、俊枝,然后去接丽英。她为姑娘们准备了竹拐杖、线手袜、太阳帽,还叮嘱大家穿上深底纹的登山鞋。

丽英双目失明,风景再美,她也看不见,为什么还要去登山?大家都有点担心,但这姑娘很坚决地说她一定要去。三人来到丽英家,只见丽英早就挨着门框等着了。

于是,她们踏着朝阳出发了。

美兰握住竹竿拖着丽英,俊枝手撑着腿,俏花不停地叫大家小心。她们沿着乱石嶙峋的山路移动着脚步。"路"两边是野草丛生、荆棘遍布的斜坡,坡上坡下有高大的松树和鲜嫩的花草,也有奇形怪状的大石和横卧林间的枯树。

有时"路"两旁是陡得令人心寒的峭壁,稍不留神摔下去就会粉身碎骨。美兰紧抓住竹竿,生怕又松了手;俊枝有说有笑,从不停口;俏花要大家脚踏实地,一步步慢慢来。

牛牯嶂是增城第一高峰。每年四月,漫山遍野繁花似锦。岗稔花、杜鹃花、大红花、野生菊……鲜红的花,碧绿的叶,把丛林、石堆点缀得格外亮丽。不管从哪个角度看,都是一幅百看不厌的自然风光。

绕过一堆堆荆藤灌木,她们来到一处特别陡的坡前。要越过去,必须攀爬而上。美兰一看,心有些慌,自己还可以,丽花、俊枝怎么爬得过?但是,不能停!"停下,我们先把丽英扶上去。"俏花说着走过来,伸出那只坚强有力的左手挽住丽英的右手。

美兰会意,便一手挽着丽英左手,一手抓住尖尖的石角。她们踩着石缝,躬着身体,手脚并用,跪着爬行,根本不敢挺直腰肢,每迈一步都要试试脚下是否稳实……接着,俏花和美兰又回来挽着俊枝,她们互相撑扶着,终于登上了第一险!

这里的巉岩怪石、奇花异草构成一道她们从没见过的原生态景观。坐下休息时,俊枝便滔滔不绝地向丽英介绍眼前的美好风光。

丽英虽不能亲眼看见,但已心满意足了,蛋形脸上荡起笑波。

美兰看到石缝里长着两棵有着七片绿叶的小植物,这么贫瘠的瘦石上也能生长,真叫人敬佩。她把它们指给大家看,并啊啊地问俏花那是什么。俏花会意,看了看,感慨地说:"这叫七叶一枝花,是名贵中药。就是它们救了我爸爸的命。"

"哦?"大家都感到好奇。

美兰扑闪着那双乌黑的大眼睛,皱紧眉心,张了张嘴,但可怜她说不出话。俊枝像喜鹊一样又说开了:"嘻,有故事听了,阿姨您就给我们说说吧!"

"解放前,我妈还是个农村小姑娘,她是嫁了我爸才到城里来的。当时我爸是个侦察员,黑夜摸进我们村探敌情,被发现了……后来,子弹打光,又负了重伤,便躲在我们村附近山林里的一个洞内。我妈去打柴发现了他,从此便常悄悄地送些吃的和草药给他,但他总是不收，叫我妈不要送东西去。他说他是共产党员，不能连累老百姓，自己还可以动。他便自己找野菜、野果吃，用这种七叶一枝花敷伤口。伤好后，他带着队伍解放了我们村，他还上门感谢我妈……我妈被他的坚强意志和惊人毅力深深感动了，后来就嫁给他了。"

丽英说："你爸是个大英雄。"

俏花说："我爸真的很优秀，我们一家人都很佩服他。他的信仰影响了我们全家人。我妈、我哥、我姐和我，都在我爸的影响下不断进步；我们全都加入了光荣的中国共产党。"

俊枝天真地笑着："原来是这样，太好了！"

丽英也被俏花讲的故事吸引着，若有所思。

美兰听不见，但从俏花那故意做给她看的各种各样的手势和表情里，她已心领神会了。

又谈了一会，俏花说："好啦，我们继续向前。"

这段"路"是光滑的泥土坡，尽管偶有树根或者石块嵌在土里构成天然的"梯级"，但要从这45度的陡坡爬上去并不容易。但她们同心协力，不慌不忙，以坚韧不拔的意志终于越过了"第二险"。

俏花看着这几个姑娘，觉得她们真是可敬又可爱……

温暖的太阳，高高挂在头顶上。她们说着笑着，向"第三险"进军。

到了一道山涧，两块大石横卧其中。两石之间搭着一根大腿粗的木头，必须从独木桥走过去才能往上爬。大家都犯难了。

俏花让美兰先过去,然后叫俊枝和美兰一人一边拉住拐杖作"栏杆",她就扶着丽英抓住"栏杆"试探着一步一步小心翼翼地走过独木桥。接着,俏花返回抓住"栏杆"让俊枝移步过桥。最后,她才走过桥去。好不容易,她们又过了一道险关。

四月天,山上的一切都特别新鲜,给人一种清新的感受。美兰仍拖着丽英稳步向前。丽英多次要自己摸索攀登,她说:"我要向俏花的英雄爸爸学习,自己努力,登上顶峰!"

俊枝撑着残肢,艰难地走着,但她好像不觉得累,还边走边看着蓝天白云唱歌:"我们的生活,多么快乐……白云头上飘过……"

"第四险"过后,她们马不停蹄,直指顶峰!

这时,四人都有点累,特别是俊枝和俏花。但俊枝仍喜鹊般欢唱着。俏花是过来人,尽管已累得气喘吁吁,但什么辛酸苦辣她也顶得住。加上这次有意带姑娘们出来锻炼,自己更不应怕苦。丽英看不见别人,只觉筋疲脚累,但听到俊枝清脆悦耳的歌,就浑身轻松了许多。美兰听不到歌声,但见伙伴们都坚韧向前,自己手脚完好,更是不甘示弱。

她们披荆斩棘,继续向上,把碎石踩在脚下,把困难置之度外。

钻过三角石朝天门,爬上光秃秃的石头山,进入一片阴森森的君竹林。顶峰近在咫尺。但是,最危险的地段出现了。

石缝,滑坡,乱石,草堆,根本没"路"可走。她们手脚并用,你推我拉,艰难移动。

腰酸背痛,她们全然不顾;筋骨酸软,她们默不作声;手袜破了,反过来穿。

她们喘着粗气,每一步都手脚并用,稳打稳扎,像蚂蚁一样缓缓爬行。

快到了,她们继续手脚并用,奋力向前,向着顶峰——快到了——鼓足力气——到了!

眼前石景成画、花团锦簇,美呆了!

她们扔掉竹竿,脱掉外衣,笑着、喊着、欢呼着,拥成一团——美兰也啊啊叫着表达自己的满腔情感!

第一次尝到自己"劳动成果"的喜乐飞上眉梢!面对着这无限春色,俊枝赞不绝口:"多美呀!放眼望去,一块块绿油油的田野整整齐齐,一座座新楼林立,一条条河渠纵横,全都在我们脚下!"

丽英笑了:"真的?"俊枝扶着她:"对对,你看,祖国的大好河山,看到了吗!"

丽英连连点头:"看到了,看到了,一切都看到了!"

美兰见此情景,激动得眼里闪烁着晶莹的泪光。

俏花看着姑娘们那喜悦的样子,心里快慰极了。

丽英仍抱着俊枝不放:"枝姐,我多么高兴呀!"

俊枝:"我们站得高,望得远,田园美景,城镇新姿,尽收眼底!"

俏花挽着美兰的手,对俊枝和丽英说:"我们的收获来之不易,大家辛苦了!"

"为了幸福和快乐,我们不怕艰难困苦。"

"说得好,幸福都是奋斗出来的。我们今天美好的生活就是共产党带领我们奋斗出来的。"

大家点点头,觉得俏花阿姨为她们上了很好的一课。

太阳已经偏西,把远处的山峰照得更加壮丽。俏花不停地表扬姑娘们的坚强和乐观。她说:"我们好好休息一会儿,吃饱喝足就下山。"

上山容易下山难。等待她们的道路依然坎坷曲折,但是,她们对美好的未来充满信心。

秋天的增江

为了增江河,成了异乡人。

为了爱一个人,我留在这座城。

日夜的思念,给了增江河。经久的热吻,给了这座城。

涓涓细流,汇入增江,波光粼粼,向南流淌。

当雁塔牵住了凤塔的手,增江的歌声更加动听;当东门桥搂住了彩虹桥的腰,两岸的风物更加深情。

秋天的凉风轻轻吹过,晚霞的余热还在流连。江面倒映着泛着红云的蓝天。高楼大厦在水中沐浴,花草树木不甘示弱,挤到江边跃跃欲试。

我挽着他的臂,沿亲水栈道漫步而行。我听到了河水窃窃私语,好像在笑话我和他:怎么天天都来,不累吗?不厌吗?

怎么会累呢?怎么会厌呢?我们一如既往,风雨不改,初心不变。

我听到了他心房的跳动,好像在赞扬我的想法:对,我们不累、不厌。因为我们生活在增江河畔。

20年了,这里越来越繁华,越来越漂亮。

20年了,我依然长发飘飘,对他依然恍如初恋。

我们透过清清的河水亲吻飘忽的云霞,摸着光鲜的绿叶享受醉人的花香。

河边就是公园。两岸碧道,蜿蜒向前;上下一百里,纵横城镇间。

我们在公园里散步,我们在公园里学习。

我们在公园里工作,我们在公园里生活。

从南昆山到观海口,从联安水库到东江尽头。

这个150万人口的大公园,有着1800年历史和1616平方公里土地,还有许多美丽的名字:全国著名荔枝之乡、牛仔服装名城、新兴汽车产业基地,全国绿色发展百强区、科技创新百强区、综合实力百佳区、乡村振兴十大示范区、生态旅游示范区……

秋天的风,吹来舒适。增江的水,越喝越甜。

我喜欢和他一起触摸牛牯嶂的脉脉温情,倾听白水寨的婉约歌声;喜欢和他一起去仙姑故里偷窥千年仙藤与屋顶仙桃的幽会,去南樵胜地追忆若水先生的风骨和莲洞书院的遗韵;也喜欢去凤凰山细看菊坡亭的优雅,去清献园仰望崔与之的伟岸;我还喜欢和他一起去万达广场闲逛,去图书馆里阅读。

我们看着高楼长大,看着地铁开通,看着大街上车水马龙。

走过国际龙舟赛场,我们看到圣皇洲竹林里的白鹭在打情骂俏,看到澄碧碧河水里的鱼儿在追逐打闹,看到静幽幽林荫下的情侣在卿卿我我。

　　秋天的增江河,流淌着收获。大美增城,收获爱情。

　　我看到这里的人们越来越幸福。

做一回派潭人

自从入住吾乡石屋,我就想做一个派潭人。

虫鸣蛙声,伴我甜蜜入梦;鸟语花香,把我轻柔唤醒。

负离子指数极高,空气特别清新,睡眠特别舒爽。我不禁精神抖擞,心情开朗。

从此,我想做一个派潭人。我可以更好地体验派潭数十处精品民宿的清雅幽静和优美环境,也可以尝遍派潭美食:让你垂涎的烧土鸡、香气袭人的烧排骨、又嫩又滑的清蒸草鱼、滋补健身的白灼河虾、回味无穷的紫苏蒸螺、软滑香甜的山水豆腐、清爽润喉的炒粉葛片、风味独特的蒸盖仔粉,还有远近驰名的迟菜心、紫番薯。秋冬时节可以品尝密石红柿的甘香,一年四季都可以感受派潭凉粉的甜滑……

我想做一个派潭人,可以仔细欣赏白水仙瀑天女一般的婀娜多姿、古木栈道迂回曲折的天真烂漫和石马龙水库神秘莫测的天然美景。

我想做一个派潭人,可以深入大封门水库细品那里原始古朴的风光,来到飞碟射击场回忆当年亚运健儿英姿飒爽的风采,靠近警用机场观看直升飞机升降那美妙的一刻,走进万果小镇农场采摘香甜的果实和艳丽的鲜花。

我想做一个派潭人,亲临牛牯嶂领略石头博物馆、鲜花大观园、溪流汇水库的大美仙境;登上鹧鸪峰体会纯朴无华、低调自然、不加雕琢的原始美景。

我想做一个派潭人,可以深入了解樟洞坑那些无法忘却的红色历史,可以记住灵山村那些流传民间的精彩物事,可以认真读懂三忠古庙那些传颂多年的动人故事。

我想做一个派潭人,可以进一步了解古圩的历史沧桑,细听派潭河述说当年的迷人风采,慢品百年水车翻滚出来的缕缕芬芳。

我想做一个派潭人,用心去探究派潭深厚的历史渊源和文化底蕴,去翻看一下驰名南粤的《向阳花》中的那些佳作,去阅读《杨梅》中对美丽乡村建设的歌颂。

我想做一个派潭人,用足够的时间去明白舞貔貅的具体情况、习俗意义和文化价值,还有舞春牛的地方特点、表演形式和历史影响。

我想做一个派潭人,有更多的时间去探秘东林寺、西林寺的来龙去脉,去翻开杨梅古都那陈旧的历史篇章和36个古村落的纯朴民风民俗。

我想做一个派潭人,每天去文化广场,听群众演员们动人的客家山歌,看大妈们成群结队跳舞的盛况,感受健康卫生小镇、文化旅游强镇的魅力。

我想做一个派潭人,细心触摸河大塘围龙屋和石达开古祠堂的庄严肃穆,还有罗华堂建学堂的历史和高埔龙纹石鲜为人知的典故,用心去学习历朝历代许多文人墨客对派潭的精彩描述。

总之,我想做一个派潭人。

穿越时光穗稻

一

您到过朱村街的时光穗稻田园风景区吗?

您见过地铁出口旁一望无际的万亩稻田吗?

春天,连片的油菜花招蜂引蝶,香飘四野。夏天,碧绿的稻田连绵起伏,碧波荡漾。秋天,金黄的田野稻穗飘香,景色迷人。冬天,空旷的稻田变成了精彩的艺廊,稻草人向你挥手致意,各式各样的艺术造型栩栩如生。

水泥铺成的田埂、水沟两旁花红草绿,风格独特的观光亭四周树木苍翠。田边,整齐的村居鳞次栉比;远处,墨绿的群山莽莽苍苍;头上,蔚蓝的天空白云飘荡。微风吹来,游人心旷神怡。

一年四季,时光穗稻景色秀丽。每到周末,游人如织,颇为热闹。还有七彩澳游世界、稻田公园、稻梦空间、白水山、遇稻里等景点，让农业游、乡村游、郊野游成了时尚。

朱村街道，位于324国道、广州地铁21号线核心段，是中国著名的丝苗米之乡，增城的黄金走廊。这里山清水秀，物产丰富，有丝苗米、荔枝、黄皮、乌榄、香蕉……还有丝苗米鸡饭、黄塘烤乳鸽、联兴烧排骨等美食。

朱村周边还有北三环高速、增佛高速、增莞高速、增从高速、广惠高速、广河高速，可谓交通发达，区位优势明显。朱村的地势北高南低，北边是起伏的山岭，东、南、西是连片的冲积平原。

如何因地制宜、发挥优势，为建设宜居、宜业、宜游的现代化中等规模生态之城做出贡献？如何调整产业结构，实施乡村振兴战略，让第一、第二、第三产业齐头并进长足发展，让广大农民增加收入、生活幸福？近年来，朱村街想了不少办法，做了不少实事，时光穗稻区域内的广州科旺公司增城区丝苗米省级现代农业产业园的建设就是其中一个典型。

地铁出口即见万亩良田，这可是天底下十分难得的资源。然而，以前对这一片肥沃土地的耕种管理不规范，种菜、种蕉、种水稻，或者养鱼，或者丢荒，效益很不理想。必须实行土地流转，才能增加农民收入。于是，朱村街选择了广州科旺实业有限责任公司。

短短的一年多时间过去，科旺公司不负众望，流转项目初见成效。

五月的朱村，阳光明媚。我们来到产业园田头，仿佛走进了花草飘香的公园。路边停车场停了不少车，笔直的田埂上不少游客正在观光、拍照。无人机在碧绿的稻田上来回飞翔，正在向水稻喷洒农药。偶尔看到有一两个戴着草帽的工作人员在稻田深处忙碌。

朱村街乡村振兴办的同志说,现代农业产业园已实现机械化耕作。一个多月后的夏收夏种,大型机械在田间作业会构成一道壮丽的风景,到秋收时我们还会搞农民丰收节,来观光的游客更多。

二

乡村振兴战略应该怎么实施?

这是朱村街领导班子每天都在思考的重要课题。他们有计划、有方案、有行动、有成效,交出了一份让广大农民满意的答卷。

朱村街主任邓章成表示:党建引领,乡村振兴,因地制宜,发展生产,大力实施"藏粮于地、藏粮于技"战略,坚决扛起粮食安全政治责任,实现粮食安全和联农、惠农、富农相统一。

朱村街乡村振兴战略的实施,一直都紧紧围绕农民增收、农业发展、农村稳定进行,致力于构建乡村美丽、乡风文明、农民富足、人与自然和谐共生的社会主义新农村。

要充分利用"中国丝苗米之乡"的优势,带动农民增加收入、共同富裕,就必须让每一寸土地收益最大化。实现土地有效流转,打造现代农业产业园,是可以复制的"朱村经验"。

土地怎样流转才有效?朱村街的经验是:政府统筹指导,农投带动引领,农民入股经营,社会企业参与。这种"公司+基地+农户"的做法,得益最大的就是农民。他们除了通过"保底租金+股份分红"的模式增加收入,平时还可以参与经营电商、民宿、休闲旅游、餐饮销售等第三产业,多渠道创造财富。

科旺增城丝苗米省级现代农业产业园的成功,让朱村街对创建"国家级丝苗米现代农业产业园""国家级丝苗米稻田田园综合体",打造具有国际影响力的"中国丝苗米之乡"充满信心。

三

广州科旺实业有限责任公司成立于2004年3月,是一家集育种研发、水稻种植、粮食仓储、粮食加工、粮食贸易、品牌销售、农业电商、智慧农业于一体的广东省重点农业龙头企业,在派潭镇、永宁街等地均有生产基地和仓储、加工厂房。

科旺有一班热爱粮食、志同道合的最佳伙伴,他们从小就和稻谷、大米打交道,几十年来致力于粮食的生产、加工、销售。近年来,他们把目光转向了发展都市现代农业,打造三产深度融合的新业态,建设集生态、科技、文化、休闲、民生于一体的田园综合体,让产品变商品,使生产、加工、销售与观光、旅游、购物紧密结合。

2020年底,科旺公司成功流转了朱村时光穗稻新乡村示范带内3000亩田地,随即投资3000万元启动了"公司+基地+农户"的生产经营模式,同步推进丝苗米种植业、产品加工业、稻田文旅业发展。2021年春,蕉田变稻田,种植优质丝苗米3000亩,并将该基地打造成"六好稻田",一下子吸引了世人的目光。

没有优质种子就没有优质产品。科旺公司通过增资扩股的方式，引进广东现代种业发展有限公司，开展增城丝苗米杂交育种和生产经营等种业研发，为增城丝苗米生产提供有力的种业支撑，确保丝苗米种源自主可控。

科旺公司总经理区向军说：我们计划再投资3000万元，引进华南农业大学、华中农业大学、广东省农科院等单位的院士专家团队，充分利用5G智慧农业现代装备，实现丝苗米种植耕、种、管、收的全程智慧化、机械化，提升丝苗米种植效率和效益。建设数字化冷链保鲜仓储，实现稻谷稻米储运智能化、自动化、数字化，确保丝苗米的质量安全可追溯、可监控。

"北五常，南丝苗。"科旺公司在推进智慧育秧工厂和稻谷烘干工厂建设的同时，还建设了机器人丝苗米煲仔饭餐厅，向游客展示增城丝苗米的蒸煮吃法，推动增城丝苗米从种植到加工再到舌尖全产业链发展。

四

乡村振兴做得好不好，关键看农民满意不满意。

朱村街在通过土地流转、引入资金创建丝苗米现代农业产业园的同时，始终坚持农民主体地位，坚持共同富裕的前进方向，持续完善产业与农民利益联结机制，注重"周末经济"，主动作为，推动沉浸式、体验式农旅消费，打造"特色农业+自然景观+文化底蕴"

的全链条乡村旅游产业，切实增加农民收入，分享产业增值收益。

科旺公司增城丝苗米省级现代农业产业园三产融合发展，形成了生态、科技、文化、休闲、民生"一区五园"格局，描绘了一幅美丽乡村的崭新图景，使广大农民信心百倍、劲头十足。

现在，农民以土地入股，"资源变资产、资金变股金、农民变股东"，从被动参与者变发展合伙人。于是，朱村街逐步实现农业大幅增效，农民大幅增收。

2022年2月26日，《信息时报》以《"乡村振兴"办实事，铺就共同致富路》为题全版专题报道了朱村街实施乡村振兴战略的情况，向世人展示了社会主义新农村的景象。

我们来到朱村街的乡间田头，看到农民和游客脸上都荡漾着甜蜜的微笑。他们的生活确实越来越幸福了。

50多岁的朱大叔是一家乡村饭店的老板。他的店就在时光穗稻田园景区附近，主营丝苗米鸡饭，离地铁出口和广汕公路不远，每到周末，食客如云。

朱大叔说："我们家的地都拿去入股了。闲来没事干就开了这家饭店。每年我们有地租收，有分红，饭店的效益又不错。开心！"他竖起大拇指：现在的政府，好！

农民大叔摇身一变成了老板。其实，在朱村街的各个村社，像朱大叔这样的老板很多。他们有的经营乡村客栈，有的经营单车出租，有的经营园林绿化，也有的人开广告公司、装修公司、清洁公司，还有的人买汽车搞运输业务，更有不少人跑到县城去开酒楼。

当然，还有一部分村民被产业园聘为工作人员，根据工作岗位的轻重，工资从 3000 元至 8000 元不等。他们每年还能拿到旱涝保收的租金和分红。效益越好，分红越高。所以，他们在产业园工作都非常努力，以主人翁的姿态做好每天的事情。

随着朱村时光穗稻田园景区越来越亮丽，增城丝苗米的香越来越浓，越飘越远。

百花美景胜桃源

百花崖影

在增城八景中,"曲水流杯""百花崖影"显得特别神秘。

不少朋友问我:"你是本地人,知道百花崖影是怎样的景色吗?"我真的说不上来,我只知道百花林水库、百花山庄、百花美食和百花歌会……

我想起了陶渊明的《桃花源记》:"……缘溪行,忘路之远近。忽逢桃花林,夹岸数百步,中无杂树,芳草鲜美,落英缤纷,渔人甚异之……复行数十步,豁然开朗。土地平旷,屋舍俨然,有良田美池桑竹之属……"

这天,在有增城活字典之称的单大叔带领下,我们终于寻访了百花崖影。

我们绕道新联村、蒋村,来到百花林水库北面群爱村罗塱路段。

只见水库边的滩涂上有水牛在悠然地吃草,不知名的鸟儿非常大胆地在我们头上飞来飞去。弯弯曲曲的水泥路左侧是一条弯弯曲曲的小溪流。

我们找地方把车停好,沿着小溪流向下游步行。小溪两岸,树林茂密。溪水潺潺,清澈见底。经过一番披荆斩棘,我们来到百花林水库旁边。溪水在这里汇入百花林水库。

水库边有一巨石掩映在绿树丛中。移步靠近,一幅摩崖石刻赫然在目:"世至无桃源,吾实隐庐中。天赐泉石洞,荔枝漫山红。榕阴依山绿,久没坐寒宫。古谁解其趣,达哉渊明翁。"

站在石刻旁边,放眼远望,顿觉心旷神怡。对面的百花山庄度假村在夕阳映照下格外抢眼,那几幢高耸入云的豪宅和一排排豪华气派的别墅倒映在水面上,构成了一道亮丽的风景。

百花林水库

增城大大小小的水库有数十处,最出名的就是位于中部的百花林水库。

据说,百花林水库集水面积17.4平方公里,库容1000万立方米。水库三面环山,风景秀丽。湖水碧波荡漾,游鱼可数。整个库区在蓝天白云衬托下,成为闹市旁令人流连忘返的休闲胜地。

在水库大坝泄洪闸旁边有一座铁索桥,索桥连通了大坝和百花山庄。铁索桥建成于1987年,全长近60米。沿着铁索桥穿过假山曲径和林荫小道,来到山庄别墅区,一下子仿佛进入了世外桃源。

当年,百花铁索桥是增城一个响当当的著名景点,许多游人在这里留下了美好的记忆。现在,基于安全考虑,铁索桥已停用。

在水库的北面,有一片绿草如茵的滩涂。放牛娃把水牛牵到这里,让它自由自在地大饱口福,自己却脱光衣服跳进水库尽情地享受湖水的清冽。当放牛娃游累了,水牛也吃饱了。于是,放牛娃牵着肚子胀鼓鼓的大水牛踏着夕阳洒下的余晖,高高兴兴地回家。

百花林水库还有游艇和冲浪项目。站在大坝上,经常可以看到小艇在水面上飞驰。

百花美食

百花林水库风景如画,百花崖影景色迷人,但我觉得百花美食对广大市民更具吸引力。

百花山庄度假村成立于20世纪80年代末,原属增城县旅游局,于2000年转制成民营企业。荔城大道和百花大道修好之后,迅速拉近了百花山庄与中心城区的距离,许多市民纷纷前往百花山庄休闲度假、聚会娱乐。很快,百花山庄成了广州著名的集旅游、会议、饮食、娱乐、水疗于一体的热门目的地。

我特别欣赏百花山庄出品的美食。在百花山庄宴请客人的时候,他们总是对每一道菜都赞不绝口。那一刻,我们心里就特别舒畅。记得有一班越秀区过来的朋友,他们吃得非常开心,8个人12个分量十足的菜，彻底光盘，个个都挺起了大肚子。香煎南刀鱼、酥炸金银条、鸡脚包鱼仔……时隔10年了，他们还时常跟我提起这些菜色，真是回味无穷。

为了提升出品质量，百花山庄每年都花大本钱举办厨艺大赛，邀请烹饪大师、美食专家和社会各界人士一起进行评选品鉴。先后有庄臣、蔡澜、梁文韬等名人莅临指导，难怪百花山庄的美食越来越受到广大市民的追捧。

值得称道的是，百花山庄的菜色虽然品质高贵、美味可口，但一点都不贵。有一班番禺的朋友经常来百花山庄消费，他们说百花山庄的菜色性价比高，开车来这里住一晚，喝酒、唱歌、水疗，值！

据了解，百花水疗会里面有数十种美食，只要你花一百多块钱就可以进去任玩任食一整天。

百花歌会

卡拉OK、俱乐部听得多，为什么叫歌会？这就是百花山庄的过人之处。

百花山庄依山傍水，一年四季鸟语花香。从大坝进入，首先映入眼帘的是极具东南亚风情的游泳池。百花铁索桥从泳池的左上方跨过。泳池北侧是篮球场、网球场和羽毛球场。

从大坝下来，有一幢四层洋楼，这就是专出美食的百花园酒家。再往前就是百花四季美食水疗会。

水疗会对面就是百花宾馆。这是增城为数不多的四星级酒店，共有大小会议室6个、床位300个。宾馆的左侧是风光旖旎的湖畔西餐厅。沿着花径登上后山，御景花园住宅小区面向宽阔的湖面亭亭玉立。

在这样一个环境中的娱乐场所该怎么经营呢？管理者别出心裁，将歌舞厅定位为高雅大方、艺术氛围浓厚的以歌会友的文明社交场所。于是，百花歌会以其亮丽的风貌展现在消费者面前。著名作曲家乔羽先生还亲临百花歌会，给予极高的评价。

百花歌会有一个200多平方米的复式总统套房，据说这可能是全广东最大的一间卡拉OK房，是不是全球最大也无从考究。但里面确实非常奢华气派，就像贵族的超级电影院，有五光十色的霓虹、巧夺天工的装修、扣人心弦的音乐……在这里高歌一曲之后在别的歌厅就再也不想唱了。这是番禺朋友的感叹，也是许多游人的同感。

增城古树多姿彩

一

岭南古城广州市历史源远流长,文化底蕴深厚,古树名木众多。在增城区,就发现百年以上老树3000多棵,榕树、锥树、乌榄、荔枝、秋枫、木棉、水瓮、山楝、香樟、格木、水松……

众所周知,细叶榕是多年生常绿乔木,是世界上最长寿的树种之一,既可绿化村居、美化环境,又可调节气候、遮阴挡阳。由于细叶榕再生能力强,常年枝繁叶茂、绿树成荫,成了南方很多古村落的镇村之宝。

增城区石滩镇上塘村仙塘合作社有一棵543岁的古榕树,如今依然生机勃勃,像一位健壮的耄耋老人每天站在村里,一边捋着长长的胡须一边诉说着久远的故事。

上塘村德高望重的郭炳旺老人说:"这棵古榕树就是仙塘自

然村的镇村之宝。它从明朝到现在,枯了又生,生了又枯,白天迎来送往,晚上看家护院,和旁边的几棵老树伴着仙塘碉楼,一起庇护着村民的安康,让大家过着日出而作、日落而息的平淡而幸福的生活。"

古榕看上去有20米高,树冠也有20米宽,长势旺盛。许多新生树干包围着已经枯萎的老树干,无数的气生根在新老树干四周往下垂。树上枝丫纵横,绿叶婆娑,还不时有小鸟在树枝上跳来跳去。与2014年农业部门拍的照片相比,这棵古榕现在更加茁壮、更加茂盛、更加富态、更加青春。

古榕左边有一棵150岁的山棕,右边有一棵147岁的老榕,一左一右,就像贴身保镖一样。古榕东50米的民房旁有一座废弃的水塔,水塔周围有以红砂岩为脚的青砖墙,墙头爬满了薇甘菊等藤蔓。这里就是仙塘碉楼遗址。古榕南100米有一棵360多岁的木棉,像一位挺拔威武的卫兵站立在村口。

古榕前面的河涌叫石沥滘,弯弯曲曲流往下游的碧江,汇入增江、东江、珠江,再投入大海的怀抱。旧时的广深铁路增城至石龙段有一个很出名的火车站就是石沥滘。石沥滘火车站在20世纪70年代已取消。曾经为仙塘村民服务几百年的石沥滘河涌水运也早已成了人们脑海深处的记忆。

古榕树下的河涌旁边有一座土地庙,庙内插着点燃的香,两边贴着鲜红的对联。这里香火不断,表达了村民对古树的敬畏,对河涌的敬畏,对土地的敬畏,对大自然的敬畏。

上塘村辖4个自然村（合作社）：上围、塘面、陈屋和仙塘。由于石滩镇还有一个行政村叫仙塘村，当地人习惯把上塘村的仙塘叫作sān塘，而不叫xiān塘。仙塘自然村230多人以姓沈为主。虽然村里经济并不富裕，但每年都会拨出一定的经费用于古榕树的除虫、灭蚁等保护工作，让古树生机盎然。

"以前，古榕和山楝两树中间有一座门楼，沈姓村民都从这个门楼进出。门楼在几十年前已倒塌，没有重建。当时，凡有嫁娶等喜事，古榕下就成了最热闹的地方。"

郭炳旺说："抗日战争时期，东江纵队来过我们村，就在这棵古榕树下给村民讲话，号召大家团结起来，打击侵略者。刚解放的时候，我们就是在古榕树下斗地主、庆翻身。夏天，人们都喜欢聚集在古榕下的麻石上乘凉、聊天。许多事情都在古树的见证下进行讨论并得到解决。"

古榕下有一个三四十厘米高的平台。平台四周有砖砌的围墙。可惜当年的麻石不见了，现在这里堆满了砖块、沙泥、竹竿等杂物。如果恢复当年的原貌，古树、河涌、石板凳、蓝天、白云、鸟啼声，这里就成了风景如画的休闲公园。

二

水翁树是生长在水边的常绿乔木，多产于"两广""两南"。水翁树浑身都是宝：树身是上乘木材，根、茎、叶均可入药，水翁花可清暑解表、去湿消滞、消炎止痒，每家每户都有收藏。

广州市增城区宁西街湖中村就有一棵十分出名的水翁树。

湖中村于 300 多年前从兴宁大坪镇迁移至此，人口约 2700 人。由于经济发展迅速，城镇化的脚步加快，湖中村大面积拆迁，大部分村民已住进新社区。前几年，国家重点项目维信诺科技公司落户宁西，湖中村大举迁移。为了支持国家重点项目的建设，湖中村水翁树也被移种到新规划的奇锦罗公祠。

罗公祠的规划建设推进顺利。水翁树经过专家和村民们的共同努力，已经在祠堂工地东侧扎根生长。

水翁树被瘦身后整体迁种到现在这个地方。由于次要的枝杈树叶已被割除，水翁树现在六七米高，五六根横枝像巨人粗壮有力的臂膀，皮肤灰褐色，整树形状像个"牛"字。枝干上直接长出了密密麻麻碧绿的新叶，叶的形状和大叶榕有点像。整棵树给人的感觉是枝壮叶茂。

水翁树移种快一年了，长势喜人。为了稳固树体，现在依然有三根木柱支撑着水翁树。远远看去，水翁树很像一座巨大的盆景。"盆景"头上是蓝天白云，背后是绿林山岭，仿佛在告诉人们这里有史以来就是人杰地灵的好地方。

罗鉴权是一位 77 岁的老人家。他告诉我们，水翁树原长在湖中村委会前学校旁溪流边的麻石缝中，被称为神来之树。水翁树主干粗壮、枝繁叶茂、婀娜多姿。那时，树下有一座小石桥，桥上人来人往，有上学的孩童，有去趁圩的阿姨，有牵着牛下田的大叔，也有坐在桥头石板上晒太阳的老人家。树下溪中有一处数米深的水潭，潭水清冽，游鱼可数。每年夏天，大人小孩都喜欢来水翁树下游泳。一些调皮的小孩除了在水里嬉戏打闹，还喜欢从高高的水翁树上往水潭里跳。但这么多年来，这里从没发生过溺水事故。大家都认为，这全赖水翁树的护佑。村里风调雨顺、五谷丰登、六畜兴旺也是因为有水翁树。于是，人们把水翁树尊奉为神树，时有村民前来烧香拜祭。

原广东省副省长、人大常委会主任罗天十分关心湖中村的发展。20世纪60年代初，罗天来增城视察，看到湖中村小桥、流水、学校和水翁树构成了一幅美丽的图画，欣然题写百湖小学校名。

湖中村人罗荣森，20世纪20年代末曾在黄埔军校读书。毕业后，他回到家乡牵头筹钱兴办学校，为培养人才、摆脱贫穷出钱出力。全村形成了良好的耕读风气，走出了不少栋梁之材。

水翁树上挂着标牌，标牌显示树龄有116年。但是，罗鉴权老人说，据前几代人口口相传，该树至少200岁。可惜这一说法无从考证，村里没有族谱，也没有留下相关历史资料。

三

西福河是增城第二大河，经中新、朱村、宁西、石滩流入仙村，与增江汇合后再加入东江，然后投入珠江的怀抱，奔向大海。

仙村镇竹园村位于西福河下游，已有700多年历史，是美丽富饶的鱼米之乡，也是广州市久负盛名的革命老区。村里一栋栋洋房鳞次栉比，一条条村巷整整齐齐。

竹园村的三月红荔枝远近驰名。你看，一河两岸全是荔枝树。每年农历三、四月品荔时节，客似云来，热闹非凡。

竹园村南有一处古码头，以水运为主的年代里，这里十分繁忙。古码头旁有一棵古红棉，就像威武的卫兵守护着西福河，守护着竹园村，守护着一望无际的荔枝林。

红棉，即木棉树，又叫英雄树，是广州市市树。每年三月先开花后长叶，晒干的木棉花是常用的中药，能解毒清热，驱寒去湿。

竹园村的英雄树高大挺拔。站在西福河岸边仰望，感觉树身直插蓝天，十分壮观。挺立的树干特别粗壮，要四个大人手拉手才能合围。灰色的树皮厚重坚硬，好像饱受狂风吹袭、烈日暴晒、冷雨侵蚀的铜皮铁骨。有力的枝丫就像一只只肌肉隆起的巨手，正在向远处翻飞的鹭鸟招手致意。

木棉花开的时候，远远望去，竹园村的英雄树就像一支熊熊燃烧的大火炬。据《增城古树名木之旅》载，竹园村英雄树已350岁了。几百年来，竹园村风调雨顺，果蔬繁茂，六畜兴旺。村民们对古树满怀敬畏之情，洋溢敬佩之意，常怀感恩之心，尊之为圣花、神树。

英雄树矗立在河坝上，与村内的古榕树亲如兄弟。他们一起看着阮氏宗祠香火鼎盛，听着竹园书房书声琅琅，目睹阮海天故居人来人往——经常有团队来缅怀革命先辈的丰功伟绩。

阮海天是著名的民族抗日英雄，是竹园村的骄傲。他1916年生于竹园村，1932年就读于广东省立第一职业学校，后参加中山大学抗日剧社，1936年加入中国共产党。抗战爆发后，他回增城组建党组织，组建抗日人民武装，开展抗日斗争。在历时八年的抗战艰苦岁月里，阮海天的足迹遍及粤东一带，他亲历大小战役数十次，歼灭日伪军大量的有生力量，有力配合了广东地区抗战全局。1938年10月，日军入侵增城，一路烧杀抢掠。阮海天、单容沛等带领常备队和武装群众数百人在竹园村截击日军，打响了增城人民武装抗日第一枪。

英雄树下颂英雄。正在小康道路上朝着美好幸福新时代奔跑的人们不会忘记曾经在西福河两岸抛头颅洒热血的英雄。参观完阮海天故居的人，都会来到英雄树旁，领略英雄树雄伟挺拔的风采，感受西福河美丽迷人的风光，遥想当年那些一次比一次激烈的战斗和一批又一批伤员在河对面荔枝林秘密疗伤、重返战场的情景。

现在，枪声远去，硝烟散尽，宁静的村落轻飘着河水清澈的欢歌。挺立的英雄树更加强壮威武，两岸的荔枝林更加枝繁叶茂，竹园的村民们更加笑容灿烂。

麻车夜色寄乡情

2010年12月28日下午4点多,刘先生带着一班亲朋好友从香港驱车3小时来到广州市增城区麻车村,只见环村大道上人来人往、熙熙攘攘。路边的有利地形早已站满男女老少,所有的空旷地带已经停满大车小车。

刘先生他们停好车,马上站上有利地形,翘首以盼。

太阳下山了,人流依然不断从四面八方向麻车村涌来。

夜幕开始降临,刘先生他们没吃晚饭,饥肠辘辘,但又不敢离开。一离开,肯定再也找不到这么好的位置了。一位善解人意的外卖小哥骑着三轮车徐徐而来,一百个盒饭顷刻间被一扫而光。

肚子饱了,腿却累了。突然,很远很远的前面有人躁动起来,隐隐约约传来了呼喊声、尖叫声。挤在村道两边的人们紧张起来。过了十几分钟,听到了不少人在喊:来了,来了!

不久,前面传来了锣鼓声。接着,出现了通红的火光。鼓声越来越大，火光越来越红。人们欢呼雀跃，喊声震天。

两条近五十米长、四五米高的火龙张牙舞爪、摇头摆尾随着锣鼓的节奏游了过来。接着，多只娇艳妩媚的火凤凰东张西望、款款而至。接着，一群高大、挺拔、伟岸的火象、火鹿大步走来。然后，火麒麟、火蟾蜍、火犀牛纷纷登场。最后，火宝鸭、火锦鲤低调出现。数百米长的"火九"浩浩荡荡，蔚为壮观。数以万计的观众群情汹涌，场景震撼。摄影家的"千人点火""巨龙出洞""池塘倒影"等作品马上蹿红。

这就是著名民间巡游活动——麻车舞火狗，又叫"麻车夜色"。

历史悠久，寓意深远

增城麻车村于700多年前的宋朝末期开村。经历元代97年的风风雨雨后，麻车村走到了明朝统治时期。那段时间，麻车村一带连年天灾、瘟疫流行，民不聊生。村民们求天拜地，束手无策。

有一天，村里来了一位老人，他说有办法改变现状，让水稻不再受淹，瓜果不会晒死，人畜健康生长。村民们马上把他敬为上宾，好酒好肉招待。老人便把"送瘟神、驱霉气"的方法授予村民们。于是，全村男女老少齐齐动手，按老人的吩咐用竹篾和稻草扎成草狗，在草狗身上插满粗香，到了晚上一齐点亮香火，用竹竿撑起来四处行走，反复数次，使全村每个角落都罩在浓烈的烟火之中。果然，不知道凑巧还是真的有效，瘟疫逐渐烟消云散，接着连年风调雨顺，村子人丁兴旺、发展迅速。

从此，麻车人为了辟邪避凶、祈求康顺，每年都会扎草狗插上香熏几次烟火。村民们自觉自愿，有钱出钱、有力出力，充分体现了团结一致、同舟共济、齐心协力的良好村风。

后来，扎草狗演变成扎各种各样的禽畜和吉祥物。道具不断增加，数量不断增多，规模不断增大。到了民国期间，扎草狗已成了一种工艺烦琐、技术复杂的竹编艺术，烧草狗则成了一场全民参与、声势浩大的巡游活动。

近代，麻车这项巡游活动扎成的道具中已没有狗，但为什么叫舞火狗？其一，最早使用的是草狗，并以香火点燃舞动行走；其二，后来点燃行走的道具有九种，在当地方言中，"狗"与"九"同音。火狗即火九。几百年下来，"舞火狗"即为约定俗成。

哪九种道具？龙、凤、象、鹿、麒麟、蟾蜍、犀牛、宝鸭、锦鲤。但不同的年代这九种动物的造型也各有不同。龙有两条，位于队列之首，其他道具的模型和数量也不相同、不固定，各有 10～30 只不等，共同组成了数百米长的火龙。

麻车火狗中的九种道具动物都有吉祥的名字，分别是：双龙戏珠、丹凤朝阳、大象火球、奔鹿回头、麟吐玉书、咸虾吐日、犀牛望月、宝鸭穿莲、鳌鱼戏水。

每一种道具都有其耐人寻味的寓意。"双龙戏珠"是勇气与活力的象征，寄托全村风调雨顺、兴旺发达、蒸蒸日上的美好愿望。"大象火球"寓意团结一致、势如破竹、滚滚向前。麒麟和蟾蜍（咸虾），前者是传说中的神仙坐骑，后者是佛祖座旁得道福物，两者口吐"玉书""红日"，寓意当地要出大文豪和大人物。"丹凤朝阳"代表了人们对夫妻和睦、家庭幸福的美好祈祷。"犀牛望月"和"奔鹿回头"表达了出嫁女和出门人对家乡的眷恋之情。"宝鸭穿莲"和"鳌鱼戏水"寓意一帆风顺、如鱼得水、心想事成、万事如意。

竹编艺术，匠心传承

麻车舞火狗作为规模庞大的夜间巡游活动，主要有两大部分：道具编织制作、点火舞动游行。

确定舞火狗巡游活动的时间之后，大家就会把编扎任务落实到各合作社（自然村）。龙、凤、象、麒麟、鹿、犀牛、蟾蜍、宝鸭、锦鲤，均有专人负责。每次参与道具编织制作的师傅有400多人。

编扎道具模型一般在活动日期前5个月就开始了。基本流程是：选购毛竹（后购粗香）、开料削片、扎成骨架、编织成型、检查验收、插满粗香。每一个环节都必须细心、精心，一丝不苟。特别是扎骨架，最讲技术。稍不留神，略有偏差，扎出的模型就成了四不像的怪物。

由于参与编扎火狗的人数众多，技术传承是摆在麻车村人面前的一件大事。村中长辈平时就会教年轻一代学竹器编织，破篾、起青、织箩、织粪箕，同时介绍"火狗"各种造型的结构、尺寸、形状以及它们之间的比例，掌握九种道具模型的设计、编织和舞动技术。

祠堂就是工场。一连5个月，20个合作社的祠堂里到处是编织师傅们忙碌的身影。如果地方不够，厅厦、禾塘、球场也成了他们大展拳脚的地方。大家同心同德，步调一致，再苦再累，毫无怨言。

在巷贝坊祠堂，陈列着该非遗项目代表性的"龙头"。另一条龙由西井自然村编织。项目传承人代表、"火龙"编织传人刘先生说，他自小就跟着爸爸刘显武学习火狗道具的编织技术和巡演功夫，特别是"火龙"的编织制作技术。在2010年那次巡游活动中，他学习了"火龙"的设计、选材、备料、编织技术，并参与点火、巡游等工作。

由于舞火狗活动需耗大量的人力、物力、财力和时间，加上带火舞动游行过程中的安全问题，举办一届舞火狗活动并非轻而易举。必须经过镇政府向县级政府申请，批准同意才能举办。近百年来，麻车火狗只舞了6次。

这6次舞火狗巡游活动分别是：1934年，主题为"四乡太平六畜旺"；1943年，主题是"风调雨顺五谷丰登"；1956年，巷贝合作社、谷园合作社组织了一晚小型的巡游，主题是土改后"唱香活动"；1986年，主题是"挖掘民间历史文化传统"；1989年，主题是"庆祝建国40周年"；2010年，主题是"歌舞升平庆丰收"。

麻车舞火狗，作为麻车村民辟邪祈福、喜庆巡游的民俗活动，在《广州市志》和《广东民俗大典》中均有记载，不少报刊也有报道，2007年入选广州首批市级非物质文化遗产代表项目名录。

夜间巡游，场面壮观

麻车舞火狗属于一项参与人数多、制作时间长的夜间巡游民俗活动。每一届活动中，道具制作需 400 多人，舞动巡游需 1000 多人，观众一晚多达 150000 人，从启动到活动结束时间跨度长达半年。

麻车人称舞火狗的计量单位为"景"。做一景舞两晚，做两景舞四晚，每舞一晚都要另备一套道具，舞完烧剩的骨架随即丢进池塘，不再重复使用。1956 年的火狗巡游活动只舞了一晚，被称为"半景"。

麻车火狗每一种道具都是精美的手工艺术品，设计别出心裁，编织技艺精巧。编织好的道具模型全身插上香，近看轮廓模糊，远看形象清晰，点燃香火后更是栩栩如生。

舞火狗巡游时间一般在晚上 8 时至 10 时，计划绕村行走 5500 米。巡游当晚，万人空巷；两旁观众，人山人海；现场画面，十分震撼。

千人点火：晚 8 点左右，全村各家各户派一人做代表，集合到停放道具的几个大场地上。他们每人手执一根竹竿，竹竿一头扎着碎布球，碎布球沾满火水（煤油）。时间一到，总指挥在村中心的缸瓦山发出号令，千支火把顿时点燃，然后火把簇拥到道具四周，近 50 米长的巨龙和其他几十件道具身上无数的香火在 15 分钟内全部点亮，点亮了香火的道具就像有了生命，一个一个马上活灵活现、神韵跃然。

巨龙出洞：舞火狗的巡游队伍从大场地通过一间学校的大门或通过合作社的门楼或走到街巷转角处，人们便可领略到巨龙出洞的壮丽景观。只见火花闪耀，一群小青年手举喷放着的烟花奔跑开路，紧接着一个闪烁的火龙球从黑洞中向外滚跃，引出了两条晃晃悠悠的火龙"龙气"，然后一头闪闪灼灼的庞然大物探脑而出，拖着粗大的火躯向洞外滚动。一幅巨龙出洞的精彩画卷，引来此起彼伏的喝彩声、掌声。

池塘倒影：舞火狗巡游队伍走到池塘边的时候，观众站在池塘对岸，既能看到巡游队伍全貌也可欣赏池中倒影。走在队伍最前面的是一幅巨型火牌，上有"麻车夜色"四个大字。火龙在烟雾弥漫的池边大路舞动，对岸的观众抬头可见火龙腾云驾雾，低头疑似蛟龙翻江倒海。接着，麒麟、蟾蜍一次又一次把玉书和红日从口中吐出，影在水中疑真似幻。后面一组接一组的巨兽遍体烟燎火绕，宛如云遮雾托，似观天庭神物。水中奇观，出神入化，妙不可言。

如此精彩绝伦的民间艺术该怎样传承下去？麻车村的干部和群众可谓绞尽脑汁。针对巡游演员被灼伤问题，有人提出设计、制作电子火狗；针对路上观众太多不安全问题，有人提出以线上直播的方式进行……总之，麻车夜色舞火狗走进了创新与传承的春天。

五彩斑斓色香味

2018年,金秋十月,德国科隆国际食品展中,中国广州如丰果子调味食品有限公司展厅。

不少宾客驻足观看:有些瓶子里五颜六色、形状如银丝柳叶的是什么东西?

工作人员拧开瓶盖请他们品尝,有些外国人摇摇头不想吃。也有人品尝后竖起大拇指连说:好嘢,好嘢!一位华人胖大叔先买了两箱,后来又订购了500箱。

在美国纽约国际食品展,在中国广州出口商品交易会,如丰食品展厅同样听到不少称赞。

在迪拜、加拿大,在泰国曼谷,在我们的香港和澳门,还有许多国家和地区,如丰五柳菜越来越受认可和欢迎。

原先"养在深闺人未识"的如丰五柳菜已揭开神秘的面纱,昂首挺胸走向全世界。现在,只要你在百度输入"如丰五柳菜",即可获取相关信息，并可网上购买。

岭南酱菜五柳菜

岭南文化源远流长、丰富多彩。岭南饮食文化素来底蕴深厚。酱菜，岭南美食中的一个重要元素，遍及千家万户，进入大小餐桌，是一种日常美食。五柳菜酸甜可口，适合大众口味。

时光倒流一百多年，清末的岭南小镇，有着悠长悠长的麻石路和岭南特色的骑楼屋。走进古街两旁大大小小的食品店，你会看到各种各样的食品，有加工后吃的，有即食的，也有即食加工均可的；有干的，有湿的，也有干湿兼可的；有咸的，有酸的，有甜的，有辣的，也有酸甜咸辣。岭南酱菜以咸甜为主，各种味道兼而有之。包容，成了岭南酱菜的鲜明特色。

酸辣姜、腌木瓜、酸萝卜、咸酸菜、酸藠头，以及浸青瓜和菠萝、杧果、沙梨、桃、李；话梅、瓜条、蜜枣、甜橘、甘草榄、红萝卜、糖马蹄、糖莲藕、莲子干、椰角干、荔枝干、龙眼干、九制陈皮；生抽、老抽、头抽、南乳、腐乳、豆豉、面酱、辣椒酱、橄榄菜……亦菜亦果，亦小吃亦调味。大街小巷的食品店就是岭南酱菜的展销点。

广州市增城麻车村地处珠三角冲积平原的半丘陵地带，陆路水路交通方便，美丽富饶，物产丰富。麻车村的荔枝、乌榄、青瓜、木瓜、南瓜、生姜、蒜头等产品美名远扬。麻车村民勤劳、进取，平时辛勤耕种，闲时开办作坊、加工农产品。日积月累，亦农亦工带旺了这个现在拥有12000多人的大村庄。

刘同宪是麻车村有名的勤劳人，身强力壮、十分能干。他们家种出来的粮食、瓜果特别丰盈、特别香甜。他农忙时早出晚归地耕作，平时开办家庭作坊，加工农产品。他加工出来的菜干、荔枝干和香辣萝卜、酸辣姜片、腌青瓜酸……老少咸宜，颇受欢迎。

刘明枢是刘同宪的儿子，他比父亲更加勤快、肯干，无论出田耕作还是在家庭作坊忙碌，干起活来总是赤膊上阵，把长长的辫子高高盘起，古铜色的肌肉高高隆起，手脚不停，浑身是劲。

刘荣旺既发扬了父亲刘明枢的优良传统又保留了他的干活习惯，出田耕种或者在家劳作，都喜欢把辫子盘起。春夏秋冬，没日没夜，勤奋拼搏。

刘本福从16岁开始就跟着爷爷刘明枢、爸爸刘荣旺学习家庭作坊手工艺，并把他们加工各种产品的方法都很好地传承了下来。一天，刘本福看着自家作坊里的酥姜、藠头、青瓜、木瓜、胡萝卜，突发奇想：为什么不把它们糅合起来做成一个品种呢？以前都是各目分卅单独售卖，但是，如果有一种产品能同时满足五种口味和用途，不是更好吗？

于是，麻车五柳菜酸酸甜甜、羞羞答答地面世了。

匠心传承成产业

刘如登是刘本福的儿子，自小就跟着父亲在作坊劳作，耳濡目染，酱菜加工手艺自然而然入心入肺。十二三岁，刘如登已经开始和父亲一起干活，从不怕苦怕累。十六七岁的时候，刘如登就从父亲手上接过了经营家庭作坊的重担。他们一家人起早贪黑埋头苦干，生产出的酱油、头菜、五柳菜等，远近驰名。

新中国成立后，公私合营期间，刘如登成了集体企业的厂长。有一段时间，集体企业按计划经济加工农产品，麻车酱菜停产。不过，刘如登初心不改，传承和守护着这门手艺。

改革开放的春风吹绿了岭南大地，民营企业如雨后的春笋破土而出，麻车五柳菜也迎来了生产、销售和发展的春天。

1986年，刘如登带着二十出头的儿子刘剑波到增城县工商局领回了广州市如丰果子调味厂的牌子。从此，刘剑波专心致志、兢兢业业，在厂里一干就是30多年。

车间有了，仓库有了，办公楼也有了，年轻有为的刘剑波马不停蹄进行产品销售市场和材料生产情况的调查、研究、分析，决定增加产品种类，扩大生产规模，打通销售渠道，创造更大效益。

很快，刘剑波申领了"如丰食品"系列注册商标，后来又拿到了"国味威"国际注册和"粤派""小荷牌"注册商标。企业文化的建设推动了品牌产品的生产，品牌产品的经营带来了品牌效应。20多款产品、100多种规格的酱菜产品走向市场，销往全国各地。

30多年来，如丰公司获得了无数赞美和荣誉。

五柳菜材料中最金贵的是藠头，不但收购价格贵，而且收购难、保管难、剪切难、腌制难，各项工序都要花费大量的财力、人力、物力。有一段时间，市场上出现了没有藠头的"四柳菜"和其他偷工减料的产品，给岭南酱菜蒙上了阴影。由于很多原材料都是季产年销的，原料保管期长、资金积压大、风险高，很多生产酱菜的手工作坊、车间工厂都坚持不下去，特别是五柳菜，在市场上几乎销声匿迹。但刘剑波认为，五柳菜的出品绝不能停，岭南酱菜的文化绝不能丢。

"如丰食品，众口能调。"是时候让五柳菜推陈出新了。

于是，刘剑波组织技术团队进行攻坚，精益求精，一丝不苟，从原料的采购、储存、清洗、剪切、腌制到质检、组合、灌装、包装、运输，每一个环节都全力以赴，力求做到最好。

全国各地的市场打开了，每年收购原料的资金解决了，产品达到国家标准了，企业不断发展壮大，五柳菜从手工作坊生产进入了产业化、规模化、标准化生产新时期。

守正创新谋发展

五柳炸蛋是一道十分受欢迎的开胃消食的粤菜，酸、甜、香、爽、滑，老少咸宜。该菜式制作非常简单：将若干只鸡蛋打到油锅里，炸至膨胀起泡、金黄酥脆，捞起，加芡，与五柳菜同煮片刻即可。满屋飘香的五柳炸蛋确实是一种让人难以忘怀的家乡味道。

五柳松子鱼更是有名的美食，一端上桌就令人垂涎三尺。一条鲜活的鲩鱼，剖好去鳞，鱼身切上"井"纹，用生粉等味料腌制后落油锅泡熟，捞起沥干再与五柳菜同锅，打上芡，色香味形俱佳的五柳松子鱼便做成了。

然而，五柳菜的制作就没那么简单了。五种材料均形似柳叶，故名五柳菜。由于加入白糖和米醋做配料，也叫糖醋五柳菜；因味感甜酸，又叫甜酸五柳菜。五柳菜从选料到生产、出厂，颇费匠心。

原料采购难度甚大：除生姜外，藠头、青瓜、青木瓜、胡萝卜均为季节性一次性收购，保管起来供全年使用。积压资金大、时间长。材料保管须耗大量的人力、物力。

材料质量要求特高：收购的果蔬必须是饱满结实、无病虫害、无腐烂的上等货。一般材料容易找，上等材料往往"踏破铁鞋无觅处"。

腌制清洗工序复杂：盐水浓度、石压重量、发酵时间……每一道工艺都要恰到好处，确保材料不受损伤又腌制到位。

除杂成型工作量大：经盐腌成熟的果蔬还要挑去次品、洗净杂质，再进行剪切。藠头剪须切苗，去掉一头一尾；酥姜脱衣去皮，切成块状；青瓜除茎去蒂，切成条状；青木瓜和胡萝卜则剪切成丝状。

后续加工环环相扣：五种食品成型后，还要经过清洗浸漂、白糖腌制、食醋发酵、味液煮制、成品装瓶、水浴灭菌、质检包装七道工序才能出厂。

一瓶五柳菜的诞生，倾注了不同岗位员工的心血。

大学本科毕业的刘崇彦是刘剑波的长子。他本来有很多好单位可以去，但他在国有企业工作几年后回到了如丰食品公司，和父亲并肩作战，为五柳菜的传承与发展共同努力。

父亲开拓了国内市场，刘崇彦决定让五柳菜走向全世界。

新的厂房建好了，全新的仓库、全新的车间、全新的腌池、全新的包装。搬运、剪切、包装已实现机械化；产品销售已经是大数据、大平台，远程监控；线上与京东、淘宝等紧密合作，线下与永旺、胜佳等携手共进。国外的展销推广活动接二连三，客户的反应越来越好。

然而，产品出口最大的问题是产品质量必须与国际接轨。不同的国家和地区食品安全要求不同。出口产品保质期特别长，平时国内产品的保质期有6个月即可，出口产品必须是18个月。放在集装箱里漂洋过海，保质期过短的话，到了当地已成废物。

刘崇彦经常考虑的还有一个问题：五柳菜里的亚硝酸盐。所有的检验检疫机构对此都非常严格。腌制食品的亚硝酸盐含量极易超标。为什么要精工细作腌足三个月？就是要确保五柳菜中的亚硝酸盐降解，保证酵母菌、乳酸菌等益生菌足量产生。还有，必须确保产品质量的稳定性。漫长的运输路途中，温度的高低不同，环境的好坏各异，产品容易变质。如果解决不了产品质量的稳定性，货到了对方海关，肯定被打回来。

什么叫守正创新？刘崇彦说得好：就是要在确保传统产品原有

特色和风味的前提下，不断提升质量、提高产量，适应并满足国际市场的需要。

2017年广州春季出口商品交易会，如丰酱菜第一次参展，也是全场唯一一种五柳菜展品。从澳大利亚回来的闽籍华侨柯先生发现了如丰五柳菜，欣喜若狂。从此，他每一届广交会都带侨友过来寻找家乡的味道，而且购买量越来越大，带来的贵客也越来越多。

来自岛国基里巴斯的一位客人也在广交会上与如丰五柳菜结缘，他每次来广交会都要购买500箱以上如丰五柳菜。不少港澳同胞也喜欢如丰五柳菜，他们都说这是真正的家乡味道。

刘剑波、刘崇彦父子被众多媒体誉为岭南酱菜的守望者和非物质文化遗产五柳菜的传承人。如丰公司连续23年获得"守合同重信用企业"称号，并获评"广东省重点农业龙头企业""广东省诚信示范企业"；"如丰"商标荣获"广州市著名商标""广东省著名商标"；如丰系列产品荣获"广东省食品行业名牌产品"；如丰牌甜酸五柳菜获评"广东岭南特色食品"……

相信如丰五柳菜将迎来一个又一个更加色彩缤纷的春天。

辑二 湾区新韵

抚今追昔珠江口

粤港澳大湾区一日千里，举世瞩目

滔滔珠江水，日夜向南流。一路欢歌笑语，一路激情澎湃，汇入伶仃洋，奔向全世界。

美丽富饶的广东，处在改革开放最前沿，一直领跑中国经济。

2017年7月1日，香港回归20周年。在国家主席习近平的见证下，香港特别行政区行政长官林郑月娥、澳门特别行政区行政长官崔世安、国家发展和改革委员会主任何立峰、广东省省长马兴瑞共同签署了《深化粤港澳合作，推进大湾区建设框架协议》，标志着粤港澳大湾区建设正式启动，全球第四经济湾区昂首挺胸屹立在世界东方。

珠江口处在粤港澳大湾区中心，珠三角地区的9个城市，广州、深圳、珠海、佛山、惠州、东莞、中山、江门、肇庆都被纳进大湾区范围，影响世界经济的宏伟蓝图徐徐展开。

大湾区城市群糅合了华侨文化、海洋文化、岭南文化、珠江文化、广府文化和客家文化等元素，海纳百川，经济多元化发展。东莞、中山、江门虽然经济实力不如深圳、广州，但都是著名的华侨之乡。广大华侨的爱国热情是无穷无尽的，他们的经济实力也是不可估量的。

2019年2月18日中共中央、国务院印发的《粤港澳大湾区发展规划纲要》中指出，粤港澳大湾区不仅要建成充满活力的世界级城市群、国际科技创新中心、"一带一路"建设的重要支撑、内地与港澳深度合作示范区，还要打造成宜居宜业宜游的优质生活圈，成为高质量发展的典范。

大湾区的定位令人向往、催人振奋。大众创业、万众创新的风气鼓舞人心。"9+2"城市热火朝天搞建设的情景，吸引着世人的目光。

短短3年时间，发展活力充沛、创新能力突出、产业结构优化、要素流动顺畅、生态环境优美的国际一流湾区和世界级城市群框架基本形成。

2022年4月20日，《广州日报》头版：粤港澳大湾区去年经济总量约12.6万亿元。

粤港澳大湾区的发展为什么能迅速驶上现代化的快车道？

这是人民心力的凝聚，国家政策的倾斜，民族复兴的使然！还有赖于正确方向的引领、步调一致的行动和基础设施的建设。

2018年10月23日，总长55千米的港珠澳大桥开通，习近平总书记出席典礼亲自宣布大桥正式开通并沿桥巡览。

港珠澳大桥的通车，是"一国两制"的成果，是三地百姓夙愿的达成，对推动粤港澳大湾区建设具有重要意义。

2019年4月2日，12千米长的南沙大桥通车，这是横跨珠江最长的特大桥，一下子拉近了南沙到东莞的距离，中山、佛山、肇庆等地到东莞、深圳的速度也大大加快。

早在2007年7月1日，香港回归10周年的时候，全长5545米从深圳蛇口直通香港元朗的深圳湾大桥已经开通，该桥还是当时国内路面最宽、标准最高的公路大桥。

更早之前的1999年4月，连接珠江口东西两岸的虎门大桥落成。该桥全长15760米，主桥4600米，主跨888米，当年红极一时。

广州、深圳、香港、澳门和珠海早已连成一片，成了珠三角城市群的核心。五大机场民航旅客年吞吐量已超过2亿人次，沿海港口集装箱吞吐量8000万，均位居全球湾区之首。

1997年7月1日，东方之珠香港回归祖国，风云际会的大都市迎来了持续发展的好时机。

1999年12月20日，旅游胜地澳门回到了"母亲"的怀抱，青春焕发的小渔岛来到了美丽富饶的新世纪。

很快，粤港澳三地达成共识：开放引领，创新驱动；优势互补，合作共赢；市场主导，政府推动；先行先试，重点突破；生态优先，绿色发展。

现在，粤港澳大湾区经济建设如火如荼，社会发展一日千里。珠江口在放歌，伶仃洋在高唱，人民的生活越来越美好！

珠江口涌动着悲壮的历史，英雄的故事

1841年1月7日，中国军队在珠江口大角山蒲洲炮台打响了抵御外敌第一炮，向帝国主义侵略者宣示了中华民族的尊严。鸦片战争的爆发拉开了中国近代历史的序幕，体现了广东军民坚决抗击英国侵略者，誓死捍卫祖国、保卫家园的民族英雄气概。

清军打响第一炮的蒲洲炮台属于大角炮台的一部分。大角炮台共有9台12炮，背靠青山绿树，面向茫茫大海，扼守在珠江口西岸最前沿位置，与对岸的沙角炮台遥相呼应。

珠江口虎门炮台群有三道防线。第一道防线就是沙角炮台和大角炮台。第二道防线有镇远炮台、靖远炮台、威远炮台、定洋炮台和上横档炮台、下横档炮台、巩固炮台。第三道防线有蕉门炮台和南北炮台、大虎炮台、永安炮台。

其中上、下横档岛和大虎山岛炮台在珠江中间。沙角炮台、镇远炮台、靖远炮台、威远炮台在珠江东岸，现属于东莞市。大角炮台、巩固炮台、南北炮台在西岸，现属广州南沙区。

著名的虎门大桥从上横档岛和下横档岛上面跨过，紧密地将珠江口东西两岸连接起来。

虎门大桥上游不远处就是大虎山岛，大虎山岛北上8千米处就是南沙大桥。

2022年6月3日，是虎门销烟183周年。那日，在南沙文友老林的带领下，我们登上了蒲洲炮台。

大角山不高，地理位置却十分重要，是从伶仃洋进入珠江口的必经之地，和对面的沙角炮台一样，大有一夫当关万夫莫开之势。蒲洲炮台位于大角山西侧，从这里放眼望去，远近风景，一览无遗。

大角山脚下是南沙大酒店，往城区内望去是商会大厦等一片高层建筑。往北望珠江方向，只见虎门大桥在阳光下英姿勃发、气贯长虹。大虎山岛躲在虎门大桥后面，若隐若现，像一位害羞的姑娘披上了神秘的面纱。上横档和下横档两座岛屿静卧在虎门大桥脚下，就像两艘归航的军舰依偎着虎门大桥，轻轻地飘呀摇呀……

站在大角山遥望对岸，远处的"三远"炮台依稀可见。正对面的沙角炮台则清晰可见。如果我们把这里的美景航拍下来，该是一幅多么震撼、多么迷人的风景！

往南望去，茫茫大海，一望无际。来往轮船在阳光的照射下特别耀眼。左边，遥遥望去是深圳，再往前是香港；右边，隔湾远眺是珠海，再往前是澳门。

面对波澜壮阔的大海，我此时此刻的心海也波涛汹涌。就是这片海域，曾经爆发了惊天动地、翻江倒海的鸦片战争，曾经书写了中国军民可歌可泣的悲壮故事，曾经吞没了400多名将士的赤胆忠心，曾经哭诉过清朝政府的腐败无能……

如今，硝烟散尽，隆隆炮声远去。曾经被公认为中国近代海防史上设备最完善、火力最强大、工事最坚固的,在中华民族紧要历史关头发挥了重要作用的虎门炮台群已退出了历史舞台。1982年4月,国务院公布虎门炮台群为全国重点文物保护单位。为了让这里的历史文化资源发挥更大作用,蒲洲炮台被重新装扮,成了著名的爱国主义教育基地。

从蒲洲炮台牌坊进入,沿途树荫下竖了不少精美的标牌,介绍虎门炮台旧址概况和三道防线、三次海战及历史变迁等,为游人了解虎门海防故事和鸦片战争历史提供了方便。

在蒲洲1号炮台,我们看到一尊仿制的大炮立在炮池中央。该大炮仿照原有的德国克虏伯重型火炮重造,炮身重10吨。由于基座安装了轨道,大炮除了上下左右摆动,还可以180度旋转。虽然该炮长度和重量都远远比不上厦门胡里山炮台的重炮,但看上去威猛如虎、厚重如山。

炮池呈半圆形,全用"红毛泥"混凝土加钢筋造成。池后有暗道连接弹药库和其他炮台。尽管每座炮台都只有一个出入口,但设计巧妙、布局合理,各台之间遥相呼应、首尾相连。就是这些海防设施,让日本侵略者闻风丧胆。

老林是广州小有名气的历史题材作家,又是一位历史老师,他老爸是归国华侨。说起珠江口的历史故事,老林可是信手拈来、滔滔不绝。

老林说,当时炮台设施并没有现在所见的这么先进,鸦片战争连续两次海战均告失败。第三次海战打败了妄想从珠江口入侵的日军之后,才充分显示了这些克虏伯大炮的厉害。

1841年1月7日,早有预谋的英军舰队在伶仃洋靠珠江口海面集结了20多艘舰船,突然向第一道防线的大角炮台和沙角炮台发动了猛烈攻击。清军奋力回击,但寡不敌众,"两角"被英军攻陷。1841年2月25、26日,英军组织更强大的军力向"三远"炮台和上横档岛、下横档岛以及永安炮台、巩固炮台展开了疯狂的大规模进攻。尽管守卫的清军浴血奋战,顽强抵抗,但因力量强弱悬殊,最终全军覆没。

当时,虎门炮台群设施落后,兵力不足,还遭受到卖国求荣的当朝奸细琦善百般阻挠,结果清军全部壮烈殉国,以义律为首的英国侵略者趁机大举进犯。1882年。开明人士、两广总督张树声奏请修复虎门炮台,并重金购买了现在我们所看到的这些克虏伯大炮。

1937年9月14日,侵华日军五艘舰艇向珠江口发动进攻,遭到虎门炮台守军迎头痛击,各炮台的克虏伯大炮发挥了巨大作用。日军组织了多次进犯均未能得逞。直到1938年10月,日军从惠州的大亚湾登陆,途经惠东、博罗、增城,直逼广州,虎门炮台受到前后夹击,再次失守。

老林说,翻阅鸦片战争历史,不能不提虎门销烟的两广总督林则徐。追溯虎门炮台故事,不能不提誓死卫国的水师提督关天培,还有英勇不屈的邓廷桢、李廷钰等众多将士。

19世纪初,世界列强对中国虎视眈眈。英国鸦片大量流入广州,迅速祸及多个城市。林则徐以钦差大臣的身份来到广州,在邓廷桢、关天培等人支持下,查抄烟馆、收缴烟土,和鸦片贩子进行了坚决的斗争。1839年6月3日,林则徐指挥广大军民在虎门海滩上当众销毁鸦片237万斤,维护了国家利益和民族尊严。

义律恼羞成怒,一方面给朝廷施加压力,另一方面密谋武力侵华。奸臣琦善不但没有褒扬虎门销烟义举还归罪并处罚林则徐。同时,琦善与义律擅签卖国条约,割让香港、赔偿烟款六百万两白银。林则徐一生忍辱负重、忧国忧民、功勋卓著。被道光皇帝革职后,林则徐满腔愤怒,写下振聋发聩的诗句:"苟利国家生死以,岂因祸福避趋之。"

在林则徐领导下,关天培、李廷钰等将领一方面积极参与禁烟、缴烟、销烟,另一方面认真布置海防,在水中设置排桩、铁链,坚决抵御侵略。1840年7月横行香港的英军在尖沙咀杀死一名无辜的村民。林则徐义正词严,要求义律交出凶手。义律不但不交,还挥兵进犯沿海内地,结果几次都被关天培率兵打败。

于是,1841年1月7日,英军舰船大举攻击大角炮台、沙角炮台。关天培坐镇前线,坚决死守。由于兵力悬殊,情况万分危急,关天培只好向琦善求援。正在与英军"议和"的琦善没有发兵。关天培被迫退守第二道防线,坐镇靖远炮台指挥战斗。

为了激励将士们守住第二道防线,关天培把自己的银钱拿出来补充军饷。他还把自己数枚脱落的牙齿和几件破旧的衣服寄给家眷,表示与炮台共存亡的决心。2月26日,英军炸断拦江铁链,攻占了横档岛与其他炮台之后,集中全力进攻关天培所在的靖远炮台。

关天培率领众将士挥刀上阵，与登岛英军进行殊死肉搏。搏斗从中午持续到深夜，异常惨烈。无奈寡不敌众、孤立无援，最后400多名将士全部壮烈殉国。

两区一省，浓墨重彩，谱写壮丽的篇章

珠江口悲壮的故事，让我感叹不已。我想，一盘散沙，注定一事无成；贫穷落后，肯定挨打受辱。中华民族只有凝心聚力，心往一处想，劲往一处使，才能打败一切来犯之敌。

老林带我们驶过虎门大桥，来到珠江口东岸。

漫步在威远炮台，我们看着对岸南沙城区日新月异的高楼大厦和虎门大桥上来往奔驰的车水马龙，为我们伟大祖国翻天覆地的变化和发展感到无比骄傲和自豪。

威远炮台绿树成荫，风景如画。海风轻轻吹来，带着海水的咸味，伴着海浪的歌声，让古战场充满诗情画意。谁能想到就在这么个美丽、宁静、迷人的地方，一场惨烈的战斗让数百名守军将士魂归大海。

威远炮台隶属东莞市。40年前的东莞虎门炮台就跟随着美丽富饶、经济发达的东莞享誉五湖四海。我第一次参观虎门威远炮台是1980年刚当中学老师的时候。第二次是1991年，我们从虎门镇码头坐船登上了靖远、镇远、威远三台，还专门请了虎门文化站的老师为我们讲了许多历史故事。

东莞位于珠江东岸，南邻深圳，北接广州，是著名的侨乡，是中国近代史开篇地和改革开放先行地，荣获全国文明城市、花园城市、森林城市、篮球城市，还有音乐之城、科技之城、博物馆之城等美誉。

珠江口西岸的南沙近几年也取得了举世瞩目的飞速发展。1993年成立国家级经济技术开发区以来，南沙驶入了发展的快车道。2015年，自由贸易试验区挂牌，南沙更是如虎添翼。最近，南沙融入了粤港澳大湾区世界级城市群发展规划，并和深圳前海、珠海横琴一道屹立于世界第四大湾区的最前沿，正在形成新时期全面改革开放的新格局。

深圳地处珠江口东岸，是中国最成功的经济特区、广东最具经济活力的超大城市，与素有世界金融中心之称的香港唇齿相依。经过40年的快速发展，深圳已成为全国性的金融中心、物流中心、国际科技创新中心，被誉为"中国硅谷"。现在，深圳正在全力建设中国特色社会主义先行示范区、综合性国家科学中心、全球海洋中心城市。

广州是省会城市，是西江、北江、东江与珠江一同奔向伶仃洋的汇合处，是华南地区的政治、经济、文化、军事中心，科学城、知识城、教育城、自贸区、开发区、高新区……历史名城青春焕发，超强实力再创辉煌。

位于珠江支流东江流域的惠州也是非常有活力的城市，宜居、宜业、宜游。地处粤港澳大湾区东岸的大亚湾经济技术开发区和仲恺高新技术产业开发区都是国家级开发区，给惠州高质量发展的经济插上了腾飞的翅膀。

处在珠江支流西江和北江流域的佛山与肇庆都是朝气蓬勃的城市。肇庆是中原文化与岭南文化、西方文化与中国传统文化最早的交汇处，是粤语发源地，也是广府文化发源地之一。佛山更是一座历史文化名城，是中国历史上的"四大名镇""天下四聚"之一，被称为陶艺之乡、武术之乡、粤剧之乡，也是全国民营经济最发达的地区之一。

位于伶仃洋西岸的江门是著名的侨都，也是粤港澳大湾区重要的节点城市，有"中国第一侨乡"的美誉，区位优势突出，对外通商历史悠久，开发前景广阔。

地处珠江口西岸的中山是孙中山先生的故乡，也是著名的侨乡，有旅居世界五大洲87个国家和地区的海外侨胞、港澳台同胞80多万人，资源丰富，潜力巨大。

中山、珠海、澳门与深圳、香港隔海相望。在宽阔的伶仃洋海面上，一条巨龙正在浮出水面——世界级的庞大工程，集"桥、岛、隧、水下互通"于一体的深中通道。这可是粤港澳大湾区建设的特大项目，也是改写伶仃洋东西岸"一水隔天涯"历史的民心工程。以后，粤东汕头、潮州、汕尾、揭阳、惠州、深圳到粤西中山、珠海、江门、阳江、茂名、湛江的距离将大大缩短。

在粤港澳大湾区西岸与澳门手挽手的是珠海，中国著名的经济特区、中国优秀旅游城市、中国最具幸福感城市、国家园林城市。

现在，珠海正在融入大湾区统一发展新格局，扬帆起航，加快建设新时代中国特色社会主义现代化国际化经济特区和枢纽型核心城市。

昔日遭受侵略者炮轰的珠江口，现在是向全世界开放的大湾区。中华民族伟大复兴的梦想正在变成现实，民主、富强、文明、和谐、美丽的现代化强国即将昂首挺立在世界的东方。

从高处遥望缥缈浩瀚的伶仃洋，我想：粤港澳大湾区一定会为中华民族的伟大复兴添上浓墨重彩的壮丽新篇章。

波澜壮阔的史诗

2021年7月1日的清晨,北京风和日丽,中国各地欢乐祥和。

天安门广场花团锦簇,红旗飘扬。

天安门城楼庄严雄伟,红墙正中悬挂着的毛泽东巨幅彩像特别醒目。

《唱支山歌给党听》《没有共产党就没有新中国》……歌声飘向紫禁城、石景山、八达岭,飘向呼伦贝尔大草原、霍尔果斯口岸、喜马拉雅山脉、西沙群岛,飘向大江南北、五湖四海,飘向神州大地每一个角落。

长安街上,雄鹰翱翔,振翅长空。战机组成"100"字样,拉起了鲜红的条幅,向党致敬,向祖国致敬,向人民致敬。

航拍显示,天安门广场"巨轮启航"造型宏伟壮观,正乘风破浪、扬帆奋进,驶向中华民族伟大复兴的光辉未来。

上午8时,象征着巨轮启航的汽笛声响起,庆祝大会拉开序幕。

随着100响催人振奋的礼炮响彻云霄，鲜艳夺目的五星红旗冉冉升起。

各民主党派、工商联和无党派人士联合致贺词，表示将更加紧密地团结在以习近平同志为核心的党中央周围，为夺取全面建设社会主义现代化国家新胜利、实现中华民族伟大复兴的中国梦作出新的更大贡献。

祖国大地欣欣向荣，气象万千。祖国人民精神振奋，信心百倍。

东南西北春风雨露，万象更新。海外游子万众一心，自豪欣慰！

共青团员和少先队员代表集体致献词，向党致以青春的礼赞，抒发"请党放心、强国有我"的铮铮誓言。

白云轻轻飘过，鸟儿慢慢飞翔。和谐的东风亲吻着人民大会堂、民族博物馆、毛主席纪念堂……

一个铿锵有力、充满磁性的声音从雄伟、古朴的天安门城楼传来，飘向人民英雄纪念碑，飘向颐和园、天坛公园、奥运公园，飘向长城内外、海峡两岸，飘向天南地北、四面八方。

中国共产党和中国人民以英勇顽强的奋斗向世界庄严宣告，中华民族迎来了从站起来、富起来到强起来的伟大飞跃，实现中华民族伟大复兴进入了不可逆转的历史进程。

掌声如雷轰鸣，震荡儿霄。

中华民族拥有在5000多年历史演进中形成的灿烂文明……中国共产党和中国人民将在自己选择的道路上昂首阔步走下去,把中国发展进步的命运牢牢掌握在自己手中。

掌声如潮翻滚,席卷神州大地。

中国共产党始终代表最广大人民根本利益,与人民休戚与共、生死相依,没有任何自己特殊的利益,从来不代表任何利益集团、任何权势团体、任何特权阶层的利益。任何想把中国共产党同中国人民分割开来、对立起来的企图,都是绝不会得逞的!9500多万中国共产党人不答应!14亿多中国人民也不答应!

掌声经久不息,响彻全球各地。

中国人民是崇尚正义、不畏强暴的人民,中华民族是具有强烈民族自豪感和自信心的民族……中国人民也绝不允许任何外来势力欺负、压迫、奴役我们,谁妄想这样干,必将在14亿多中国人民用血肉筑成的钢铁长城面前碰得头破血流!

掌声久久回响,震撼着全世界!

解决台湾问题、实现祖国完全统一,是中国共产党矢志不渝的历史任务,是全体中华儿女的共同愿望……坚决粉碎任何"台独"图谋,共创民族复兴美好未来。任何人都不要低估中国人民捍卫国家主权和领土完整的坚强决心、坚定意志、强大能力!

  全场掌声雷动!与会者一齐站起来,尽情欢呼。掌声、欢呼声汇成了一股势不可挡、滚滚向前的历史洪流,涌向长安街,涌向车站、码头、机场,涌向五大洲、七大洋!这股洪流,让中国各族人民倍感幸福,让一切敌对势力闻风丧胆!
  掌声振奋人心,掌声鼓舞斗志!
  我们心潮澎湃,我们热泪盈眶!
  这是一个多么激动人心的时刻,这是一个多么令人自豪的国度,这是一个多么光荣伟大的政党!
  随着激昂的乐曲响起,全场高唱《歌唱祖国》。歌声与10万羽和平鸽、10万只彩色气球一起腾空而起。
  天安门城楼上下、广场内外,汇聚成欢歌笑语的海洋。
  中华大地,城市乡村,额手相庆,举国欢腾!
  唱吧,跳吧!
  让我们为实现中华民族的伟大复兴振臂高呼:
  伟大、光荣、正确的中国共产党万岁!
  伟大、光荣、英雄的中国人民万岁!

风调雨顺飞来寺

飞霞山位于清远市区东20公里,山清水秀、文物众多,堪称"广东第一山"。飞来寺位于飞霞山西南部的北江边,和飞霞洞仙观、北江三峡、紫竹钟声、螺星翠林统称为飞霞山五大景区。

我们从清远市区宽阔的河面乘游船出发,一个多小时后河面陡然收窄。有人说前面就是一夫当关万船莫过的北江飞来峡了!我不知真假,但明显看到江水流速加快,船只在狭窄的水面上小心翼翼地行驶,两边的崇山峻岭给人一种遮天蔽日的感觉。

飞来寺就在离紫竹林不远的对面江边上。沿着河堤步道,我们走进飞来寺景区。首先映入眼帘的是"飞来寺"麻石牌坊后面的天王殿。登上中间镶有青石浮雕的步级,一副对联让众人驻足欣赏:"到此地万念皆空山明水秀,入斯门一尘不染鸟语花香。"

第二次拾级而上就到了大雄宝殿。大殿的左边是卧佛殿、方丈楼和钟楼。钟楼大门的对联是:"寺函云飞动不如静,佛从心悟色本是空。"右边是地藏殿、藏经阁和鼓楼。鼓楼大门的对联是："佛地清幽尘不染，楼门广奥法无边。"

大雄宝殿的后面是"福海发源地"景点。沿着石级小路登上茂密林中的爱山亭、飞泉亭或交影亭，随便一处皆可饱览北江美景。而且，依山傍水、坐镇北江的感觉特别明显。这种感觉，我在参拜其他寺庙时从未体验过。同时，不知怎的，我也有了一种从此之后时时处处一帆风顺的预感。

飞来寺虽然建筑规模不大，却是岭南著名的佛教圣地，与云南德钦飞来寺齐名，素以"古、广、美"的独特风格闻名遐迩。关于飞来寺的传说很多，其中较为广泛流传的是520年，安徽舒州的延祚寺飞到广东清远峡山，从此落地生根，长驻飞来峡，庇佑南粤国泰民安、百姓幸福。

南宋端平年间，崔与之从蜀回粤途经清远飞来峡曾作诗一首：

峡山飞来寺

万里星槎海上旋，名山今喜得攀援。
猿挥扑愫千年梦，月照维摩半夜禅。
磴长荒苔人迹少，岩攒古树鹤巢悬。
江流上溯曹溪水，时送钟声到寺前。

和其他寺庙一样，飞来寺经历了十多次大大小小的灾难，多次修葺、重建，1997年更是遭遇灭顶之灾。2004年6月，飞来寺重建竣工，清远人民在这片洞天福地上创造了古寺重生的奇迹。

一方水土养一方人，一方寺庙供一方神。每一个地方都有他的宗教圣地，那是老百姓精神上的寄托之一。历代执政者都不会忽略老百姓的意愿，都会徇众要求把寺庙、祠观修建好，以保一方平安。

南粤大地，坐北向南；飞来古寺，国泰民安。但愿吉祥安康，飞来飞去，飞入每户好人家。

千年宝刹延祥寺

从荔城出发,约半小时车程便到了罗浮山西南侧山脚下的福田镇。沿着崭新的柏油路往前,很快便看到了蓝天白云下、苍翠密林间的红顶蓝瓦,这就是延祥古寺。

罗浮山是中国道教十大名山之一,是国家 5A 级风景名胜区,是享誉国内外的旅游、休闲、养生、购物、探险和药物科研的胜地。罗浮山地广山高,总面积 308 平方公里,大小山峰 432 座,飞瀑 980 处。最高峰飞云顶海拔 1296 米。据说,罗浮山有"九观十八寺二十二庵",延祥古寺则位于"罗浮十八寺"之首。

进入延祥古寺风景区,门口停车场附近便有水语禅居、石潭禅语、石溪禅源、林泉禅影、荷塘月色、婆娑竹林等景点。再入禅理广场,便见擎天一柱耸立在八正道音乐喷泉中央。该柱叫阿育王柱,金碧辉煌、造工考究,为这个三面环山一面临水的小广场增添了别样的气息。

喷泉旁边是罗浮净土人文纪念馆。走过纪念馆，沿着临溪小道往前，雄伟壮观、庄严肃穆的延祥古寺赫然在目。

延祥古寺依山而建，背后、左右都是山石林海。向前方放眼望去，近在门前的是小溪旁边的放生池、禅理广场；远处是门外停车场和蜿蜒的柏油公路；再远处就是福田镇的高楼大厦了。

我们拾级而上，逐进参观。延祥寺始建于1500多年前，由当时著名的头陀景泰禅师兴建。唐玄宗年间，西域僧人乾末多罗运佛像经过，船不动，他认定此处有宝刹现世，遂上报朝廷。唐玄宗派宦官何行成前来处理此事。何行成经四处查访，将佛像安置于罗浮山现延祥寺所在地。返京时，他携带了寺院僧人为感激皇恩而进献的罗浮山珍柑。唐玄宗品尝之后觉果味清甜鲜美，龙颜大悦，赐名"延祥寺"，并将盛产珍果的柑园赐名为"御园"。延祥古寺因此名扬四海。

延祥寺左侧的一块巨石，特别吸引我们的眼球。巨石上刻着一个巨型的"福"字，据说这是中国十大高僧之一的释本焕长老亲笔所题。同时，释长老还为延祥寺题写了"福泽仙地，为我罗浮"八个大字。现在，罗浮山重点景区飞云顶、华首台、九天观、冲虚观、黄龙观、酥醪洞、朱明洞等景点的宣传资料中也常用到这八字。"福"字巨石拦腰长出了一棵飞榕，热天为"福"字遮阳，阴天为"福"字挡雨，成了延祥古寺一道亮丽的风景。

紧挨着延祥寺，有几座风格相同的新建筑。这就是泰康保险集团股份有限公司倾情打造的禅修院。内有禅修厅、讲经堂、素食斋、居士林等,静坐修行、诵经念佛、品味素食、静心雅宿均可。我们都觉得这里就是"心灵的加油站""灵魂的升华处"。

延祥古寺景区另一个重要组成部分就是接仙桥瀑布。我们从小溪下游的放生池附近起步,沿着溪边的天然石级、鹅卵石道和杉木栈道向上攀登。每隔一百几十米总会有不同的美景为我们带来不同的惊喜。

来到下龙潭景点,看到清澈的泉水,我们禁不住捧起就喝。"哇!舒服!凉在嘴里,爽在心上。"

踏着自然形成的麻石步级,绕过一块巨型的"汉堡包",我们来到了隐藏在密林深处的上龙潭。小潭的上游是一个小平台,潭水从平台下泻,击起一排雪白的小浪花。有游人忍不住脱掉上衣,与潭水亲密接触。

约半小时后,我们来到接仙桥瀑布脚下。清水从数十米高处倾盆而下,溅到我们身上,刚才冒出来的一身汗水马上收敛了。我们坐在被冲刷得光滑洁净的大石上合影,同时尽情地呼吸着清新空气,享受着接仙桥瀑布美丽的自然风光。

接仙桥瀑布顶部的上游50米处就是广为流传的何仙姑升仙地,一座看上去有几百年历史的石板桥蜷缩在新建的公路桥侧边,这就是接仙桥。接仙桥已废弃,还长满了青草,但是,它的人文历史价值和为提升景区文化底蕴所发挥的作用是不可估量的。

接仙桥上游是天心湖。一条崭新的环湖绿道在湖边的绿树和翠竹中穿过。站在大坝上,仰望飞云顶的雄姿,俯瞰延祥寺的红瓦,远眺福田镇的楼房,仿佛置身于一种超凡脱俗的境界。

太阳已经下山了,我们还不愿意离开。

……

清献园里忆清廉

崔与之(1158—1239),字正子,号菊坡,增城中新人,南宋名臣,政治家、文学家、军事家。他1193年中进士,成为广东由太学取士第一人。先后任浔州司法参军、邕州通判、扬州淮东安抚司、四川制置使等职,作为边关大帅长期与金兵作战。1235年末理宗任崔与之为广东经略安抚使兼知广州,后授其为右丞相。崔与之又是著名诗人、词人,被称为"粤词之祖"。他一生清廉,谥"清献",与唐宰相张九龄并称为"广东两献"。

为了进一步挖掘历史上的清廉文化,宣传崔与之崇高的精神境界,弘扬中华民族的传统美德,当地政府在中新镇崔太师宗祠旁建成了一处广州市廉洁文化教育基地,取名为"清献园"。

清献园位于324国道中新莲塘村路段旁边。园前小广场有一口古井。清澈的井水犹如一面镜子,倒映着蓝天白云,倒映着人们脸上灿烂的笑容。井口旁竖了一块麻石,上刻"廉泉"两个苍劲有力的大字。

进入清献园正门就是立献厅。首先映入眼帘的是《水调歌头·题剑阁》的书法作品。"万里云间戍，立马剑门关。乱山极目无际，直北是长安。人苦百年涂炭，鬼哭三边锋镝，天道久应还。手写留屯奏，炯炯寸心丹。对青灯，搔白发，漏声残。老来勋业未就，妨却一身闲。梅岭绿阴青子，蒲涧清泉白石，怪我旧盟寒。烽火平安夜，归梦到家山。"

这阕词是崔与之在四川任统帅时所作。当年，率领众将士抗击金兵大获全胜之后，崔与之登临剑阁城楼，面对雄伟的莽莽群山，既心系社稷安危又深深怀念岭南家乡。他当即有感而发写下该词。《水调歌头·题剑阁》气势雄浑，格调高昂又流露出任职与归隐的矛盾心情。

立献厅后院中央耸立着崔与之高大雄伟的铜像，铜像后面是蓝瓦长廊。长廊后面有一座被绿树芳草衬托着的四角亭，名为菊坡亭。在20公里外的荔城凤凰山公园，也有一座菊坡亭。该亭曾称凤凰亭，2014年8月13日因连日暴雨倒塌，2017年修复后，经公开征求意见，恢复原名"菊坡亭"。

其实，当年崔与之退隐家乡后，南宋理宗赐给他一座私家园林，并赐名"菊坡"。崔与之把这座园林建成菊坡书院，兴学养贤。这座书院就在现在的凤凰山公园。1226年，崔与之在菊坡书院的山顶建了一座亭并题词"老圃秋容淡，寒菊晚节香"。后人为纪念这位风清气正的老人，就将该亭命名为菊坡亭。不知道什么原因，中华人民共和国成立后该亭重建了一次,就变成了凤凰亭。为了尊重历史,为了让崔与之的仁德清廉发扬光大,凤凰山上的菊坡亭终于重见天日。

立献厅右侧是清献厅、清韵厅和蒲涧泉。里面陈列了崔与之的生平事迹、诗词作品和世人对崔与之进行评价的资料及与崔与之有关的各类文艺作品。整个园区充分展现了崔与之无私奉献、德廉勤政、清风传家的精神面貌。

参观清献园是党员干部纪律教育学习活动的一部分。在这里,广大党员确实能感受到崔与之的清廉品格和高尚情怀。

能体现崔与之清正廉明的事例不胜枚举。例如,他家中娶儿媳妇时,拒绝任何人送礼,包括亲朋好友、同事学生。亲家赠送给他的700亩嫁妆田也被他断然拒绝。有位学生一定要送礼给他,没办法推辞的情况下,崔与之拿了他一把扇子。这是崔与之收过的唯一礼品。但崔与之也坚决给了他回礼:一幅写有"立德、立功、立言"六个大字的书法作品。他要求学生一定要修身立德、积德行善;要对民族、国家多做贡献,多立新功;要时时处处保持自己的良好形象,得到所有人的认可。这六个大字也成了崔与之清廉勤政的最好写照。

还有崔与之十三次辞官的故事,与现在个别官员挖空心思往上爬的行为形成了鲜明的对比,让人感叹不已。1225年,他辞官从四川回到广州时已67岁高龄了,当朝皇帝宋理宗仍不断召其回京任大官。崔与之多次上书力辞。1235年,广州发生摧锋军兵变围城一事，崔与之虽已77岁高龄也临危受命，一举平息叛乱。宋理宗大喜，任命他为参知政事，后又拜他为右丞相兼枢密使，但均被崔与之上奏辞免了。同时崔与之还托人把宋理宗所赐的200两黄金送回国库。

有一次，一吕姓同乡士人，考试及第初出茅庐，担心没有靠山会令仕途不顺。他带着礼品来求崔与之疏通举荐。崔与之正色告诫他："入仕之初，应当以职业为重，不要怕别人或上司不了解自己。"同乡满脸通红，带着礼品走了。后来，崔与之知道他为官清廉谨慎，便向上推荐，让他得到重用。

还有一次，崔与之的外甥前来说情，想求一官半职，崔与之说："当官贤能与否，事关百姓的欢乐和忧愁，官职断不可私相授受。"他始终没有违反规定破例安排自己的亲戚，为此事崔与之还被姐姐怒骂一通。

崔与之一生立志报国，令人肃然起敬。他在治军理政过程中的清廉严明，更让后人五体投地。同时，他的清正廉明也为我们研究和发展当代清廉文化提供了坚实的基础。

进入增城文化广场，正门的右边就伫立着崔与之的铜像。他手握书简，目视远方。据说，在人群最集中的地方立起这座铜像，意在传扬崔与之的清廉文化。

我们欣喜地看到，在广州乃至全国，越来越多的人开始关注崔与之的生平事迹，越来越多的人开始重视对清廉文化的学习。

苏东坡与王朝云

平生最敬佩苏东坡,特别羡慕他身旁有王朝云。

众所周知,苏东坡是北宋中期文坛领袖,公认的文学家、书法家、美食家、画家、治水名人,诗、词、散文、书、画成就极高。他与父苏洵、弟苏辙史称"三苏",同列"唐宋八大家"。

坎坷命运、风雨人生让苏东坡阅历丰富、见多识广,豪放豁达、为人真诚让他挚友广众、深得人心。好书画、交友、美食、品茗、山水、歌舞……天南地北,被流放到哪一个地方,他都不会寂寞。

从眉州到汴京,从杭州到密州,从徐州到湖州,从黄州到汝州,从二任杭州到流放颍州、扬州、定州、惠州,又从海南岛的儋州到最后回朝廷复命途中卒于常州。虽然历尽千辛万苦,但苏东坡初心不改:报效国家、为民办事、勤奋创作。

苏东坡各类朋友甚多,红颜知己不少。"明媒正娶"的先后有王弗、王闰之、王朝云。三位佳人均姓王,王闰之还是王弗的堂妹。

陪伴苏东坡到晚年的只有王朝云，但她到34岁谢世时都没有"夫人"的名分，只是侍妾。

苏东坡有多少个儿子？有人说三个，非也。据查，至少四个。王弗为苏东坡生了苏迈，王弗去世3年后，王闰之续房，生了苏迨、苏过。1083年，王朝云22岁那年，生了苏遁。苏东坡给小儿子取这个名字，是想他远离纷繁复杂的官场，躲开你死我活的争斗，不要像自己那样身为朝廷命官也颠沛流离、四处流浪。

1084年7月28日，因于酷热下长途跋涉，只有半岁的苏遁中暑夭折。17年后的7月28日，苏东坡在奔波忙碌中仙逝，与苏遁同忌日。

苏东坡写过多少作品？有人说多于3000件，非也。有据可查的诗就2700多首，词300多阕，还有1500多篇赋、记、序、歌、辞等各类散文，他流传于世的作品最少有4500件。

苏东坡与王朝云的爱情故事为什么能感动后人？只要来到惠州西湖，参观六如亭、拜谒朝云墓，你就会得到答案。

惠州西湖风光旖旎，四季如春。六湖九桥十八景，充分显示出南国湖泊景致的迷人魅力。因苏东坡与爱妾王朝云、儿子苏过在此度过了3年时光，惠州西湖更加名扬天下。有诗为证：惠州西湖岭之东，标名亦自东坡公。

孤山是惠州西湖古迹景点最集中的地方。王朝云墓位于孤山东南麓，面向碧波荡漾的湖水。墓前是为朝云遮风挡雨的六如亭。亭的两边有一副源于朝云念经的对联：如梦如幻如泡如影如露如电，不生不灭不垢不净不增不减。

朝云墓坐西北朝东南，为常见的青砖结构，但形制独特。苏东坡亲自为平时喜欢诵《金刚般若波罗蜜心经》的爱妾写了墓志铭"……浮屠是瞻，伽蓝是依。如汝宿心，惟佛是归。"苏东坡还写了很多怀念朝云的文章：《惠州荐朝云疏》《悼朝云》等，足见他对朝云深沉的爱恋和深切的缅怀。

苏东坡与王朝云相识于一次偶遇。

苏东坡35岁那年，因反对王安石新法被贬杭州。某日与文友游西湖，宴饮时歌舞助兴。一位12岁的歌女以其精湛的表演闯进了苏东坡心扉。湖上美景如画，身边美女迷人。苏东坡诗兴大发，写下了千古传诵的佳句：

水光潋滟晴方好，山色空蒙雨亦奇。
欲把西湖比西子，淡妆浓抹总相宜。

后来，苏东坡把12岁的王朝云收为侍儿，侍候继室王闰之。

朝云出身贫寒却聪明伶俐，十分懂事，也非常敬佩仰慕东坡先生。东坡也十分疼爱朝云，经常教她读书识字、吟诗弹琴。

一日，饭后，苏东坡摸着肚皮问身边的侍儿们：我肚里是何物？一曰文章，又一曰见识。但朝云说，先生满肚子不合时宜。从此，苏东坡特别看重朝云，把她视作红颜知己，"知我者，唯朝云也"。

后来，"乌台诗案"中，苏东坡几乎命丧黄泉，更加印证了王朝云"满肚不合时宜"的话。苏东坡虽然最终躲过一劫，但跌入了人生低谷。然而，不管苏东坡被贬何处，王朝云都痴心不改、生死相随。

苏东坡42岁那年，正式收18岁的朝云为妾。此后，两人更是形影不离、生死相依。

苏东坡晚年境况不佳，生活凄苦。但是，王朝云一直陪伴他左右，诵诗、唱歌、跳舞、弹琴、做家务，照顾苏东坡起居饮食，寸步不离。

1094年，57岁的苏东坡行数千里，一路三贬，降至惠州。陪伴他的只有22岁的少儿苏过和32岁的爱妾朝云。

在惠州，苏东坡虽然不是当权者，但做了大量好事善事。放粮赈灾、减税济困、修桥筑堤……王朝云全力支持、积极配合，惠州人民深受感动。

朝云墓是惠州西湖著名景点，前来拜谒的游客络绎不绝。惠州人民更是把王朝云敬奉为善良美丽、忠于爱情的女神。

注： 本文参阅了陈训廷《惠州历史文化丛书》、卢锡铭《天下第一苏迹》等二十多份文学文史资料。

感受云山诗意

从 2015 年 5 月 29 日增城区正式挂牌这天开始，我们真正成为广州人。但是作为一名广州人，几十年了，我还没有登过闻名遐迩的白云山。

36 年前的我在读师范的时候趁着暑假在广州住了一个星期。这期间，亲戚带我去白云山脚下的黄婆洞水库游泳。游在清凉舒适的水里，望着高不可攀的摩星岭，我暗暗告诉自己：不久的将来，我一定要到达白云山的山顶，好好地体会一下白云晚望的美景。

谁知一晃三十多年过去，虽然也经历了风风雨雨，欣赏过多地山河景色，但居然连登顶白云山远眺羊城美景的愿望还没有实现。

"爸爸，现在我们是广州大都市的市民了，该好好领略一下广州塔、菠萝庙、白云山等景点的风采了，还有花城广场、珠江新城……"在广州大学城读书的儿子提醒了我。于是，我们在一个较为悠闲的周末到了云台花园旁的白云山风景区正门，准备实现"广州人必然爱白云"的登山梦。

汽车不能开上山。我们好不容易找到停车的地方，挤在人海中排队买缆车票。这时，天空骤然变黑，暴雨倾盆而下。尽管带着雨伞，也抵挡不了雨水的袭击。我们都成了落汤鸡。突然，喇叭宣布由于天气关系，缆车停开。我们只好随人流步行上山。

白云山位于羊城东北部，是国家5A级景区和国家重点风景名胜区。早就听说白云山区内又分鸣春谷游览区、明珠楼游览区、摩星岭游览区、三台岭游览区、飞鹅岭游览区、荷依岭游览区和麓湖游览区七大部分。每一部分又有众多的景点，山中有山，景中有景。今天终于可以和"南越第一山""羊城第一秀"亲密接触了。

从南门进入，经"佛境"到蒲谷、能仁寺。雨一直下，上山下山的人，衣服都湿透了，但依然欢声笑语不绝于耳。我也慢慢融入美丽的景色中，刚才找车位、排队和被雨淋的不爽渐渐淡去……

辗转一小时来到云岩。云岩又名郑仙岩，位于山顶广场东侧，上为峭壁，下为悬崖，门前右侧"红尘不到"四个大字为光绪二十二年邓万林所书。这里还流传着战国时期郑安期不屈服秦始皇而跳崖自尽的悲壮故事。苏东坡为此曾赋诗一首："不用山僧导我前，自寻云外出山泉。千章古木临无地，百尺飞涛泻漏天。昔日菖蒲方士宅，后来薝卜祖师禅。而今只有花含笑，笑道秦皇欲学仙。"

白云山共有景点数百处，很多都有故事传说，如果全部收集起来恐怕要出版一部巨著了。顺便一提，最近出版的《广州大典》一套共520册，每套售价人民币40.825万元，我们广州人就是厉害！

离开云岩，走过白云栈道，我们来到了天南第一峰牌楼，这里可以远眺广州天河区全景，中信广场等标志性建筑尽收眼底。"天南第一峰"牌坊是白云山保得最好的古牌坊，最初为宋转运使陶定所建，当时为去摩星岭的指路牌。此处是过去登摩星岭的必经之路。该牌坊先后两次重修，是白云山一个著名的独立景点。牌坊两侧石柱上的对联是"云开世外三千界，岩依天南第一峰"。

雨停了，各种各样的树叶青翠欲滴，形形色色的鲜花姹紫嫣红。我们呼吸着让人心旷神怡的新鲜空气，来到山顶公园。说真的，虽然游人如织、熙熙攘攘，但谁都没有喧嚣烦躁之感，这完全依赖于白云山清新的空气。

山顶公园正在举办特色农产品展览，令游客多了一项活动内容。展馆旁边青草工艺形成的"白云山欢迎您"几个大字格外醒目，游人纷纷留影。山顶公园东侧是鸣春谷，南北面是摩星岭，西边是核心景点"白云晚望"。

白云晚望景点主要有观光台和晚望亭两部分。我们站在观光台凭栏远眺，羊城美景一览无遗，特别是珠江新城的东塔、西塔、广州塔清晰可见。雨后的广州城，真是一幅让人百看不厌的风景画！游客肩膀靠肩膀，纷纷举起相机、手机不停地拍照。

我们挤了半小时，才依依不舍地离开山顶公园。走在下山的路上，我还在仔细品味广州的美景。祖国南大门是如此的壮观！

我终于圆了白云山梦，虽然是走马观花地了解白云山极少的精华，但我好像吃了一顿美美的大餐，有一种心满意足的感觉，中午的不悦早已烟消云散。

不一样的春节

看着电视里精彩的节目,想着武汉的情况,心里总觉得有点特别:没有去年的兴高采烈,没有幸福的欢歌笑语,没有……

春晚,没有去年那种感觉。

就在年初一,党中央成立了应对疫情工作领导小组。统一部署,迅速布阵,精准施策,科学防治。

生命重于泰山,一切为了人民!

从年初一开始,各地专家组、医疗队迅速驰援武汉。

从年初一开始,全国城乡流行口罩,所有药店一罩难求。

从年初一开始,国家一级响应已经拉响,防控工作有序推进。

灾情就是命令,防控就是责任。

各地迅速行动起来,组织人力物力投入歼灭新冠肺炎的人民战争。小区、商场、车站、码头、酒店全面消毒,高度戒备。高速出口、小区入口、单位门口,逢车必查、逢人必检。全国各地,上下一心,步调一致,一股排山倒海的力量慢慢形成。

多少党员干部主动请缨,要求投入防控一线。医务人员纷纷递交请战书,义无反顾,一往无前。

一支支部队向武汉集结。

一批批物资向武汉运送。

一颗颗热心向武汉靠拢。

有物出物,有人出人,有力出力,有钱出钱。

祖国在召唤,人民在召唤。危急关头,万众一心;大战在即,众志成城;生死抉择,勇往直前。

母亲抱住女儿:乖乖,待在家里等妈回来!

儿子看着父亲:老爸,回来之时再陪你喝!

奶奶拉住孙女:宝贝,怎么不陪我过春节?

丈夫吻别妻子:去吧,我们在家等你凯旋。

"哪有什么岁月静好,只是他们负重前行!"明知龙潭虎穴,明知刀光剑影,他们视若无睹,前赴后继!医生、护士、专家、教授、记者、民警……还有一队又一队冲在一线的热血义士,他们明知山有虎,偏向虎山行。

五湖四海,大江南北,一方有难,八方支援。大小企业,男女明星,解囊相助,众志成城!

一位卖凉茶的妇女奔波到检查哨卡,为值班人员送来了清热解毒的凉茶。

一位经营房车的老板,捐出6辆房车停在现场,让值班人员可以喝水、小憩、充电。

一位旅居海外的老伯，毅然买了 20 万只口罩空运回祖国，送来及时雨。

一个二年级的女学生，砸开存放利是钱的招财猫：妈妈，我要捐款。

一位企业老板出手过亿：国家的安宁才是我们最大的财富。

在这危难时刻，多少医生护士把生命置之度外。有医生向家人交代了后事，有护士向亲人诉说了永别。这是一场没有硝烟的战斗，他们早已有了九死一生的准备。这是一场你死我活的决斗，他们早已抱着背水一战的决心。

在紧急关头，多少指挥员废寝忘食，日夜亲临一线，在枪林弹雨中穿行，头上爬满了白发。又有多少战斗员忘我苦拼，日夜加班加点，行走在生与死的边缘，累倒在前线阵地。

这也是一场全民动员、全民参与、史无前例的战役。

群防群治，联防联控，将新型冠状病毒拒之门外。

火神山，雷神山，双剑合璧，驱除病魔显威力。

大街小巷，横幅标语，发出了声势浩大的呐喊。

电视机、收音机、小广播，唤醒了大山深处的姐妹、兄弟。

巴掌大小的手机，成了联系你我、遥呼相应的桥梁。拜年、道贺、发红包，玉指一点，送去了浓情厚谊。

通过这座桥，我们飞往碧波荡漾的南海，走向漫天飞雪的北疆；通过这座桥，我们来到繁花似锦的上海，驰向风景如画的西藏；

通过这座桥，我们走进了湖北，走进了武汉。

医疗物资统一调配，供水、供电、供气正常，粮油、果蔬、衣物充足。全国一盘棋，既满足前线战"疫"的需要又确保守在家里的老百姓过上幸福祥和的春节。

为什么同舟共济？

因为我们同根同魂，血脉相系！

为什么万众一心？

因为我们同祖同宗，亲如兄弟！

大年初三的晚上，武汉全城含泪齐唱《我和我的祖国》，歌声飘向四方，听者动容，闻者落泪！

武汉，加油！伟大祖国是你们可靠的后方，广大人民是你们坚强的后盾！此刻你我保持距离，是为了明天更加亲密！

一线的勇士们，你不是一个人在战斗，放心吧！

你看，解放军来了，党员骨干来了，医疗突击队来了！路上，还有无数的队伍前来增援，还有不断的车队潮涌而至，那是一股势不可挡、滚滚向前的铁流！

在远方，有我们千千万万的爱国同胞；在国内，有我们各行各业的仁人义士。还有"宅"在家里的父老乡亲，他们在静候佳音，等着暖和的春风敲开久闭的家门……

2月8日，正月十五。按以往习惯，春节应该结束了。然而，中国阻击战炮火正隆！

各地战"疫"都十分激烈，武汉更是英勇！

岗位就是战场！国家有难，匹夫有责。浴血奋战的勇士们坚信，战局一定会好转，捷报很快就会飞扬。风雨过后，必见彩虹！

央视元宵晚会没有一个现场观众，却吹响了激动人心的号角。让我们一起高呼：武汉，加油，中国，必胜！

西湖印记

天下西湖无数,但唯有杭州西湖和惠州西湖给我留下深刻印象。

杭州西湖我去过三次,分别是20世纪80年代、90年代和2009年。苏堤、灵隐寺、雷峰塔可谓闻名于世。2016年G20峰会之后,杭州西湖更加威震天下,美名远播。苏堤春晓、花港观鱼、雷峰夕照、双峰插云、南屏晚钟、三潭印月、曲苑风荷、平湖秋月、断桥残雪、柳浪闻莺,十大美景,深入人心。

2017年初,在世人对杭州西湖一片又一片的赞誉声潮中,我特意重游惠州西湖。这刚好也是我第三次游惠州,我决定选几个重点,好好领略、好好感受。恰巧,惠州日报社的朋友百忙中抽暇,与我们同游并作推介。

惠州西湖景区其实由西湖和红花湖组成,以西湖为主。西湖内又有平湖、丰湖、南湖、菱湖和鳄湖共五湖,连红花湖统称六湖。"六湖九桥十八景"就是惠州西湖景区的集中体现。

九桥：拱北桥、西新桥、明圣桥、圆通桥、迎仙桥、烟霞桥、九曲桥、枇杷桥和花洲桥。

十八景：苏堤玩月、玉塔微澜、孤山苏迹、准提远眺、花港观鱼、留丹点翠、芳华秋艳、元妙古观、花洲话雨、红棉春醉、西新避暑、丰湖书院、荔浦风清、飞鹅览胜、丰山浩气、横槎小隐、山寺岚烟和挂榜儒风。

从平湖正门进入，首先映入眼帘的是石碑上"苏堤玩月"四个金色大字。据说苏堤和西新桥是宋绍圣二年即1095年由苏东坡资助修建而成，是惠州西湖的主要古迹。近千年来，几经修建，堤湖涌翠，景色依然。每当月明星稀，水面金波璀璨，湖面月色荡漾，给人们梦幻之感，故取景名为"苏堤玩月"。

西新桥位于苏堤中段，连接平湖和丰湖。该桥又名"苏公桥"，始建于1095年。现在所见的西新桥修于1983年，以混凝土和花岗石为主要材料，基本保持原貌。当年，苏东坡曾作诗描述："笑看远岸没，坐觉孤城低。聊因三农隙，稍进百步堤。炎州无坚植，潦水轻推挤。千年谁在者，铁柱罗浮西。独有石盐木，白蚁不敢蹄。似开铜驼峰，如凿铁马蹄。岌岌类鞭石，山川非会稽。"

惠州西湖最美的小岛是点翠洲。小岛上有一座朱梁绿瓦的留丹亭，是为纪念1907年"马鞍之役"的反清志士而建，后改为亭阁。亭阁四周的雕花栏杆古色古香，各种名贵树木庄重典雅，水榭凉台令人流连忘返。更有趣的是小岛尽头伸出一座贴水长桥——偃龙桥，这座桥可以通往昔日苏东坡散步逍遥的芳华洲和著名景点元妙古观。

　　登上孤山,这里给我留下了深刻的印象。东坡像、朝云墓、六如亭、景贤祠、相宜居和苏东坡纪念馆等,集中展示了北宋大文豪苏轼被贬岭南的史迹。朝云墓位于孤山南麓,墓前是为纪念王朝云而修建的六如亭。亭柱有一副非常特别的对联:"如梦如幻如泡如影如露如电,不生不灭不垢不净不增不减。"苏轼流放到惠州时,只有王朝云不离不弃千里迢迢追随他来到这"南蛮之地",并以她的勤劳聪颖使他在艰苦中得到极大的精神安慰。可惜王朝云不久就溘然长逝。据惠州日报的朋友介绍,苏东坡就是在这里写了一首与增城荔枝有关的名作:"罗浮山下四时春,卢橘杨梅次第新;日啖荔枝三百颗,不辞长作岭南人。"

　　由于正值元宵灯会,我们决定游玩到天黑以后再走。果然,天色暗下来,湖面上各色各样千姿百态的灯饰一齐亮起来。百花齐放、百景争艳的场面令人震撼,还有亮着五光十色彩灯的花船在湖上游戏,真有点千船竞发的感觉。我想,我们增城的大埔围灯光艺术节比起这西湖灯会逊色多了。

　　走着,看着;游着,赞着。不知不觉已很晚了,尽管没吃晚饭,但我们都忘记了饥饿。因为,我们已"大饱眼福"了。

粤东行草

罗浮山

到了惠州，不能不去罗浮山。

罗浮山是国家 5A 级旅游景区，是惠州市排名第一的热门旅游目的地，被道教尊为天下第七洞天，被佛教称为罗浮第一碑林。

罗浮山又名东樵山，是我国十大名山之一，素有"百粤群山之祖""岭南第一山"之称，以寺观众多和奇峰怪石、飞瀑名泉、洞天奇景闻名于世，是享誉海内外的旅游、休闲、养生、购物、探险和药物科研的胜地。

北有长白山，南有罗浮山。由罗浮山草药研制的青蒿素是中国献给全世界人民的珍贵礼物。

从广惠高速博罗段长宁出口下来，远远便看到罗浮山雄伟壮观、绵延起伏的峰峦。

我们首先参观了黄龙观，再从正门进入参观了冲虚观，最后参观了西南侧的南楼寺和延祥寺。东北面的九天观、酥醪观和华首台等则无缘拜会，只能下次相见。

在罗浮山9观18寺22庵中最有名气的是冲虚古观。冲虚古观位于罗浮山朱明洞景区，被称为岭南道教的"祖庭"。据载，330年，葛洪在此修道炼丹，先后建有南、西、北、东四庵，此后不断改建、扩建。1087年，宋哲宗赐额名冲虚观。

冲虚古观坐北向南，依山面水。正门的对联"典午三清苑，朱明七洞天"苍劲有力，顶着横额"冲虚古观"四个大字，让千年名观显得更加庄严肃穆。

1945年，冲虚古观曾经是东江纵队司令部。就在这绿树成荫、风景如画的地方，曾经发生了很多惊天动地的故事，经历过无数战斗的东江纵队英雄的事迹在广东口口相传。

大亚湾

惠州大亚湾位于深圳大鹏湾与汕尾红海湾之间，环境优美、交通方便，这里的自然条件和经济基础都是广东最优良的。

大亚湾拥有众多的岛屿、海滩和极为丰富的水产资源。最让我们难以忘怀的是双月湾的沙滩和霞涌的美食。

我们从沿海高速下来时，是下午两点多，入住双月湾力科酒店后，我们迫不及待从酒店的后门向海滩冲去。

我们光着脚,踩着柔细的沙,特别舒服的感觉从脚底一直涌到脑顶。

前面,湛蓝的海水一望无际。头上,蔚蓝的天空白云轻飘。脚下,黄金的沙滩洁净如洗。我们扑进清澈见底的海水中,带着芳香的咸味弥漫在嘴角。漂浮在海上,领略大海的情怀,体验人生的欢乐,我们流连忘返……

尽管每年夏天都要去不同的海滩游玩,但我始终觉得双月湾的水是最清的,沙是最柔的,天是最蓝的,空气是最纯净的……

在大亚湾让人念念不忘的还有霞涌的海鲜美食。

美食街就在海边。一边是海鲜码头、海鲜超市,另一边是餐馆、酒店。游客可以直接点菜让食馆伙计安排上菜,也可以自己去海鲜市场买来加工,每样菜色只收 15~30 元的加工费。濑尿虾、九节虾、老虎斑、瓜子斑、白鲳、带子、花螺、青口、花蟹、肉蟹……各种各样的海鲜让人垂涎三尺。通过超市自选、食肆加工的办法,我们一桌 9 人吃得心满意足,结账时总价才 900 多元,超值!

双月湾的海龟湾也是一个十分不错的打卡地。不但可以细品海浪击拍巨石发出轰隆巨响,远观沧海翻卷巨浪滚向渺茫天际,也可以近看千年海龟的生活百态,还可以对小孩进行很好的科普教育。

红海湾

汕尾市的红海湾位于大亚湾与碣石湾之间,在这里,我们深深领略到海水的温柔体贴。

来到红海湾天然浴场,已是下午三点多。我们马上汇入到穿着各式泳装的茫茫人海中,尽情地享受阳光、沙滩、海浪带来的乐趣。

踏着微黄的细沙,我们一步一步走向海里。由浅及深,凉意从脚上升到腿,从腰部到胸部。太阳下,我晒得全身热气腾腾,现在一下子凉爽了。

忽然,一轮海浪扑面而来,形成了一道巨大的弧线。弧线把游客高高举起,接着就是一阵阵惊喜的呼叫声。无数的游客被海浪推回浅水区。海水温柔地退去,游客们又从沙滩向水里走去,由浅及深。接着,又一轮巨浪,又是一阵呼声……

我迎着海浪,向着湛蓝湛蓝的大海深处游去。看着前面高高的海浪盖过来,我马上顺着浪潮漂上半空,然后又顺着海水向前游去。

滔滔巨浪,排山倒海。大海的力量无尽无穷。而我身为芢茫海中的游者,却感到海水是温柔的,它轻轻地把我举起,又轻轻地把我放下。由于海水浓度高,我们浮在海水中来回漂游,感觉特别轻松。

海水是咸的,但它又不只是咸那么简单。我在潜水的时候碰到了珊瑚礁的尖角,手指被划破了,流了不少血,但是,一会儿就不痛了,血也止了。回到家,看着一厘米长的伤口真担心会发炎。然而,过了两天一点事都没有。因为,海水可以消毒,可以止血,可以治愈病痛。

大海给人力量,大海带来欢乐。怀念大海……

第二天,在附近的景点走马观花后,我们马上又投入了大海的怀抱。

古莲峰

汕头的景点众多，我也来过汕头多次，但来古莲峰风景区还是第一次。

古莲峰风景区在汕头八景中的名称为"莲峰浩气"，位于潮阳区海岸线，是国家4A级旅游区，与濠江区的"礐石山光"和"龙滩逸韵"一样均为汕头最高级别景区。其实，龙湖区的"海湾虹影"，金平区的"桑浦清晖"，澄海区的"冀院惠风"，南澳县的"瀛南翠色"，中山路的"月苑莺声"以及升腾雕塑、海关钟楼、星湖公园等景区风景都十分优美。

沿着林荫大道，我们边走边赞美两旁的鲜花。来到一座石山跟前，我们看到"古莲花峰"四个鲜红的大字，右上方还雕刻着一行草书"天南第一峰"。再往前走，我们看到参天古树下有两块圆形大石，同样刻有四个红色大字，分别是"云龙风虎"和"河山重秀"。

来到山顶"双璧擎天"景点，我们站在观海亭，遥望茫茫大海的波澜壮阔，感受一望无际的宽广情怀，领略"指点江山，激扬文字"万丈豪气。

山脚下的沙滩上，有许多石头整齐地排列着，那就是极具人文情怀的海上碑林。这些碑林与景区南侧的望夫石、古炮台和丹心亭在一起构成了"莲峰浩气"的重要文化元素。

景区的西面还有莲峰寺、忠贤祠和莲花书院。我们游览了奇泉井和观音堂、观音像之后，来到文天祥石像跟前。

这里是景区的核心位置，花草树木装饰点缀精妙，特别是那两排形态各异的罗汉松，起到了画龙点睛的效果。

身材高大的"文天祥"挺立在两块石头上，身披战袍，手握宝剑，目视远方。脚下是一片鲜艳的花朵，背后是一排苍翠的树木。雕像跟前的草坪上，镶嵌着两行红色大字："人生自古谁无死，留取丹心照汗青。"

凝望着雕像，回想起文天祥的历史故事，我终于明白了"莲峰浩气"的内涵。

民族英雄文天祥是南宋末年的政治家、文学家、抗元名臣。他一生数度浮沉，依然精忠报国。47岁时，抗元失败被俘，他宁死不屈，从容就义。世人视文天祥为忠烈之典范。

今天，祖国越来越强大，我们过上了美好生活，许许多多为国捐躯的英烈必将像文天祥一样受到世人崇拜与敬仰。

北江飞霞

滔滔北江水,静静向南流。

来到飞来峡,在大坝的前面温柔地停下,久久地徘徊。

我们总该做点什么吧?为了这里的蓝天白云、绿树青山,为了两岸的百业繁荣、六畜兴旺,也为了百姓的风调雨顺、吉祥如意。

这是广州后花园,坐北向南、如鹰展翅。这里山川秀丽、山水相依,谷幽林深、古迹林立。

江水顺流而下,亲吻飞霞山的脸,亲吻飞霞山的手,亲吻飞霞山的脚……北江两岸,飞霞上下,和谐的春风,俊秀的山峦,茂密的树林,肥沃的土地。

古树名木,百态千姿。草绿花红,风情万种。最爱禾雀花那柔绵淡雅的清香与柔情似水的身段。微黄的花瓣就像雀儿乖巧的小嘴,粉红的花蕾正如雀儿华丽的外衣,摇摆的藤蔓恰似雀儿欢乐的舞姿。

江水日夜流淌,诉说着一个又一个美丽动人的故事。300岁的雀王隆重迎娶260岁的雀后,感天动地的爱情谱写了万水千山的奇迹。

一群红耳鹎飞过来,搔首弄姿,不知道和谁争妍斗艳。是在挑逗禾雀花吗?或者,看到这里风景迷人、美不胜收,忍不住激情澎湃、欢呼雀跃。也许,它们深情感激这个如诗如画的家园,正向人类表达刻骨铭心的敬意!

"山不在高有仙则名,水不在深有龙则灵。"绿林深处,万物复苏。潺潺流水,碧波荡漾,鱼翔浅底。

佛教圣地和道教福地的美誉从何而来?因为1400多年源远流长的历史文化?因为100多处内容丰富的摩崖石刻?还是因为历代文人墨客的300多首传世诗词?

也许,因为飞来寺的闻名遐迩:临江而建,庄严肃穆;古广美静,幽雅俊丽。

也许,因为孔圣庙的文化底蕴:牌坊雄伟,圣殿森严;碑廊曲径,亭馆雅致。

也许,因为藏霞洞的宁静致远:名山洞府,幽谷藏珍;天然石佛,初祖遗迹。

也许,因为锦霞院的世外桃源:青山环抱,古木参天;清涧长流,桃花摇逸。

"到此地万念皆空山明水秀,入斯门一尘不染鸟语花香。""广东第一山"岂是浪得虚名?无论你是船游北江观山水,还是开渔节上品美食;无论你是攀岩而上看林海,还是爱山亭里闻涛声;也无论你是峡江翠竹听钟响,还是密林深处寻古迹,你都能获得精神的满足、心灵的洗礼。

当然,你可以走进古瑶寨,领略独特的瑶族风情;你也可以来到古龙峡,体验悬崖峡谷玻璃栈道的惊险刺激;你还可以深入宝晶宫,感受岭南第一洞天的玲珑瑰丽、晶莹剔透。

北江,飞来霞光,飞来祥云,飞来富饶美丽。

上善若水

增邑大地,民丰物阜。

增江河水,滔滔南流。

水,生命之源;水,与各行各业密不可分;水,与老百姓生活息息相关。

《老子》曰:"上善若水,水善利万物而不争,处众人之所恶,故几于道。"容纳万物,滋养万物,泽润万物,水已达尽善尽美的最高境界。

荔乡人民祖祖辈辈、世世代代生息繁衍在增江河畔,他们以自己的勤劳和智慧,用自己的心血和汗水一如既往地奋斗在这片美丽、富饶、肥沃的土地上,坚定不移地守望着对美好日子和幸福生活的向往……

有一群默默耕耘、无私奉献在供水战线上的劳动者,他们起早贪黑、顽强拼搏,一代接一代开拓进取、自强不息,让荔乡人民得以享受生活的润泽,沐浴幸福的滋养,收获安康的欢乐!

不知从何年何月起,在几十层的高楼上,一拧水龙头,清澈透明的自来水便哗哗啦啦流进心里,人们不禁问道,这真的是自来水吗?

是他们,一群以水为伴的劳动者,六十年如一日把自然水变成自来水……

为了改变老百姓的生活习惯,增城自来水从无到有

增城的县城镇位于增江河西岸,20世纪60年代初,人口只有四五万人。主要大街有湘江路、中山路,呈"丁"字形。其他街道还有和平路、继枚路、前进路、解放路,呈"井"字形。古老街巷有龟峰里、高贤里、西角巷……县城有东南西北四门,东门、南门靠增江河,北门靠鸡公山,西门通往广州方向。

继枚路附近有一个地方叫大井头。大井头有一口从唐代沿用至今的水井。每天清晨,大井头都热闹繁忙。挑水的,洗衣服的,洗蔬菜的,甚至刷牙洗脸的……人来人往,络绎不绝。他们拿着长长的绳子吊住水桶放进井底水面上,一提一抽,把桶拉翻,然后把装满井水的桶慢慢拉上来,该冲的冲,该洗的洗,最后装满两桶挑回家去,倒进水缸……

人们把从井底装水上来的工作叫"打水"。打水是一门技术活儿,不少人半辈子都没学会。把桶放到井底,让水装进水桶里,再

将满满一桶水拉上来，还真不容易！古时候，还有小孩因为学"打水"掉入井里淹死。

在东门桥旁边有一棵百年老榕树，老榕树下是东门口大埗头。早上，东门口大埗头也是一个非常热闹的地方。光着屁股游泳的小男孩，卷起裤腿洗菜的胖大婶，赤裸上身挑水的壮哥可，还有那坐在水边偷窥美女的懒汉……

装有柴油机马达的木船在增江河上来来往往。偶尔有渔民划着小船在水上游弋，船头站着一只虎视眈眈的鸬鹚。也有渔民撒网捕鱼，撒开的渔网在阳光下折射出五彩斑斓的图案。

入夜，大小船只倦鸟还巢，停泊在横街口附近。

横街口码头是增城最古老、最出名的官道，是从水路入南门进县城的必经之道。随着人口的增长，横街口码头成了县城居民主要的用水、取水点。黎波每天都要从横街口挑三担水回家。早上挑一次，午饭和晚饭后再挑、再放、再倒……日复一日，年复一年。这天，大汗淋漓的老婆从田里回来，抓起木勺舀了满满的一勺水，喝了一口，她马上又吐了出来。"黎波，你干了什么好事？"她揪着老公的耳朵，"水里怎么会有柴油味？"望着凶神恶煞的老婆大人，黎波有口难辩。

后来，人们骑自行车长途跋涉到城东的太子坑或城西的百花林装水回家作为饮用水。然而，那些所谓的山泉水未经检测，不知含有什么物质，加上转运途中受到污染，对人体健康根本没有保障。

人民政府为人民。1962年春节的鞭炮声还没远去，花炮的硝烟仍未散尽,县城镇政府的领导便带着一班中青年干部来到城北增江河边的鸡公山上。看,我们的家乡,风景如画;我们的增江,奔流不息!为了让老百姓用上干净、卫生的水,同志们,就这里,鸡公山上,开天辟地,干!

鸡公山原名龟峰山,龟峰秀色曾是增城八景之一。可能是河南信阳的鸡公山太出名了,也可能是全国有数十座鸡公山的缘故,龟峰山被慢慢淡忘了。但是,荔城鸡公山正像雄赳赳、气昂昂的雄鸡,每天迎来喷薄而出的一轮红日,唤醒荔乡人民珍水、爱水、尊水的意识,激励人们迎接美好的明天、美好的生活。

一张简单的蓝图,一排简单的工棚,一群不怕苦、不怕累埋头苦干的开荒牛,运送水泥、砂石来回奔跑的手扶拖拉机……山上山下徐徐展开一幅热火朝天的劳动场景画卷。

卢炳是水厂负责人,是个风风火火的急性子。他巴不得三两天就把自来水厂搞起来,让老百姓喝上干净、健康的放心水。这天,天还没亮,他就拿着手电筒来到工地。谁知,还有人比他早。康淦新、叶英才早已在工地上讨论今天的重点工作和注意事项。于是,他们三人一道,手挽着手迎来了河对岸蕉石岭山顶上的日出,迎来了陆陆续续进入工作岗位的兄弟姐妹……

中午的太阳烤得鸡公山热烘烘的,工地旁边的花草也热得羞答答地低下了头。卢炳和工友们蹲在树下,捧着砵头,大口大口地享受着白米饭、黄牙白、腌咸菜。正值国家困难时期,每天两餐都这么丰盛已十分难得。卢炳心满意足了,他们知道这是政府对水厂建设者们的特殊关怀。饭后，他们没有休息，二话不说就投入工作。不少男工光膀赤臂搬石头、抬钢筋。一些戴着草帽的女工在太阳底下拆模板，把模板上的铁钉一根一根起回来……

泵房就在山脚下增派公路零公里处的增城大桥旁边。增江河水从泵房起步，来到山顶水塔，经过净化、过滤、检测，再流向在街道、小区、院落和机关单位的用户。

半年时间，鸡公山水厂初露姣容。在县委县政府的关心下，又经过两个多月紧锣密鼓的大会战，在中华人民共和国成立13周年的大喜日子里，鸡公山自来水厂正式投产供水！

刚投产的时候，鸡公山水厂日供净水300吨左右，约1万人受惠。当时，水管没有进入家庭，居民需到门口取水。在县城居住的人口很快达到6～7万人，为了进一步满足居民生活用水需要，鸡公山水厂把水塔改建成水池，提升了储水能力，很快实现了日产800吨的目标。后来，他们又提高工作效率，日产最高达到1000吨，基本满足3万人的饮用需要。

党和政府对鸡公山自来水厂全体干部职工的辛勤劳动进行了表扬和奖励。不少先进工作者、积极分子都得到了搪瓷脸盆、印花茶杯、保温瓶、大毛巾等奖品。自来水厂的干部职工无不欢欣鼓舞。他们纷纷表示，为了党和人民的供水事业，宁愿付出自己所有的心血和汗水！

过春节的时候，一位老党员启用了他那一等奖奖品——搪瓷印花脸盆。盆底印着齐白石画的虾，自来水倒进盆里，那几只活灵活现的虾公马上游起来……全家人欢呼雀跃，自来水让虾公活起来了！老党员说，这是他们家有史以来最开心的一个春节。

为了提高老百姓的生活水平，增城自来水从小到大

1965年6月底，"一切为了人民健康"的春风吹遍了祖国的五湖四海、大江南北，吹遍了雪山、高原，吹遍了城市、乡村。

让自来水"飞入寻常百姓家"，是政治任务，是今后一个相当长时期的民生大事。楼上楼下、电灯电话，自来水、收音机……这是当时老百姓梦寐以求的美好生活。

鸡公山自来水厂义不容辞，义无反顾，积极、主动、愉快地承担了这项政治任务。

党支部书记多次召开班子成员会议，研究讨论分析如何让自来水流进城镇乡村，流进千家万户，流进每一位老百姓的心田。

当时，鸡公山水厂用地只有7.5亩，根本无法扩建，原有的机房、水池、仓库和办公室已十分紧凑。况且，原取水管是DN300管，吸水能力有限，每天产量1000吨已超负荷了。然而，县城人口不断增加，自来水入户势必造成用水量大增。用水量大就会造成供不应求、水压下降、甚至水管无水。

怎么办？社会在进步，人民生活水平、健康水平的提高势在必行。鸡公山自来水厂的领导们一方面广泛征求群众意见，另一方面多次向上级反映情况，想方设法满足城乡居民饮用自来水的需求，让老百姓不再埋怨"春风不度玉门关"。

县政府一方面研究自来水厂增产扩容，另一方面鼓励各镇、各人民公社帮助各大队修建水塔，自行供水。不久，很多地方的水塔建起来了。他们用电泵从井里、河中或水库抽水上塔，然后借助高塔的水压通过镀锌水管把水送进各家各户。社员们是用上"自来水"了，但很快发现了不少问题。第一，水质存在疑问，没有检测，没有化验，只在水塔池中过滤一下。第二，储水量不大，农村又经常停电，三天打鱼两天晒网，社员们经常坐在水龙头边望眼欲穿。第三，原水混浊，水塔上不到半年就积聚了厚厚的泥沙。第四，水源干涸，经常抽不到净水……

1974年初，县政府决定筹建新水厂。地点就选在城东三公里的梅花庄。

为什么选址梅花庄？除了地势高、地方大、空气好、交通方便，更重要的是考虑到水源问题。在县城东面十多公里的地方有个位于博罗县境内的联和水库，水质非常好，远远超过增江水，适合家庭饮用。

该水库容量达8000多万立方米，是20世纪50年代末增博两县联合建设的，既能防洪又可灌溉。修建时双方约定共同出资出力，日后工程效益双方分享。由于联和水库承接了罗浮山余脉的天然水源，其水可谓"天生丽质"。

很快，梅花庄水厂规划批复了。其主要工程之一是修筑8公里的引水渠道，明渠5公里，暗渠3公里，把联和水库的清水引至梅花庄。工程之二就是划出260亩岭地建设蓄水池、处理池、办公室、化验室、宿舍及仓库。设计机组抽水加压机械能力为312千瓦，可日产净水1万吨，是鸡公山水厂产能的10倍。

经过建设者们艰苦、顽强的拼搏，经过1500个日日夜夜的奋战，在中华人民共和国成立30周年的时候，增城县梅花庄自来水厂建成投产，每天1万吨的供水量基本解决了城镇、增江公社10万人的饮用水问题，确保了老百姓饮用水的健康。

为了满足老百姓的生活需要，增城自来水从步行到奔跑

东方风来满眼春。

1980年，全国沿海地区改革开放的步伐已经迈开。增城县处于珠三角黄金地带，水路、陆路、铁路和空运都十分便捷，属于最先起步的一批县市，经济发展势头良好，城乡变化日新月异，生活水平迅速提高。

1962年增城全县人口34万人，1980年已超过54万人。这时，荔城镇（含增江）总人口已超过15万。

摆在自来水厂干部职工面前的难题就是如何满足15万居民的饮用水需要。老百姓有时候投诉水压不够，半天都装不满一桶水。也有人投诉自来水有异味，还有人投诉说自来水是黄色的，更有住高层的居民投诉一连几天都要到楼下装水！

鸡公山水厂、梅花庄水厂多次召开业务会，就老百姓提出的意见逐条逐项研究解决。自来水人从没忘记，一切为了人民健康，一切为了百姓幸福，一切为了用水需要！勤劳、勤朴的自来水人不会计较任何得与失，不会考虑任何荣与辱，不会在乎任何褒或贬！一个字，干！为了满足老百姓饮用水的需要，干！脱掉上衣，甩开膀子，干！挥汗如雨，不分昼夜，干！

不管什么时候，不管哪个地方，不管水管水表，只要发出召唤，自来水人全部响应，召之即来，来之能战，战之能胜！20年来，自来水人已经树立了自己勤奋、拼搏、忘我的工作作风！只要是老百姓饮用水方面的问题，不问缘由，不问先后，不问是否，马上处理！全力以赴，马上搞定！

1982年，为了整合资源，为了扬长避短，为了更好地满足老百姓饮用水的需要，鸡公山水厂、梅花庄水厂划归县建设局管理，转为国有资产，改名为增城县供水公司。1985年，定名为增城县自来水公司。

自来水公司的名称可以变，领导可以变，但自来水人的初心不变，使命不变，为老百姓服务的热情不变，为老百姓的健康而努力的目标不变，为满足老百姓对饮用水的需要而奋发向前的决心不变。

在美丽的增江河畔，在距离增派公路两公里的地方，在县城北面的风水宝地，有一个制高点叫柯灯山。在这里，可俯瞰县城全景，可欣赏增江上下游风光，可观察增城上空的风云变幻！自来水人都喜欢这个地方，他们不约而同，都想到这里干一番大业。

1989年，自来水公司从建设路8号搬到了莲花路3号办公。

这时，县委县政府决定在柯灯山开建增城自来水厂，由增城县自来水公司全权开发、运作、经营。

冲锋的号角已经吹响，自来水人勤奋向前、忘我拼搏的工作作风发挥得淋漓尽致。什么风呀雨呀，辛苦呀劳累呀，通通抛诸脑后。他们克服重重困难，一心向前、义无反顾，为了满足老百姓的饮用水需要不达目的誓不罢休！

没有资金，党支部班子成员一起去找银行贷。没有人才，他们千方百计外出招聘！感情留人，事业留人，待遇留人，前景留人。结果，一批技术人才纷纷落户自来水公司。

与此同时，他们对已有的供水工程进行技术改造，不断优化生产能力。梅花庄水厂的大坝加固升高，大大提高了储水量。他们还对供水范围内的管网进行了科学规划，针对用水需求，加大了管网铺设覆盖面，让清澈滋润的自来水流进千家万户。

柯灯山海拔118米，是城北要塞，既能控制增江河水运，又可钳制增派路陆运，历来都是兵家必争之地。现在山上还有日军修建的炮台、战壕和其他设施。这些东西为水厂的建设带来了不少阻碍。但是，建设者们不畏艰难困苦，以无私奉献的精神征服了所有的障碍，特别是党员干部和工程技术人员，他们没日没夜，加班苦干，保证水厂工程建设顺利推进。

路通财通。他们首先修筑了一条通往柯灯山山顶的水泥路，路口接连增派公路和大坝旁边的抽水泵房。他们在路口搭了一个门牌，横额上写着毛泽东同志的诗句："为有牺牲多壮志，敢教日月换新天。"

有了水泥路,运送材料的拖拉机效率高了,施工进度加快了,水厂建设的工期缩短了。原计划5年的建设工程提早完成。

1991年7月,日产4万吨规模的柯灯山水厂第一期2万吨项目投产,用户反映良好。1993年,第二期2万吨项目顺利供水,老百姓无不拍手欢呼。

柯灯山水厂的建成让服役了30年的鸡公山水厂成为街坊们的历史记忆。

为了提升老百姓的生活质量,增城自来水从强到优

1993年底,增城撤县设市。以张房有为书记的第一届市委班子成员,带领70万增城人民踏上了改革开放的康庄大道。当时,工业农业,齐头并进;招商引资,全线飘红;经济发展,一日千里;城乡变化,翻天覆地。第一产业、第二产业发展强劲的同时,第三产业的发展更为迅猛。农村人口纷纷向城里集结,城镇人口迅速增加,城市面积迅速扩大,城市化进程逐渐加快。

新形势,新要求;新机遇,新挑战。增城自来水公司秉承一贯的"优质供水、服务为本"宗旨,紧跟时代发展的步伐,以满足老百姓饮用水需要为己任,主动适应新形势,迎接新挑战。

公司领导多次召集党员干部集体学习,一方面加强政治理论学习,另一方面提升业务水平和工作技能,同时,分析供水管网建设

与老百姓饮用水需要间存在的供求矛盾。大家一致认为，改革开放的春风已经让增城经济乘风破浪一往无前，随着社会生活水平的提高，人民群众对高质量生活的追求日益明显。如果公司不及时了解老百姓的需要，不知道自己存在的问题，等到社会上关于饮用水方面的批评爆发了，公司就会处于一个极为被动的境地。

公司领导做出一个大胆的决定：上马日产15万吨的供水项目！投产后关闭梅花庄水厂，集中精力搞好柯灯山水厂。

决定公布之后，上下一片哗然。15万吨！这是什么概念？想都不敢想！是现在供水量的五倍！按相应技术要求，水管、水泵、阀门、供电量、储水池和转换系统全部要达到新的标准，这就意味着整个水厂所有设施必须重建。这需要多少资金？况且，就这100多号人忙得过来吗？那么大的供水量，肯定要延伸到其他镇、村和工业园区，人力、物力、财力都捉襟见肘呀！甚至有人认为，全市又不止我们一家自来水厂，普及自来水覆盖面他们也有责任，我们何必去冒那么大的风险呢？特别是当今社会，电价猛涨，我们的水费却原地踏步。成本上扬，投入加大，收入却多不了，如何回笼资金？我们不能不考虑经济效益问题、员工福利问题、发展方向问题。

15万吨的宏伟蓝图遇到了雪山、草地，来到了金沙江、大渡河。为了胜利到达彼岸，公司领导班子参观了深圳、东莞的供水建设，考察了杭州、上海的供水发展，请示了市委、市政府有关领导并走访了不少资深人士。大量的事实证明，具有长远眼光的规划能给企业带来意想不到的效益！

在全厂动员大会上，公司领导阐述了15万吨项目的科学性和可行性。第一，增城经济发展迅速，人口不断增加，生活、工业、服务业用水量急剧上升，柯灯山、梅花庄合计最大供水量不到5万吨，现在已满足不了县城居民生活用水的需要，更谈不上向周围村镇供水。第二，梅花庄水厂供水经常出现事故，有时水源不足，有时高灌渠断水，有时意外停产。加上水源地和水厂相距太远，加大了生产成本和管理成本，干脆将其关闭，长痛不如短痛。第三，增城撤县设市为我们带来了新的发展机遇，政府立项、用地规划、银行贷款、工程审批等都更加便利，效率大大提高。第四，历史的车轮滚滚向前，经济的发展势不可挡，用水的增加不言而喻，水厂的产量也必须逐年增加。况且，物价平均每年上涨20%已成和尚头上的虱子——明摆的事实。可以断言，现在投资1000万元即可完成的工程，10年之后绝对要3000万元！我们要干多少年才能挣回这2000万元！

党员干部们明白了，广大员工也明白了。他们全力支持自来水公司领导班子的决议。很快，市政府也批准了自来水公司15万吨项目的建设。凡是能够满足老百姓生活、生产需要的事情，凡是为了国家利益、集体利益做出的规划，都会得到社会的认可、人们的理解和各界的支持。

1996年6月，15万吨项目产出的自来水就像及时雨一样滋润着荔城镇及周边的民居、厂房、店铺。

1998年初全线800毫米的水管直通石滩镇，石滩人民也得到了 15 万吨项目的雨露滋润。很快，柯灯山水厂每天供水量突破了 10 万吨。

事实证明，15 万吨项目上马是极具前瞻性的。如果到 1996 年再开始建设，那就为时太晚了。而且，20 世纪 90 年代末投资兴建一座日产 15 万吨的自来水厂，最少要 5000 万元！

1998 年初，增城自来水公司的发展，得到了现任湖北省委书记，当时还是增城市副市长的王蒙徽同志的高度认可。自来水人受到了鞭策，受到了鼓舞，获得了动力。他们快马加鞭，在接收了石滩狗鸣岭水厂之后，供水管网不断向朱村、宁西及周边村居延伸。同时，他们组建了增城市自来水安装工程有限公司和增城市水暖建材有限公司，拓展了相关业务，创造了良好的社会效益和经济效益。

2000 年 5 月，增城市自来水公司由市建设局转归市公有资产经营有限公司领导。

2002 年 6 月，增城市自来水公司富鹏营业部开业，公司领导们与广大干部职工一起额手相庆。他们开怀畅饮，相互祝贺。几多汗水，几多辛酸，几多委屈，都被今天的成果一冲而散！

接着，他们又马不停蹄，接管了中新自来水管网并于次年开办了增城市自来水公司中新营业部。从县城柯灯山水厂通往镇龙的供水管也建成 1400 毫米的大型钢管。宁西、镇龙大部分饮用水由柯灯山水厂供应。

2008 年，增城市常住人口超过 80 万，连同流动人口达到 130 万。尽管有新和水厂、仙村水厂等为老百姓的生产、生活提供了自来水，但供求矛盾越演越烈，柯灯山水厂每日15万吨的供水量根本满足不了老百姓的需求。有时候，水厂已经超负荷运作，最高供水量已达到16.7万吨，仍然水压不够。看来，再上新项目势在必行。但是，现在搞一个15万吨的供水项目，没有一两亿元绝对不行。

多年来，增城自来水公司一直把供水事业作为确保老百姓身体健康、生活幸福的民生工程，十分注重公司的社会效益从而淡化了经济效益。因此，公司的资本积累并不可观。如果即时投资一两亿元去搞新厂，压力非常大。但是，新厂不搞不行，一切为了人民的健康，一切为了老百姓用水的需要，一切为了增城的经济发展服务。他们初心不变，使命不变，宗旨不变。新厂必须上马，刻不容缓，有条件要上，没有条件创造条件也要上！

2009年6月1日，增城自来水招商引资成功，公司性质由原来的国有企业变更为国有控股的合资企业，股东分别为增城市公有资产经营有限公司（占55%）、广东南峰集团有限公司（占36%）和中国水务集团有限公司（占9%）。"增城市自来水公司"更名为"广州市增城自来水有限公司"。

2010年6月，广州市增城自来水有限公司进一步完成了增资扩股工作，注册资本从原来的237.6万元增至13787.6万元，增城市公有资本经营有限公司占22.49%股份，广东南峰集团有限公司占62%股份，中国水务集团有限公司占15.51%股份。

同时，经请示增城市政府批准，自来水公司决定在柯灯山已废弃的4万吨生产线上新建一套日产12万吨的制水系统。由于公司实力雄厚,加上天时地利人和,新系统建设进展顺利,创造了"增城自来水速度",短短两年时间就全面完成了新系统建设。

2012年9月,12万吨新系统竣工投产,与原有的15万吨生产线一起合计日生产能力27万吨,大大满足了荔城、增江、石滩、朱村、中新等地方约60万居民的生产、生活用水需要。

时代在进步,经济在发展。老百姓对自来水供水服务的要求也不断提高。自来水公司从完善规章制度、健全激励机制入手进一步加强了内部管理,向管理要效益。2012年8月,经中国水协与住建部供水水质监测中心共同审核,柯灯山水厂被评为全国第四批达标水厂。水质好了,老百姓用得放心、用得健康。水量足了,老百姓的怨言没有了。服务质量好了,老百姓纷纷竖起大拇指为自来水公司点赞。

2015年5月,增城撤市设区。广州市增城自来水有限公司的股权发生了变化:广东南峰集团有限公司退出,增城市公有资产经营有限公司占59.18%,中国水务集团有限公司占40.82%。新的班子,新的作为,广州市增城自来水有限公司党支部带领全体自来水人融入了新一轮的发展。

2015年5月,自来水公司乘胜追击,接管了朱村自来水厂,直接向朱村范围内的所有单位、企业、院校、商铺、住户供水。2018年10月接管了三江水厂,实现直接供水并全部覆盖。2019年1月接管了宁西供水业务,公司业务量大增。

为了老百姓饮用水健康，增城自来水经受了各种考验

人民生活无小事，一枝一叶总关情。

一代又一代的自来水人为了满足老百姓饮用水的需要，数十年如一日，废寝忘食，起早贪黑，奋战在供水第一线。不管周六周日，不管刮风下雨，不管国庆春节，人们万家团聚、共享天伦之乐的时候，他们还在泵房值班，还在管网线上巡查，还在化验室里坚守岗位。遇到水管爆裂、电器短路等意外的时候，他们更像打仗一样拼个"你死我活"，争分夺秒、全力以赴，在最短的时间内恢复供水。

2003年春，谁忘得了那个黑色的星期六，狂风暴雨，电闪雷鸣，白天犹如夜的黑！人们躲在屋里不敢出门。忽然，柯灯山水厂变压器跳闸了，水泵全部停止了运转。这时，意外发生了，山顶池水回流的巨大压力冲破了转换阀，大量池水倒灌，瞬间淹没了整个泵房，抽水机浸泡在水中。

值班厂长马上向公司领导汇报，同时组织人力进行抢修。然而，事情并没有想象中那么简单。4台水泵的马达全部被水浸坏了。这种高压马达比较特殊，要在外地才能买到，最快也要两天时间。刚好那时又没有备用马达。如果买新马达回来，加上更换时间，没有60小时绝对不行。试想，全城停水，数十万人没水用，吃、喝、拉、撒怎么办？工厂停工、饭馆停业、学校停课，后果不堪设想。

公司领导们觉得问题十分严重，他们迅速赶回单位，并向市政府分管领导做了汇报。在公司领导和技术人员召开紧急会议研究抢

修应急方案的同时，纯朴善良、乐于奉献的自来水人纷纷顶着狂风、冒着暴雨回到单位原地待命，他们希望能尽自己的一份力量为领导们分担责任；也希望能以自己微薄之力尽快恢复供水，让老百姓重露笑容；他们更加希望自己有强大无比的力量为老百姓送来甘露、清泉！

很快，全体自来水人按照抢修方案的安排，分工合作，各就各位，同步推进。他们安排一班人马把湿水马达运到广州增城特种电力设备有限公司进行拆解、烘干、复原。特种电力设备公司的老板何锦添先生接到了公资办领导和市领导的电话后，马上组织相关技术人员投入抢修工作。第一台马达修复后，马上运回水厂泵房，早已在等候的技术人员立即组织安装。另外一队人马同时开展线路检查、阀门更换、场地清理、供水准备等工作。一场预计要60小时才能结束的战斗，他们仅仅用了18小时便取得了可喜的胜利！

然而，意外无处不在，事故随时发生。2006年2月23日深夜，柯灯山水厂取水点上游，一艘抽沙机船沉没，机油漏了出来，污染了大片河面。自来水公司马上进入了一级戒备，采取了紧急应对措施。他们向公资办做了详细汇报，公资办又向市政府报告了案情。

很快，市政府成立了以常务副市长黄小晶为总指挥的应急工作领导小组，还派了环保局长陈伟元、海事处领导钟锡泉、公安局副局长李俊忠来到现场共同指挥救援和油污清理。副市长李沃田、丘岳峰、邬卫东等领导也亲临现场察看并提出了救援和清理工作意见。

一连三天，自来水公司全军出动，与防污公司专业人员一起进行油污清理。领导小组第一时间安排了500公斤吸油毡、100公斤溢油吸收剂、200米吸油拖栏,还有一大批救援物资。他们在取水点外围设置了三道围油栏。在第一道围栏与第二道围栏之间,工作船24小时来回作业,用吸油毡吸取油污。

他们又在第二道围栏和第三道围栏之间安排人力物力用溢油吸收剂清理越过第一、第二道防线的"漏网之鱼",杜绝油污突破第三道防线流入取水点。还有部分工作人员冒着刺骨的寒风,潜到冰冷的水中清理早前渗入取水点的油渍。

连续一周,自来水公司不分周六周日,不顾白天黑夜,加派人员在厂区至取水点上游2公里的范围监控巡查,防止油污再度出现,保证水质不受影响。同时,全体技术员特别加强了水质检测工作,提高了检测的精准度,为确保正常供水提供准确可靠的依据。

经过20多天的努力,水源保卫战顺利结束,自来水公司全体干部职工受到了市领导的褒奖,谢智勇、柯国峰、刘福全、刘玉生、陈玉华、何桥光、汤国俊、许迎勇、沈炽雄、潘浩坤同志还受到了通报表扬。

还有一事让增城自来水人难以忘怀。2010年6月16日,特大暴雨袭击华南,广东的韶关、清远、河源、惠州、广州日降雨量超过100毫米,有些站点降雨量超过200毫米,最高纪录为294毫米,全省受灾人口40多万人,增江河上游流域更加成了重灾区。

由于连日特大暴雨,上游工地又多,大量沙泥被冲到增江河内。河水浑浊度高达8000度,超出了可制水标准的10倍,用手捧水一看，全是黄色泥沙。柯灯山水厂只好采取临时停水的紧急措施。由于没水煮饭，荔城居民只能到商场买水。桶装水、瓶装水、包装饮料均被抢购一空，一时间"荔城水贵"。

市委、市政府高度重视，叶牛平等领导立即赶赴柯灯山水厂召开现场会，全力组织有关部门以最快的速度恢复制水、供水。并要求公司马上通过各媒体平台发布公告，让广大市民知道停水原因和停水时间，以免造成恐慌。同时，调动所有的消防车，为市民提供基本生活用水。

满足老百姓饮用水需要是自来水人的使命，也是自来水人每时每刻的首要任务。自来水公司干部职工在有关部门的支持帮助下，全体动员马上投入到"硬要浑水变清水"的战斗中。技术员们想尽办法，除了在取水点外围设置多层围栏，防阻沙泥浊水，还充分利用活性炭的分解作用，增加净水剂的投入，通过多个更为严格的工序确保供水达到国家标准。

与此同时，水务局对上游水源受污染原因进行排查，及时清除污染源。环保、卫生部门每半小时对取水点原水进行一次检测。气象部门加强对天气情况的报告，为有关决策提供依据。各镇街抽调人力物力，向停水区域的居民提供饮用水源，确保满足老百姓基本生活用水的需要。

经过约10小时的奋战，水厂早上8点30分停水，下午6点开始陆陆续续恢复供水，最大限度地减少了因此而造成的老百姓生产、生活上的不便，获得了上级领导和广大市民的一致赞扬。

为了老百姓生活的幸福美满,增城自来水站奔向新的征程

习近平总书记曾经说过,人民对美好生活的向往,就是我们的奋斗目标。增城自来水公司一直没有忘记总书记的指示精神,没有忘记共产党员的初心使命。董事长、总经理带头进行了一系列的学习和调研,并多次召开民主生活会,勇于批评和自我批评,深刻查摆在满足老百姓用水需要方面存在的不足,确定下一步工作思路和未来发展方向。

随着信息产业飞速发展,互联网已融进了老百姓的日常生活。网上预约、微信支付、一键服务、资料信息……全部都能通过手机来完成。卖菜的大爷大妈在簸箕边缘放了个二维码,摩的司机把客人送到目的地便亮出挂在胸前的二维码,就连跑到山村大榕树下为老爷爷理发的师傅也说"扫一扫"……

老百姓的需要就是增城自来水人的目标。创建增城自来水微信公众号、实现网上业务办理势在必行。一声令下,公司的技术人员、业务骨干马上行动起来。2016年6月,增城自来水公众号正式上线,网上缴费平台正式开通。用户可以通过手机绑定账号缴纳水费,也可以通过手机了解用水常识、业务流程、水质报告、用户指南及相关法律法规,特别是可以第一时间收到停水通知和了解供水方面的突发情况。老百姓足不出户,便可以了解饮用水方面的所有问题。网上便民服务的推出,迅速提高了自来水公司的形象。

老百姓对美好生活的追求不会停息,增城自来水人开拓进取、追求完美的步伐也不会停止。

为了更好地贯彻落实"优质供水，服务为本"的宗旨，自来水公司在报纸、电视、网站和公众号上公开了客服热线和投诉电话，接受用户和社会各界咨询、投诉，并及时向诉求人反馈处置情况。同时，他们从社会各界聘请了18位有代表性的热心人士作为供水监督员，不定期召开监督员座谈会，广泛听取意见和建议，促进各项工作不断完善。

为了让社会各界更好地了解自来水的制造、供应流程，自来水公司每季度都举办"水厂开放日"，邀请群众代表走进柯灯山，详细了解制水、供水的真实情况和用水知识以及各种为民便民措施，进一步培养广大市民尊水、珍水、爱水的意识，牢固树立"绿水青山就是金山银山"的发展理念。

为了有效地防控各类风险，确保安全生产和正常供水，自来水公司除了认真落实安全生产主体责任，确保安全生产资金投入到位，还编制了《供水系统突发事件应急预案》，有计划地组织各种安全教育培训和应急演练，保障了公司安全生产形势持续稳定，确保老百姓生产、生活用水的正常供应。

一直以来，自来水公司都把满足老百姓的饮用水需要作为奋斗目标，不计成本，不计得失，除了主动配合政府部门积极推动城乡供水一体化进程，还多次进行老旧小区供水管网改造和二次供水保洁系列服务，有效地解决了供水不足和供水水质问题，赢得了老百姓的赞誉。

2014年5月,特大暴雨袭击派潭,造成大面积停水停电,部分交通瘫痪,老百姓日常生活受到严重影响。灾情就是命令。增城自来水公司二话没说,马上组织人力物力奔赴抗洪救灾第一线。他们携带作业工具连夜进入村居,了解情况,立即进行施工。一连4天,先后派出了20多人次到灾区实施抢修供水管网工作。他们不怕危险,克服了重重困难,冒雨进行抢修。雨停了,太阳出来了,所有村居的自来水也通了。望着派潭的蓝天白云、绿水青山,累了几天的自来水人脸上露出了灿烂的笑容。

2017年,双地铁时代来了,增城区正式融入了粤港澳大湾区建设,并定位为宜居、宜业、宜游现代化中等规划生态之城。按照220万人口的发展目标,从全区现在的供水量来看,不出5年,增城的饮用水就会供不应求,随之而来的社会矛盾可能会层出不穷。

自来水公司的领导们没有被眼前的胜利冲昏头脑。他们清楚增城供水事业的现状,知道供水存在的不足,摸清了未来需要解决的问题。很快,增城区国资局把一份筹建增城自来水有限公司第二水厂的立项报告送到了区政府主要领导手上。

民生无小事,枝叶总关情。只要是为老百姓谋福利的事情,只要是为了解决老百姓生产、生活问题的方案,我们共产党人都百分百重视、百分百支持、百分百落实。很快,自来水有限公司第二水厂建设方案获得批复。

新厂建成后,增城自来水的日产量将为57万立方米,完全可以满足荔城、增江、石滩、三江、朱村、中新、福和、宁西及镇龙约120万人生产、生活用水的需要。

增城自来水有限公司组成了新一届领导班子后，又一代自来水人意气风发，满怀信心，站在新的起点，踏上新的历程。为了不断满足老百姓的饮用水需要，为了老百姓的生活越来越美满，为了全区人民越来越幸福，他们永远奔跑在壮丽的供水路上！

一套西装

收到第五届全国县市区域"百佳优秀报人"评选结果的通知，我心情激动又欣慰。在增城日报社工作20多年，快要退休的时候获得这么高的一个荣誉称号，也算是对自己作为一名报人的肯定吧！

回想起走过的坎坎坷坷、经历的风风雨雨、付出的辛勤汗水，我的脑海久久不能平静。

2000年初秋，我来到报社工作，当《增城日报》拜绿副刊的责任编辑。报社社长黄卓夫带我去参加工商联的一个会议，遇到了几个老板，他们是我当老师时候的学生。当晚，我就谈了5万元广告回来。那时，报社全年的广告收入才60多万元。

2001年初，我通过组织竞争上岗当了广告经营部主任。这是个十分重要的岗位，经济收入，影响着整个报社的运作。特别是在全国报业已经推向市场的大环境下，经营创收与报社发展密切相关。

当时，报社编外人员工资已拖欠2个月，印刷费拖欠5个月，经营工作面临严峻考验和巨大挑战。

虽是临危受命，但我非常珍惜领导给我的机会。我要通过努力奋斗体现自己的价值。于是，我积极主动开展工作，想方设法占领市场，千方百计增加收入，要让"报纸"变成"银纸"。还有，我希望通过我们团队的通力合作让报社迎来更好的明天。

为了搭建平台，我们第一时间推出《商业导刊》，每周一期，周五出版发行。第一期，得到两位老板的支持，有4000元收入。第二期，直到周四下午排版时还没有一分钱。3位出去拉广告的同事陆续回来了，一无所获。

我不敢去见黄社长，夹着个黑色公文包走呀走，到了西城路品牌商业街，但凡门面好点的我就进去发《增城日报》简介和广告价格表，还耐心向他们推介、游说。可是，走了十几家店，没一家有投放广告的意向。

终于，有一位开时装店的李老板见我满头大汗，拿个一次性纸杯倒了半杯温开水给我，他问：《增城日报》是党报吗？

我一下子精神抖擞，我终于看到了希望。谈了很久，我请他先做2000元广告投石问路。他同意了，但又说只能兑数。我马上被难住了，兑数就等于自己出钱买东西，单位不会收一套西装做广告费，收了实物不好处理，我们从来没有这个先例，这怎么行呢？

"不行就不做了，不好意思，辛苦你了。"

当时，我真的想哭。

"你2000元套餐广告打9折,1800元。看那套高档毛料西装,刚好。"

我一看,西装确实挺好,穿在身上一定英俊潇洒。可是,我一个月的工资才1500元!唉,怎么办呢?算了吧,成交。

我写了一篇文章《来吧,西城路满腔热情欢迎您》,配上时装店4×8刊头广告,《商业导刊》如期出街。没想到这期《增城日报》很受欢迎,不少商家来人或来电要买。西城路名噪一时,多家手机店、鞋帽店、皮具店、快餐店在《增城日报》投了广告。

我交了1800元给财务,然后开了发票去时装店拿西装。李老板非常开心。后来,他陆陆续续投了3万多元广告费。我穿上那套高档西装,开着飞度小车,提着黑色皮包,俨然个大老总,谈起广告来也顺利多了。

广告兑西装的事传开后,我被同事笑称为"傻仔棠"。

2002年,增城日报社经营创收230万元,实现收支平衡。2003年,为了更好开拓市场,增城日报社成立了报业发展中心,任命我为主任。2004年,我被评为广东省报业先进工作者。

后来,随着互联网对纸媒广告市场的冲击,传统的拉广告模式已风光不再。我们迅速转到市场策划、版面策划、活动策划上来。部门专栏、镇街专版和楼市论坛、美食评比、房车展览、广场舞大赛、好声音大赛、年画宝宝评选、儿童才艺比拼等纷纷推出。再后来,我们还实现跨界经营,承包公交车站牌广告、车身广告,承包广州市廉政教育基地清献园经营管理……

2016年五一劳动节,我们发挥了各方面资源的优势,在东汇城商业广场举办了为期4天的首届增城房地产交易博览会,一下子创收165万元。

首先,我们做好了充分的市场调查研究,策划了可行的经营创收方案。接着,得到了上级的认可、批准。然后,我们又和公安、城管、环保、交通、文化、气象等部门进行了沟通,房博会如期举行。

负责会前招商、会场布置的同事们都非常辛苦。有半个月,我们挂图作战,房博会平面图的展位一个一个打上钩并注明客户名称、业务员名字。每天晚上,展位图都会增加不少钩,全体同事充满信心。

房博会的现场布置足足搞了两天两夜。根据《消防应急预案》《安全疏散方案》,在布置舞台、展位、店铺和摊位的时候,必须先考虑消防通道、疏散场所。我们除了搭建大舞台,还设置了20多个60多平方米展位和60多个10多平方米的摊位,还有少量的室内店铺。为了确保准时开展,我们和广告公司的员工共20多人,连续两个夜晚工作到凌晨一两点。

开幕式当天,房博会迎来了近万人进场。房产展区、汽车展区、金融摊位、美食摊位和土特产、字画店等都有不少消费者光顾。

最热闹的还是开幕式舞台。醒狮旺场、节目表演、名人亮相、领导讲话、专家论坛、名盘颁奖……

房博会前一个月我们进行了一项重要的配套活动:邀请著名的专家和学者对增城区域内的楼盘来一次主题为"金牌名盘"的大评比,刺激开发商在《增城日报》大量投放广告。许多楼盘十分重视这一评比，特别是安排在房博会上颁奖，更加吸引众人眼球。

开幕式当天，精彩的文艺晚会既丰富了房博会的内容，增强了文化氛围，提升了展会品位，更增加了人气，提高了经济效益和社会效益。

房博会第二天的配套活动，我们精心安排了哈雷车巡游、书画摄影展、艺术品拍卖和本土作家现场签名赠书。

第三天，主要活动是电视主播见面会、特价洋房抢购会、广东电台现场直播以及礼品派发。

第四天有文艺表演、多轮抽奖、总结讲话……

每次活动，我都穿着那套深蓝色的西装出现在现场。

2019年我们全年经营收入1190万元，报业发展中心账号余额1799万元，实现了很好的经济效益和社会效益，确保了《增城日报》正常运作。

到现在，那套深蓝色的西装依然洁净笔挺，穿在身上依然舒适潇洒。

闲话点菜

生活好了,上酒楼的机会多了。

待人接物,应酬朋友,无酒不欢——上酒楼去。

红事白事,婚庆宴席,呼朋唤友——上酒楼去。

工作忙,时间紧,天寒地冻,不愿做饭——上酒楼去。

民以食为天。日求三餐,夜求一宿。一年到头,匆匆忙忙,拼死拼活,就是为了吃好、喝好、生活好。

"今晚请你!"简单一句,表达友情,显露豪气,充满幸福。

宾馆酒楼大排档,酒店饭店美食街,人头攒动,热闹非凡。煎炒焖焗蒸炖烤,鸡煲鹅煲羊肉煲,香气四溢,赞声一片。

网上消费,让不少行业门前冷落车马稀。唯有饮食,一如既往门庭若市人气旺。酒楼食肆是一面镜子,最能体现城镇的市井风情和居民的生活场景。

酒够菜足饭饱,叼着牙签,挺着肚子,红光满面,心满意足。

然而，一个饭局要让所有人都吃得心满意足并非轻而易举。怎样点菜、点什么菜，规格如何、分量多少，成了饭局能否完美的关键。

有人说，做酒容易请酒难。这年头，谁没饭吃？来，是给你面子，是尊重，体现了友谊和感情。不来，一句话：已安排，谢谢。

也有人说，请酒容易点菜难。香甜苦辣咸，口味各不同。有老有少，有男有女，喜好不一，众口难调。酒家饭店的出品也风格各异，菜式特点难以把握。怎样恰到好处，如何让大家吃得好、吃得满意，讲究技巧。

于是，点菜成了一门艺术。绘一幅画，讲究层次布局、色彩搭配、视觉效果。写一篇文章，讲究结构合理、枝叶分明、主题清晰。点一桌菜，需要综合考虑、大家满意。

首先，点菜的人要搞清楚：请谁吃饭、谁请吃饭、为什么吃饭、吃什么样的饭？如果是请客的主人家自己点菜，或者当天饭局是一般的闲聚而非正式的宴请，事情就简单很多。否则，点菜的人就要花心思了。

其次，点菜的人要搞清楚当天饭局的规格。喝什么酒？干红、干邑，还是白酒？高档的、中端的，还是一般的？点什么菜？最贵的、普通的、便宜的？还是高低兼顾、兼而有之？

再次，点菜的人要了解主宾的口味。喜欢粤菜、潮菜，还是湘菜、川菜？喜欢海鲜、火锅，还是客家菜？如果喜欢吃辣，劲辣还是微辣？如果主宾上年纪了，多点软食或者流质食物；如果主宾有高血压、高尿酸等，海鲜和肥肉不要太多；如果主宾有糖尿病，千万不要出现甜食。当然,也要兼顾饭局中其他人员的不同情况和口味喜好。

还有,点菜的人既要把握好消费额度也要控制好菜式分量。消费额度要看宴请格局、宴请对象和主人的能力。菜式的分量要点到即止,一定要够,但也不能浪费。都知盘中食,粒粒皆辛苦——特别是现在讲究节约粮食、光盘行动。

还有,点菜的人要知道随着地域各异、时间不同、季节变换,食材和出品均有差异。要根据用餐人员的情况,多点地道的特色菜和应节的时令菜。招牌菜肯定是少不了的。每一家酒楼饭店都有引以为豪的招牌菜,这是出奇制胜的秘密武器。而且,招牌菜往往又好吃又便宜又能代表地方风味。

还有,点菜的人要熟识主人家的性格、特征、喜好。热情大方的、爱面子的、腰缠万贯的,不妨多一点、贵一点、豪华一点,千万不要太过寒碜甚至不够吃。如果主人家比较低调,经济能力一般,那就适可而止。如果你狠狠地宰了人家一次,小气的人会记恨你一辈子。

点菜的人还要注意打点好饭局方方面面的事情,照顾好每个人的情绪,控制好局面。饭局完美,大家都会欣赏你。

点菜的人还可以给每一道菜起个好听的、吉祥如意的名字,搞搞气氛。或者主动去为客人倒酒、盛饭,让主人家脸上有光。把大家招待好了,主人家会永远感激你。

点菜的人也可以从节俭的角度出发,为主人家着想,主动叫酒楼的老板打个折、给点优惠。剩菜较多的，可以打包的就打包，不必浪费。精打细算的主人家见到你这么细心，肯定会投给你赞许的目光。

　　点菜的人时时处处多长一个心眼，待人处事把握好尺度，肯定能获得别人的敬重。当然，个人的知识水平、阅历经验、交际能力也不容小视。

　　总之，好好点菜，好好生活。

筑梦百年

一

百年前宁静的夜，枪炮声敲醒了寂闷的梦。

东方天际露出了曙光，沉睡的雄狮睁开了双眼。

真理之光照亮了前行之路，先进思想指明了前进方向。

革命先驱披荆斩棘，开启了驶向光明的远航。

"路，本来没有，走的人多了就成了路。"

十里洋场大上海，兴业路76号，一个极不显眼的地方，如今却举世瞩目，万人敬仰。

烟波缥缈的南湖，一艘嘉兴地区极为普通的红船，却满载着四亿人民幸福的种子，满载着中华民族生存的希望！

一个最有生命力的政党成立了！这就是全世界最大的马克思主义政党、最能代表人民利益的政党、最能经受各种考验的政党——伟大的中国共产党。

从此,生活在水深火热之中的同胞不再绝望,国人不再迷茫……

二

有了领导人,香港海员敢于抵抗当局的屠刀。
有了主心骨,京汉铁路工人不惧军阀的枪炮。
国共合作大革命掀起了全国反帝反封建的高潮。
北伐的路上,活跃着共产党员的身影。
工农群众运动,共产党人更是一呼百应。
南昌古城,正义的枪声响起,人民的军队诞生。
罗霄山脉,著名的三湾改编,科学的民主管理。
广州街头,苏维埃政府宣示了武装斗争的力量。
井冈山上,隆隆的炮声依然在耳边回响。
无数的先烈血洒疆场,无数的忠魂长眠山下,也有无数的共产党人带着无数的仁人志士日夜兼程,奔向光明的远方。

三

滔滔大海,潮起潮落。
万里长江,波涛汹涌。
"星星之火,可以燎原。"

土地革命为民谋利,古田会议永放光芒。

工农红军为民请命,老百姓的笑容跃然脸上。

面对一次比一次疯狂的围剿,红军战略转移,避其锋芒。

穿枪林,冒炮雨,经历万险千难。

爬雪山,过草地,深入无人之荒。

四渡赤水,飞渡乌江,摆脱围追堵截。

从遵义的红楼出来,红军看清了未来的方向。

苟坝那盏马灯,把漫漫长夜照亮。

甘孜会师,会宁会合,中国革命转危为安。

四

瓦窑堡里的灯光折射出抗日民族统一战线的光辉。

洛川会议的召开树起了坚持抗战争取胜利的旗帜。

平型关大捷,提振了全国军民战胜外敌的士气。

敌后游击战,军民团结,共同抗日。

宝塔山下的整风运动,增强了共产党人领导全国军民夺取抗战全面胜利的能力。

树欲静而风不止。

我们不惹事,我们也不怕事。

我们不搞内战,我们也不怕蒋介石的内战。

三大战役,老百姓用小木车推出了大胜利。

渡江战斗,老百姓的小木船发挥了大作用。

我们与人民心心相连,我们与百姓情同手足。我们代表着人民的利益,我们代表着光明与正义!

五

伟大的中华人民共和国成立了!

洪亮的声音从庄严的天安门城楼飘向五湖四海,飘向东南西北,飘向七大洲四大洋。

中国人民从此站起来了。

没有共产党就没有新中国。

长城内外,大江南北,满目疮痍,百废待兴。在党的领导下,全国人民自力更生,艰苦奋斗,面对国难若等闲,"敢教日月换新天"。

抗美援朝的胜利,显示了国威、显示了国力,也凝聚了民心、鼓舞了斗志。

我们摸着石头过河,我们义无反顾前进。

困难重重,我们初心不变。

迎风战雨,我们使命在肩。

道路曲折,我们方向明确。

克难攻坚,我们奋勇向前。

六

国民经济困难,我们依然走过了万水千山。

满途荆棘,阻挡不了我们迈向文明的步伐。

反革命集团的野心,动摇不了人民群众紧跟党走的决心。

不管什么艰难险境,我们始终团结安定。

不管长江风浪多高,我们誓要"天堑变通途"。

不管什么风云变幻,我们的卫星照样上天。

党和人民同甘苦、共命运,永远战斗在一起。

七

南海的涛声含情,南粤的山风有意。

"南巡"的春风吹来了欢笑,吹来了阳光,吹来了一个崭新的时期。

真理标准问题的讨论明辨了大是大非。

全面拨乱反正的推进具有非凡意义。

十一届三中全会,冲破了长期以来"左"倾错误的严重束缚,提出了建设社会主义现代化的战略决策,标志着伟大祖国从此走向强大、富饶、美丽!

改革开放的号角,让国人看到了希望、看到了未来,体制改革的拉开增强了人民群众的信心,鼓舞了人民群众的斗志。

我们向全球宣示：我们正在建设中国特色的社会主义。

我们不敢怠慢，我们不会停息，我们一如既往地代表着中国先进社会生产力的发展要求、中国先进文化的前进方向、中国最广大人民的根本利益。

八

长江黄河，滔滔东流。

历史车轮，滚滚向前。

我们走向了科学发展之路，我们进入了社会主义和谐社会。我们的发展是以人为本的统筹兼顾的可持续发展，我们团结一致、同心协力。

汶川的地动山摇，谱写了全国人民万众一心、无坚不摧、战无不胜的诗篇。

北京的鸟巢上空，传来了"同一个世界，同一个梦想"共同创造奇迹的赞歌。

沿海的一线城市，捷报频传，日新月异。

人民的生活水平，芝麻开花节节高。

《唱支山歌给党听》那柔扬的乐声从文化广场飘向城乡的每个角落。

九

风清气正的春天来了,百花齐放,百鸟欢鸣。我们开始了"两个一百年"奋斗目标同台大合唱。

"中华民族伟大复兴"号徐徐下水,开始远航。

创新、协调、绿色、开放、共享。五大发展理念让我们插上了腾飞的翅膀。

"四个全面"的推进开创了管党治党、治国理政的新局面,共产党人树立了真正的榜样。

洁白的云朵在蓝天下轻轻飘荡,巍巍的青山挥舞着绿枝放声歌唱,宽阔的湖面清风徐来碧波荡漾,绿水青山开始变成金山银山。

阳光照耀大地,照亮四面八方。我们看到了射电望远镜的神秘,看到了登月计划的实施,看到了港珠澳大桥开通,看到了大兴机场开航……

"复兴号"奔向世界,"辽宁号"驶向远方。

待到秋风送爽,更加民富国强!

怀念父母

我极少写父母。多少次拿起笔来,总是写不下去。

我愧对父母,我无法释怀——当我有能力孝敬父母的时候,他们却没了……他们过早离我而去!

每当想起父亲在医院临终那刻用微弱的声音问身边的人:"阿棠呢?"我就心如刀割、泪如泉涌!

当天深夜,我忙完单位的事赶到石滩医院,看到父亲慈祥、安静地躺在那里。而他老人家却永远看不到我了……

"清明时节雨纷纷,路上行人欲断魂。"

我跪在父母的墓碑前,闭上双眼,父母的音容笑貌一幕幕在我脑海浮现。

我有六兄弟,父亲对我最偏爱。在老家上小学一年级时,父亲特意买了一双木屐给我穿,而我大哥、二哥他们都是光着脚,踏着冰冷的泥土乡道走路上学……

由于我读书成绩比较好,父亲一直尽最大的努力支持我,从来不让我做家务,总是让大哥他们做饭、搞卫生,让我做作业。我清楚记得,父亲对大哥、二哥说:"我们要举全家之力让阿棠好好读书。"大哥、二哥小学毕业便出去做泥水工、搬运工,后来又下乡务农。

1978年我考上了增城中学重点班。年底,增城师范又向我发出了录取通知书。当时,读师范不但不用交学费,每个月还有6元生活补贴,根本不用花家里一分钱。我们家里的困难我是知道的,我不想为了供我读书令大家那么辛苦。于是,我转读师范。结果,我被父亲骂了一顿,责问我为什么不冲刺国家重点大学。不过,父亲最终还是尊重了我的个人选择。

父亲是非常乐观的人。他曾经是竹器社副主任,那时的竹器需要手工制作。一年夏天,政府整治增江河,每天需要大量簸箕,竹器社日夜加班赶货。父亲赤膊上阵,每天操刀破篾十多小时。不小心他肚皮被竹篾青片割破了,流血不止。他还和工友们开玩笑:"好在没穿政府奖励给我的衬衫,把衫割破就可惜了。"

父亲要养大我们六兄弟,还要供我们读书,确实不容易。那时,我们可能是镇上最穷的人家。尽管如此,父亲总是给我们吃最好的。学期末,我拿奖状了或者我参加比赛获奖了,父亲总是开心大喊"加菜",要么搞一盘酱爆花腩,要么加一砵清蒸排骨,我们几兄弟都高兴得不得了。

父亲是个十分节俭的人。1980年秋,我走上教育岗位,有了稳定收入，便买新衣服给父母过年。但父亲生气地说："有钱就存起来，不要乱花。我们几十岁了，还穿什么新衫！"后来的十多年，他们都没买过新衣服，直到去世那天，他还是穿着我10年前给他买的那件灰色中山装！

转到荔城工作后，我买了小汽车，我好想载着父母去旅游。可是，他们过早地离去了。外面的世界那么精彩，他们却从未见过！

社会进步了，生活宽裕了，我好想带父母去大酒店吃一顿好的。可是，他们不在了，山珍海味，各色美食，他们却尝都没尝过！

我在荔城买了房子，我好想父母能住上几天。可是，他们已经搬进万安园了……几十年来，他们都是住在那40平方的砖瓦房里！

我参加朋友的饭局，见到他们年迈的父母在场，我肯定会主动敬上一杯。面对丰盛的菜肴，想到父母亲从来没有享受过就早早地去了，我不禁泪流满面……

我为父母奠上三杯茶，再奠上三杯酒。

我记得，父亲曾教我做人一定要安分守己，只要做好自己该做的事，不要在乎别人怎么看。"岂能尽如人意？但求无愧于心。"这句话我一直铭记。

我也记得，父亲曾教我做人要积极进取，"你不上进，人家很快就会跑到你前面去了"。那么多年来，无论是学习上还是工作上，我都不敢怠慢，一直鞭策自己努力向前。

我还记得，父亲曾教我一定要珍惜眼前人，"既然走到一起了就是缘分，无论什么时候对别人都多往好处看,对自己多查找不足"。

我这几十年来也一直在践行父亲的教诲,在我眼里,我的单位、我的同事、我的朋友,我身边的所有人都是挺不错的,唯一需要做得更好的就是自己……

再见了,父亲!再见了,母亲!我一定会记得你们对我的养育之恩,好好做人,好好做事。我亏欠你们的许多许多,我下辈子一定要加倍偿还。再见了,父亲;再见了,母亲!重阳节我再来看你们……

包角仔

春节临近,我又想起了儿时包角仔。

那时,我们的生活并不富裕。但每年的冬至过后,爸爸妈妈就开始准备过年的货物了。晒猪肉、腊鱼干、风干黄芽白,酿好糯米酒,备足红心薯,还要准备打米饼、夹糖环、做年糕、炸油糍、包角仔的材料。

不管多么艰难,爸爸妈妈都会想办法买 10 斤精面作为包角仔的原料。做馅料用的花生、芝麻、榄仁、白糖也是挑最好的买。

春节的脚步越来越近,路上的行人越来越多,集市上的人流越来越拥挤,孩子们的笑脸越来越灿烂。

晚上,各家各户忙个不停。你家在打米饼,我家在包角仔,他家在夹糖环……全家老少,再加上亲朋好友、三五知己,边忙活边说笑,热闹非凡。

晚饭过后,妈妈开始准备馅料,把舂成细粒的花生、榄仁和芝麻、白糖混在一起，调好。力气好的青壮年人搓面。他们在面粉里加上猪油、鸡蛋，这样炸出来的角仔特别香脆。

面粉搓熟了，便用木棍或汽水瓶压成薄片。

我最喜欢拿手电筒的底盖印面片，圆圆的、薄薄的，一块一块放到竹盖上面。

细心的女孩们开始包角仔。这是一道最漫长、最讲技术的工序。有时候，我也学着包。馅料放进面片中间，对折成半圆，用力把半圆边捏紧，然后用柔和且均匀的指尖力把圆边折成一排小角，一只半圆形带牙花的角仔便做成了。

我笨手笨脚地包一只角仔要很久，而且又瘦又不好看，牙花粗细不一，又歪又斜。小姐姐小妹妹们却很快，包出来的角仔又饱满又好看，肥嘟嘟的十分可爱。特别是半圆边那排牙花，粗细一致、整齐如一，好看，耐看，简直就是工艺品。

大家有说有笑，全屋洋溢着喜气祥和的氛围。

包好的角仔放满了几个托盘。横看是一排排，竖看是一排排，斜着看也是一排排的，整齐，壮观，像接受检阅的仪仗方队。

角仔包得差不多了，接下来就是爸爸大显身手的时候了。他把一个月前就精心挑选买来的纯正土榨花生油倒进锅里，点燃灶膛里的荔枝木柴，用大火把油煮开，然后控制到慢火程度，再把角仔一块一块放进锅里。接着，他把火候上升到中火程度。两分钟后，他拿起笊篱，把角仔捞起，倒进大瓦盆里。接着，第二锅，第三锅……

全屋弥漫着醉人心肺的香气。

炸好的角仔热气腾腾、香味扑鼻。我迫不及待拿起就吃。说来也怪，一连吃几个也不觉上火，第二天也没有不适。如果是现在，我怎么敢这样吃即炸的东西？

炸好的角仔呈金黄色。当然，颜色有深有浅。有些角仔笑口常开。我想，那可能就是我的杰作。包角仔时捏边没有捏紧，折牙花时没有折好，放进油锅一炸便裂开了。

裂开的角仔不好看又不好吃，它里面的馅料已经散出来跑到油锅里去了。馅料在油里还会"污染环境"，炸的时间长了变焦变黑，带来异味，影响了花生油的纯洁。

我为我自己的愚笨深感不安，还是妈妈看透了我的心思。她说，其实角仔开口、馅料泄漏跟面粉搓得不熟也有关系，黏性不够。

一向擅长搓面粉的大哥即时还击，那样的可能性很小。

全屋爆发出一阵爽朗的笑声。

不管怎样，我总觉得内疚，直到现在我还记得当时我的脸颊热辣辣的。

忙完活，大家边喝茶边吃角仔，谈天说地，余兴未尽。

妈妈用纸折成小袋，让来帮忙的邻居、亲戚、朋友都带一袋角仔回家。

角仔的香味从屋里溢出去，飘到大街小巷，飘向千家万户。

美人蕉

我来到僻寂的山村卫生院，发现四周都生长着一丛丛如竹蔗，似芭蕉，又像姜苗的绿色植物，这就是美人蕉。

看，一枝枝簇拥着靠在一起，多亲热！水绿色的叶子在微风吹拂下悄悄地起舞，让你动情地欣赏她那柔袅的美姿。一节节向上长的杆茎，正像少女不易露出的玉体，每升高一截就马上害羞地用宽长的绿叶遮裹起来，宛如苗条的姑娘，穿起碧绿的绸缎。

杆的顶端，吐出成串的花蕾，形如喇叭，红似鲜血，那片片艳丽迷人的花瓣令你昏昏欲醉……

记得孩提时代，我常和阿娇等一群小伙伴儿跑到郊外野草丛中，采摘美人蕉的花蕾吸糖吃。

我们把那"小红喇叭"顺向拔出，将花茎顶尖部放到嘴里，轻轻一吸就把比蜜还甜的糖液送到嘴里。那味儿哟，清香甜润，甜得叫人大有"吃一点，赛神仙"之感。现在想起来还流口水哩！

因摘的美人蕉苞太多了，成年后，我时时感到内疚。如今，看着她，我又觉得心里难受：好端端地摘掉人家，我对不起她啊！

"哈哈，你竟在这忏悔哩。"原来是阿娇。

10年前，她主动要求分到这山村卫生院，我说她自找苦吃，把她说得一文不值。可她并不生气，说山间卫生院如何好，环境如何美，生活如何有意义，还叫我来玩哩……

我说："你得福不知过，太不会享受了。你还是回城吧，我等着你。"

她仍是滔滔不绝地称赞她的工作岗位，说她已爱上了那里的一切。她还说："你记得吧，美人蕉不管在什么地方，只要扎下根，就世世代代生息在那里。我多想做一株美人蕉啊，不但保持自己高尚的情操，还能给人间带来……"

我被她慑服了，无言以对，不由自主地跟着她爱起美人蕉来。

"是啊，美人蕉多么美丽，我们过去……太对不起她了。"

阿娇绯红的脸蛋泛起欣慰的笑容："更难得的是她心灵美……"

"美人蕉内心更美？"

"对。她对人类毫无需求，对泥土不拣肥瘦，对地势不择高低，瓦砾乱石、荆堆棘丛中也能顽强生长，节节高升，并以其无限之生机压倒四周的杂草野花，亭亭玉立，给生活带来美。

"而且她的茎和花还可入药，有清热利湿之用，安神降压之功，能治黄疸肝炎，神经失调，还能治跌打损伤，疮疡肿毒……想想吧，雨绵绵，风萧萧；夏日炎，冬铺霜；畜生踩，野兽踏，无人养护仍能蓬勃向上，给大地增景添色。对比起来，我们不问心有愧吗？"

我点点头，对美人蕉更加敬佩了。

来到鱼塘边，这里长着的美人蕉特别茁壮茂盛，鲜绿可爱，一串串红似烈焰，一片片绿如色染，一枝枝超群出众。"美人蕉呀，你是植物界的娇女，为何不去富丽堂皇的百草园中与群花争妍斗艳，而要贪恋这贫土瘠壤，受尽风吹雨打，饱尝世态炎凉呢？"

"艰苦环境能锻炼人，美人蕉经受了考验，坚强起来了。"

"哦？"阿娇的话使我若有所思。

山村卫生院简陋朴素，场地很窄，不一会我们就转回到阿娇的小房间。房里的摆设简单得不能再简单了，这与一位局长的金枝玉叶确实太不相称了。但我已不觉奇怪了，只是看着阿娇那窈窕苗条的身段说不出话来。

"你不愿意来这教书了吗？"

"嗯，愿意，愿意。"

她又笑了，红红的脸蛋多像那绽开的花蕾！

她把我带到屋后，原来这里同样生长着一片美人蕉。看得出，这是她精心移栽过来的。在阳光映射下，美人蕉更美了，红的，红得鲜艳灿烂；绿的，绿得光洁可爱……

阿娇躬身向前去闻花蕾，谁知，"噗"的一声，有只彩蝶从花蕊里飞出来，撞到她鼻尖上！

"哈哈……蝴蝶也迷上美人蕉了……"

忽然，我的脸烧起来，因我把"美人蕉"说成了"美人娇"！

拜七姐

每年的农历七月初七,是七姐诞。不少地方都有拜七姐的习惯。

拜七姐,是人们对美好生活的一种憧憬和寄托。千百年来,广大农村妇女都非常热衷、非常认真,以一颗虔诚之心在当天向七仙女进行祈祷。

每年农历七月一到,就陆续有拜七姐用品上市。初六,人们就把拜七姐所需的用品准备好了。

人们生活好了,心情舒畅,该买的东西也能毫不犹豫地掏荷包去买了。

初七这天,天还没有亮,就响起了阵阵爆竹声。

人们四五点钟就起床,到河里去沐浴身子。不论男女,都浸在河里,许久不愿上来。

因为那是仙水,浸得越久就越能把身上的脏物和坏气浸掉,以期日后行好运。

当天清晨，河里人头浮动，十分热闹。

不少家庭主妇用水桶到河里把水挑回家去，用缸、坛、瓶等容器装起来，密封，许多年也不会变色、变味。

挑回家里的一部分清水留给不去河里沐浴的老人洗身，让他们也洗掉身上的不祥之气。

与此同时，各家各户已在门口或小楼阳台上摆上小圆桌或茶几，放着七样果子，大都是龙眼、石榴、香蕉、苹果、西瓜、苹婆、菱角之类。

同时，还要摆几种花。花的种类各有不同，凑齐七色即可。再摆着七个或三个杯子，上面斟上红茶，也有人斟上汽水或酒。

然后点燃七根或三根香；也有人在旁摆上一盆清水、一面镜子和一把梳子，等待太阳出来时用。

这就是拜七姐习俗了。

人们沐浴、挑水都必须在太阳出来之前结束。因为，河水一见了太阳，就不是仙水了。

拜七姐的贡品，有人说是给天上七仙女吃的，有人说是给牛郎织女吃的。

太阳出来后，人们把镜子放进水里向天上照，据说可以在镜中的云彩里看到七仙女。

然后人们把果品吃了，边吃边看着天空。

也有人说，这晚可以看到牛郎织女相会的情景。

至于是否真的能看到喜鹊搭桥让牛郎过银河与织女相会的奇

景,这就要问天文专家了。

但在民间看巧云、拜七姐却是件盛事。

七仙女和牛郎织女看见人们这样朝拜自己,拳拳盛意,都感动得流下热泪。

于是,七月初七这天肯定要下一场雨,真是"泪飞顿作倾盆雨"。

今年七月初七真的下了场大雨。于是人们高兴起来了:来年一定五谷丰登,六畜兴旺,事业发达!

七月七和七月十四过后,人们就开始制月饼、办果品,准备八月十五拜月亮了。

龙川行

一

春暖花开的时节,我们第一次来到革命老区——龙川县城老隆。

下了高速不到一分钟便进了城区,这里的楼房似乎还比不上珠三角的一个镇。据介绍,这是东江上游,是一级水源保护区,环境保护比发展经济更为重要。东莞、深圳和香港为了水源的清净,每年都会提供资金支持龙川县的建设。

我们入住的维也纳酒店相当不错,在这个小县城恐怕是数一数二的。

令人感觉不错的还有东江鱼。没有污染的河流养育出来的水产就是不同,肉质鲜美,令人回味无穷。

令人感觉不错的还有老隆文化广场。面向东江,遥望对岸新建的高楼大厦,全城美景浓缩到这一河两岸。在广场散步、聊天,看大妈们跳舞,听小鸟们欢歌,仰望蓝天白云,呼吸新鲜空气,令人精神振奋、格外舒畅。

毕竟是一座具有两千多年历史的古城,两千多年的风雨、两千多年的沧桑、两千多年的文化,自然有许多值得世人寻味的地方。

二

来到霍山景区已是下午。

远望"霍山"牌坊及其后面巨柱擎天般的石峰,气势恢宏,风景如画。

霍山是广东七大名山之一,位于龙川中部,海拔550米,方圆10平方公里。奇峰突起,峭石峥嵘,深洞幽谷,碧树黄花,泉清林翠,景观秀丽。

据说霍山共有险峻峰峦372座,著名的有48峰、27岩、13奇石、11泉地、8大洞府,可谓千岩竞秀,万壑争流,峰峰异态,处处奇观!

我们沿着不规则的步级,抓着自来水管焊接而成的扶手,小心翼翼登上其中一座山峰,举目四望,顿时有了"一览众山小"的感觉。

霍山景区目前只是3A级。但我们看到了多处景点正在大兴土木,许多亭、台、楼、阁已现雏形,特别是最大工程的玻璃栈道将会成为霍山一道亮丽的风景线。

到时候,霍山不知能否申请国家5A级景区呢?

三

佗城，离龙川县城老隆半小时车程，是南越王赵佗的"兴王之地"，素有"秦朝古镇""汉唐名城""珠江东水开端""岭南古县第一"之称，至今已有两千两百多年历史，被誉为历史名镇。

我们从学宫广场开始步行参观古城街景。

首先吸引我们的是佗城影剧院，由萧殷题字，基本保持60多年前的原貌，"毛泽东思想万岁"等标语清晰醒目。该院始建于1939年，1962年重修。

我们沿着百岁街，右转至中山街，进入环城路，跨过南方街，来到大东门古渡遗址。越王庙、城隍庙、华光庙、文昌庙、百灵祠、答公祠、天后宫、正相塔、鳌湖庵、北角楼……都是佗城著名的景点，充分体现了这座古镇文物众多、遗址林立的特点。

最值得一提的是南越王庙和越王故居及越王广场里的越王井。

南越王庙始建时间无从考证。为了表达黎民百姓的敬仰之情，1721年，时任县令在平寇祠基础上修建"南越王祠"。历经多次修葺、重建，2006年最后一次改建为现时景观。南越王庙充分体现了历代民众对赵佗在位期间采取"和辑百越"的民族政策，促进岭南民族融合和经济文化发展，为祖国统一大业做出重大贡献的敬意。毛泽东说过："赵佗是南下干部第一人。"可见其政绩之彪炳、功勋之卓著。

佗城的故事还很多，但它的知名度远远不及南雄珠玑古巷。是否在宣传推广、包装策划上做得不够呢？

　　期待着佗城的旅游资源能被开发得淋漓尽致，下次来的时候能够让我们眼前一亮、眼界大开！

落　叶

春绿渐远，夏阳隐退，秋风骤起，树叶黄了。

大自然的脚步永不停歇，大自然的力量势不可挡，大自然的恩赐浩瀚似海……落叶是大自然寄给人类的信笺。

天地万物，一年四季，周而复始，大自然的新陈代谢是对人间美好生活的巧妙安排。幸福的人啊，都是大自然的宠儿。

美好的东西往往藏在密林的深处，越难走的路越能看到美妙的风光。

一棵大树，枝繁叶茂，千年轮回，不知经历多少雪雨风霜。

一条小河，弯弯曲曲，日夜流淌，义无反顾地奔向远方。

一片落叶，掉进小河，穿林绕山，漂过平原流落他乡。

落叶，你是不是给即将出阁的姑娘准备了奢华的嫁妆？

曾经是娇嫩小芽，夏天是绿衣天使，秋天是生产能手，付出了毕生精力，就慢慢变老了。把世界让给下一代吧，我们去寻找充满诗意的天堂!

"秋风吹渭水,落叶满长安。""无边落木萧萧下,不尽长江滚滚来。"失春之情,悲秋之意,伤时之慨——心灰意冷,跃然纸上。

然而,"莫道植黄无所用,贫家犹可作晨炊"。就是这落叶,点燃了古代熟食文明,点燃了百姓家里的炉膛,点燃了千家万户的希望。

蝴蝶没有彩翅飞不上树梢,蓝天白云上的雄鹰翱翔万里怎么能够没有坚强的翅膀?

"花谢自有花开日,叶落还有叶荣时。"生前勤奋不息,死后化作肥泥。待到春风送暖、繁花似锦,悄悄地隐身烟波浩渺的林海,微笑着欣赏大自然的辉煌。

我爱翠竹绿林,我爱蓝天艳阳。

可是,没有落叶,哪来大地的草绿果香?哪来百花的争奇斗艳?

没有落叶,哪来爱情的幸福美满?哪来生活的甜蜜如糖?

宇宙间的万物不可轻视,大自然的规律不能违反。

一草一叶,重如泰山。天地大爱,洒满人间。

蜡　烛

茫茫黑夜，无问西东。漆黑一片，前路漫漫。

失望，失落。叫天天不应，呼地地不灵。此时此刻，无助无援，莫名的恐惧袭上心头。突然，前面出现了光亮，终于看清了远方。

向往光明，人之天性。失去光明，万念俱灰。前途光明，人生辉煌。

我赞美雍容华贵的牡丹；我欣赏鲜艳娇娆的芍药；我喜欢百灵的歌声，它清脆悦耳，欢乐动听；我羡慕雄鹰的翅膀，它搏击长空，展翅飞翔。

但是，我更赞美蜡烛！

也许你会说，蜡烛看起来很平凡、很渺小呀，它既没有婵娟的英姿也没有孔雀的彩屏，既没有华丽的外表更没有鲜花的芬芳。

是的，蜡烛确实很平凡，但它有自己的宗旨、自己的个性。

小圆柱体，白白净净的，从不隐藏污脏的东西，一直保持自己的纯洁。它敞开心扉，毫无保留，让人轻而易举地看见它的心肺肝肠。

蜡烛还赋予自己一个天性：积极燃烧，发光发热。它为人类奉献一生，对人类却一无所求。多么大度，多么大方！

黑暗中，点燃一根蜡烛，你会无限兴奋。轻轻摆动的火苗，除去了黑暗，照亮了四周，带来了光明，带来了希望。

你看吧，火苗慢慢地向下、向下——蜡烛的生命，即将烟消云散。然而，它毫不退缩，还在燃烧，直到最后，绝不彷徨！

蜡烛用尽了毕生的精力，把所有的光和热贡献给人类之后，自己悄悄地去了寂静的天堂。

太阳出来了，蜡烛留下的热泪，汇成了无限的能量，陪伴人们奔向美好生活的方向。

水

一

有人说,我们的地球应该叫水球。

因为,地球表面71%是海洋。

有人说,水是生命之源,万物之本。

因为,没有水就没有生物。哪里有水,哪里就有生命。

绿水青山就是金山银山。水,让人类生息繁衍,让人们发家致富,让我们奔向美好生活。一个地方,因水而活。鱼米之乡为什么美丽富饶?问渠那得清如许,为有源头活水来。

上善若水。人们把水比喻为温柔善良的美女,把水看成是财富和欢乐的象征。以水为财,无水不欢。水,已达至高无上的境界。

二

水能载舟也能覆舟。它可以托起设备齐全的 20 万吨级航母,也可以推翻像一座城市那样的游轮。

水滴石穿。不管多么坚硬的岩石,日积月累,滴水成洞。

曲水流杯景点的石头上有一条半米深的石缝,在缝里日夜轻歌的溪流告诉人们:一切问题都是时间问题,一切烦恼都是自寻烦恼。

"水光潋滟晴方好,山色空蒙雨亦奇。"水的神奇力量,让三峡大坝名扬世界,让钱塘大潮威震四方。

青山不老,绿水长存,江河永在,万民同乐。

三

水,是温柔的。

柔情似水。轻轻泛起的涟漪,呼唤着岸边慢慢摇摆的柳枝,一同欣赏在绿道散步的少女。泳池里,一对夫妻,带着小孩,在显摆泳技。一位女孩,身穿泳衣,抱着男友,双眼微笑,含情脉脉。

海水亲吻你的脸,亲吻你的手,亲吻你的脚,把你轻轻举起又轻轻放下。

鱼儿离不开水。温暖的怀抱、滋润的营养、丰富的乳汁,孕育着水中生灵。鱼儿的快活,造就了地球的和谐,支撑了人类的生存。

金以刚折,水以柔成。

刚如男人，水似女性。

四

水，是独一无二的。

水，无色、无味、无臭、透明。

宇宙三宝：水，阳光，空气。以水为首，皆为上好。

不同地方的人生活方式不同，不同时段的人居环境也不断变化。但水是不变的，始终如一，正如世界上的笑、哭与玫瑰花。

智者乐水，仁者乐山。

人不可貌相，水不可斗量。

人，离不开水。水，愿为人所用。

人的生命在于新陈代谢的平衡，水的平衡功能可谓无与伦比。

一个人能力大小，看他水平高低。一座山海拔有多高，从水平线开始测量。一艘船行驶有多快，要看它是否顺流。

五

水，让人欢喜让人忧。

毋庸置疑，水养育万物、福荫众生，对人类的贡献无法估量。

三天可以不吃饭，一日不能没水喝。

"春来遍是桃花水，不辨仙源何处寻。"

依山傍水,临水而居。山清水秀,风景如画。

泡一壶满意的茶,喝一杯飘香的酒,又一天幸福的美。

但是,"抽刀断水水更流,举杯消愁愁更愁"。一场海啸,吞噬了多少鲜活的生灵?一次突如其来的山洪,摧毁了多少可爱的家园?一波来势汹涌的洪灾,淹没了多少名贵的车辆?

罗盛教为了救落水儿童长眠水底。驻村干部黄文秀被暴雨冲走,生命永远定格在美丽的山乡。彭加木是否消失在罗布泊地下的水中?

水,被污染了,如同眼睛掺进了沙粒。快乐的鱼儿没了,清新的空气没了,人们的健康没了。

落花有意,流水无情。

水,又怎么样?

水,就是水。

辑三 锦绣河山

西行散记

一

天堂,是什么样子?

自小就听说有"人间天堂",虽然我不太了解个中含义,但知道那肯定是一个很美丽的地方。怎么个美丽法?我百思不得其解。

后来,经常听到歌曲里唱:"神奇的九寨,人间的天堂。"又听说"美丽苏杭,人间天堂",又听说"青藏高原,人间天堂"……

飞机降落在林芝后,我明白了。

旅游车在柏油路上静悄悄地奔驰,来来往往的车辆也听不到噪声,更看不到尾气,闻不到异味。刚才在飞机底下的白云现在已飘到我们头顶上,两旁的青山绿树不断向后跑去。

在西藏行驶的汽车必须限时限速,我们走走停停,沿途观赏了西嘎门巴民俗村和羌纳寺景色。

进入米林往雅鲁藏布江大峡谷途中，江河汇流和佛掌沙丘两个景点给我留下了终生难忘的印象。

雅鲁藏布江是世界上海拔最高的大河，从杰马央宗冰川向东绕过喜马拉雅山脉的南迦巴瓦峰转向南流，再从巴昔卡出境进入印度，然后在孟加拉国境内与恒河相汇。藏东著名的尼洋河由西向东，在林芝市巴宜区汇入雅鲁藏布江。

站在"江河汇流"石碑旁边，遥望对面的尼洋河载着蓝天、白云融入雅鲁藏布江水中。清澈的河水流入纯净的江水，合而为一，更加清纯、洁净。我们能清晰地看到水中的枯木、石块，还有那欢快地游来游去的鱼儿。延绵起伏的山岭倒映在水面上，随涟涟波光轻轻晃动，构成了一幅充满魅力、富有动感的山水画。

"江河汇流"下游不远处就是"佛掌沙丘"景点。这里河床宽阔，清清的河水缓缓流淌。对岸，一堆雪白的河沙高高降起，形似佛像并拢五指的双掌。微风吹过，白沙翻滚流动，宛如佛掌在轻轻摆动。

沙丘不停变动，但它始终保持着佛掌外形。太神奇了！

雅鲁藏布江穿插于崇山峻岭之间，这里属于强风口地段，每年秋末至春末期间劲风如飙，独特的气流运动把枯水期露在河床上的白沙吹送成堆，年复一年，便形成了这难得一见的壮景。据了解，佛掌沙丘的规模仅次于卧龙大沙丘。

我们继续向雅鲁藏布江大峡谷深处推进。

左边是时而欢笑，时而轻唱的江水；右边时而古木参天，时而花红草绿；头上，洁白的云朵在湛蓝的天空轻轻飘荡；远处，海拔

7782米的南迦巴瓦峰白雪皑皑，在太阳底下折射出一束束耀眼的光芒。

第二天，在前往鲁朗林海的途中，鲁朗河两岸美不胜收的景致令我目瞪口呆。太美了，美到无法形容！

在海拔5000多米的色季拉山口，山风阵阵袭来，夹带着山顶上冰天雪地散发出来的凉意，我们仿佛一下子进入了冬天。但是，阳光近距离洒在身上，加上漫山遍野的杜鹃花盛情绽放、热情如火，我们一点都不冷，反而觉得空气清新、纯净。

穿过一片挺拔整齐的青风林，走过鲁朗林海的木栈道，来到观景台上，只见翠绿色的波浪一起一伏、一望无际。环顾四周，满眼苍翠，错落有致，就像置身于波涛汹涌的绿色海洋。白云轻轻飘落在绿海上，亲吻一下树梢的绿叶又悄然离去，慢慢飘往加拉白垒峰。

来到措木及日景区已是下午，冰湖的美景让我们流连忘返。

晚上，石锅鱼、石锅鸡，配上野生的茴香、通菜、马齿苋、胡萝卜，一壶陈年青稞酒，我们都醉了。

当晚，我做了一个又一个甜蜜蜜的梦。蒙眬中，我见到了茫茫林海中的日出。晨光映照着峰顶的冰雪，雅鲁藏布江两岸的民居炊烟袅袅，牧民牵着牦牛、赶着羊群走在鲜花点缀的草地上……不知谁在我耳边大声说，这——雪域江南就是人间天堂！

二

离开林芝,直奔拉萨。

崭新的高速公路沿江而行,迷人的自然风光令人目不暇接,纯净的蓝天白云赏心悦目。

"坐上了火车去拉萨,去看那神奇的布达拉,去看那最美的格桑花呀,盛开在雪山下……"导游的清唱,把我们带进了如诗如画的世界。

在卡定沟风景区,我被眼前一幅又一幅深情的山水画深深吸引。沟底潺潺流过的溪水清澈见底,游鱼可数。几根巨大的沉木躺在水中央,向游人倾诉着卡定沟久远的历史和深沉的故事。两旁的翠竹郁郁葱葱,微风吹来,轻轻摇摆,仿佛凤尾温柔扇动。

来到上游,只见两岸山高崖陡,苍松巨柏扎根在石缝之中。一注清泉从天而降,这就是远近闻名的天佛瀑布。飞溅的水珠形成了飘忽的水汽,令天然岩石形成的"观音""双面佛"更加惟妙惟肖。透过缭绕的雾气,观赏瀑布对面山峰上的"神鹰献宝""神龟驮宝",更让人惊叹大自然的神奇。

卡定,藏语的意思为人间仙境。一点不假,这里确实是完美的人间仙境,每走一步都有独特的美景,每一个角落都让人眼前一亮。

由于赶路,我们在卡定沟游了小半天,便依依不舍地离开,留下了许多遗憾。

途中,我们走进一山村藏民家里。整个村落全是藏式建筑,依山就势,浑然天成。房子不高,但造工讲究。艺术房梁,雕花墙壁,内外全是吉祥图案。女主人捧给我们每人一杯酥油茶。还没喝,我们已经闻到了醉人的芬芳。这种淳朴的香,一直伴着我们进入拉萨市区……

沿着拉萨河岸驰往雅江河谷,又是一路美景一路欢歌。

"清晨,我站在青青的牧场……为雪域高原送来安康……山不再高路不再漫长……幸福的歌声传遍四方。"

盘山天路把我们带到4280米高空。站在"雅江河谷"石碑旁边,极目远眺,顿觉世界之远大,山河之壮丽。呼吸着清新的空气,倍感心情之舒畅,胸怀之宽广。

观景台上有不少披红挂绿的藏獒、牦牛、羚羊,它们专陪游人拍照留念。说来真神,这些可爱的家伙就像通了人性一样,拍照时都昂首挺胸,扬着笑脸,摆出各种协调又好看的姿势,令游客拍手叫好。

向上,继续向上,我们终于来到海拔4998米的羊卓雍措山口。这里地势更高,视野更开阔,秀丽的风景更加迷人。洁白的云朵在山顶上徘徊,湛蓝的河流弯弯曲曲,远处的羊卓雍措湖水天一色。人们陶醉了,千百部相机不停地拍照。有人挥舞着手中的哈达学着高喊"扎西德勒"。尽管山口的温度极低、寒风刺骨,也丝毫降低不了我们拥抱大好河山的热情。

第一次来西藏,眼前的一切都是那么新鲜、神奇,那么富有诗意、充满魅力!

到了纳木措景区,所见所闻,更让我终生难忘。

纳木措是世界上海拔最高的湖泊,也是我国第三大咸水湖,面积1920平方公里。景区内有著名的扎西寺、善恶洞、神龟石、合掌石、夫妻石等。全是原生态的湖光山色,藏北草原的迷人风光。

要进入纳木措,必经海拔5190米的那根拉山口。由于昨天在羊卓雍措领教了高原反应的厉害,我们有30%的团友不敢往前,只能错过世界屋脊上最动人的美景。

从那根拉山口下来是一片碧绿的草原,湖水般涌动的羊群与飘荡在蓝天上的白云相映成趣。有牧民骑着高头大马在牧羊,也有牧民驾驶越野车在羊群旁边缓缓而行。

在茫茫的草原上,我们忽然看到一座极像乌龟的石山。路边有一块碑,上刻"远眺神龟"四个红色大字。龟背、龟头、龟尾巴,太像了。仔细再看,龟嘴、龟鼻、龟眼睛,栩栩如生,形神兼备。

来到一望无际的纳木措湖边,一块大型石碑挺立在入口处,碑上两行竖排的大字非常醒目:纳木措—念青唐古拉山国家级风景名胜区。陆鸥在碑前的广场上飞来跳去,好像在欢迎我们这些远方的来客。

漫步在湖边的砂石路上,遥望在湛蓝的天空和湛蓝的湖水之间轻轻飘荡的白云,耳边传来了优美动听的歌声:"是谁日夜遥望着蓝天,是谁渴望永久的梦幻……"

三

布达拉宫是西藏游必去的胜地和圣地。

7世纪初期,吐蕃王朝赞普松赞布干为迎娶尺尊公主首建布达拉宫。后为迎娶文成公主、金城公主等7位妃子曾加建。17世纪重建后,布达拉宫成为历代达赖喇嘛的冬宫,一直为西藏政教合一的代表建筑和统治中心。

布达拉宫规模庞大,是一座宫堡式建筑群,主体建筑为白宫和红宫两部分,依山而建,顺势而为。由于神圣的特殊地位,整个拉萨市区没有任何一幢建筑物的高度超过布达拉宫。据说宫内的黄金换成粮食,足够全国人民吃一年。

我们提前三天预约,排队三小时,终于进入了布达拉宫北面的侧门。参观了宫藏艺术品和文物陈列馆,我们沿着白墙根拾级而上,逐层参观,只见大部分建筑均为木石结构,铜瓦鎏金装饰,配以各类壁画,显得富丽堂皇。

沿着红墙迂回向上,来到了半山平台,这是历代达赖喇嘛观赏歌舞的娱乐场所。经过达松格廊,扶梯而上,便到了白宫最大的宫殿——东大殿。

西大殿,是红宫最大的宫殿。这里挂着一幅乾隆御赐"涌莲初地"匾额,还有一对康熙皇帝所赐的大型锦绣幔帐,均为稀世珍品。每年的正月初三,各代达赖喇嘛都会来此向皇帝牌位朝拜,表明对皇帝的臣属关系。

布达拉宫十三层顶楼称为"金顶"。这里的佛像、佛塔全部包金镶金,所有文物璀璨夺目,均为无价之宝。从小窗户往外看,可以远眺拉萨市区风景。

据说布达拉宫有999间房，每间都珍藏着各种宝贵文物。部分墙壁是牦牛胆汁、金粉银粉和大小木材糅合打造而成，功能独特。布达拉宫整体设计十分考究，各种自然因素得到充分利用并巧妙地融入宗教、政治、文化之中。

布达拉宫东南西北每一个角度都气势恢宏，美观壮丽。

布达拉宫春夏秋冬每一个季节都流光溢彩，景色迷人。

从东广场的湖边望去，连片的花海和古色古香的灯柱后，布达拉宫显得更加雄伟、庄严、神圣。

拉萨还有一处举世闻名的地方——大昭寺。

大昭寺是西藏现存最早、最辉煌的吐蕃时期土木建筑，融合了藏、唐、尼泊尔、印度的建筑风格，是宗教场所的千古典范，在藏传佛教中拥有至高无上的地位。

大昭寺楼层不高，但规模庞大，主殿、配殿，布局巧妙。寺内佛殿无数，殿中有殿；殿内佛像无数，佛边有佛。每一面墙壁都绘着巧夺天工的壁画，每一幅壁画都有着美丽动人的传说。

我们从正门进入大昭寺，然后按顺时针方向进行参拜，绕过380个转经筒，朝拜千手千眼观音像和释迦牟尼佛堂；数百盏酥油灯的光亮把我们引向二楼护法神殿。我们来到三楼阳台，只见太阳底下包金、镶金的"寺顶"放射出耀眼的光芒。

大昭寺内的佛像全都价值连城，全都铭刻着一段深沉的历史。最为珍贵、最为精美、最有名气的是释迦牟尼十二岁等身像，其次为释迦牟尼八岁等身像。等身像的塑造、流传、安置、供奉，有着许多神话般的传说，不少文献也有具体记录，充分显示了塑像的历史价值和文物价值。更为重要的是，朝拜者认为，见到佛像就是见到了2500年前的佛祖。

大昭寺外围就是八廊街，全程两里，绕寺一圈，八弯八角，是围绕大昭寺的转经道，被藏族人称为"圣路"，现在成了最繁华的旅游、商业大道。

按顺时针方向行走在八廊街上，只见两边的建筑整齐划一，红白相间的楼身配以雕花装饰，在蓝天、白云、阳光之下显得格外亮丽。路上，游人如织。不少信徒沿街跪拜，旁若无人，其虔诚之心、敬畏之意让人动容。信仰的力量啊，比喜马拉雅山还高，比色林错湖面还大……

入夜，我们来到拉萨河边的次角林文化创意园观赏市区夜景。这里海拔3800米，全城五彩斑斓、霓虹闪烁的美景一览无遗。特别是布达拉宫的绚丽多姿，更让人大饱眼福。

接着，我们观看了将高新灯光视听科技和自然山水背景融为一体的大型实景剧《文成公主》。1300多年前，文成公主为了民族大团结与松赞布干和亲的故事，经过五个章节、数千艺人的演绎，场面震撼、气势恢宏，给每一位观众留下了深刻的印象。

西域放歌

一

新疆的公路一马平川,直接天边。

天山的峰峦挺拔巍峨,蜿蜒向前。

祖国的河山广袤壮丽,东南西北都是巨著鸿篇。

西部大开发,新疆大发展,看不尽沧海桑田,说不完华丽嬗变。

不到新疆,不知中国有多大。经过多少美景,饱览多少风光,整整走了半天,才到赛里木湖边。

一下车,刺骨的寒风扑面而来。新疆的天气就是多变。刚才还感觉天气炎热,现在穿着羽绒服还是手脚冰冷、耳朵发疼。我们不停地拍照:湖边的毡房、湖面的冰山、飞翔的陆鸥、翻滚的乌云,组成 幅震撼的画卷!

赛里木湖清澈透底,古称"净海",被誉为"大西洋最后一点眼泪"和"中国最美空中湖泊"。

沿着湖边的景观大道缓缓行驶,壮美的湖光山色尽收眼底。

突然,车窗车顶噼啪作响,一时间雨骤风急。

雨夹着雪铺天盖地,原来蔚蓝的天空此刻雾水重重,一望无际的湖面转眼间烟雨蒙蒙。多么壮观,多么神奇!

"上午棉袄下午纱,晚围火炉吃西瓜。"在新疆,往往一天就能经历春夏秋冬四季。

不到半小时,雨停雪止,又见蓝天白云、艳阳高照。远处峰顶上洁白的冰雪折射出耀眼的光芒。漫天风雪无影无踪,只见路上、湖边、花草丛中雪水欲滴。

崇山峻岭经过暴雨的洗礼,更加傲然挺立。花草树木经受风雪的荡涤,特别诗情画意。

离开赛里木湖,来到"塞外江南",我们不禁感叹果子沟的风光旖旎。

不到伊犁,不知新疆有多美。蓝天丽日,晴空万里。一座座山峰巍峨逶迤,一行行白杨亭亭玉立,一排排民居整整齐齐。

走进解忧公主薰衣草庄园,我们眼前一亮。

五光十色的丝路之光旅游小镇中,热闹欢乐的场景让人终生铭记。丰盛的菜肴还没上桌,香醇的美酒还没打开,精彩的节目还没开演,我们已经被灯红酒绿的氛围带到了醉翁与仙女幽会的境地。

二

随着一首《可可托海的牧羊人》名扬天下的不只是王琪,还有那拉提。

踏着洁净的柏油路,跨过新建的麻石桥,一棵棵沧桑的参天古树列队恭候客人的到来,毕恭毕敬、彬彬有礼。

环保车把我们送到山脚下,只见绿波茫茫,连天澄碧。

洁白的羊群、威武的骏马,低着头吃着草,悠然自得。整个世界没有喧哗,没有尘嚣,没有纷争,只有蔚蓝的天空、飘逸的白云、宁静的草地和日夜情歌的小溪。

夏天的那拉提,树特别绿,草特别碧。

什么叫一尘不染?就是那拉提湿润的草地。

这里有连片生长的蒲公英,鲜艳的小黄花点缀着鲜绿的小草川,构成了一幅令人动容的油画巨著——天下无双的唯美主义。

沿着盘山公路往上,两边是茁壮的银杏、挺立的白杨和苍翠的松林,目所能及,亦画亦诗。

没长树的山坡,全是绿油油的、洁净的、肥美的草地。

经常看到雄鹰在蓝天白云下展翅,也经常听到树林里传来优美动听的鸟啼,好像是牧羊人唱给养蜂女的绵绵情意。

到达峰顶,极目远望,空中草原,绿色世界,一览无遗。

你看,洁白的羊群在草地上前移,正如茫茫绿海上卷起一层层雪白的涟漪。一阵清风徐来,顿觉心旷神怡。

下山后,我们走遍了杏花飘舞的村落和百花飘香的丛林,就是不见养蜂女的踪迹。

不过,我们见到了世界上最美的草原、最好的风景,得到了精神的满足、心灵的洗礼。

三

高耸入云的风车,运转起度过了玉门关的春风,吹到炎热的库木塔格沙漠,吹到葡萄架下,吹进坎儿井里,吹进万户千家。

路边田野,一垄一垄碧绿的青苗四个月后将变成一片一片雪白的棉花。

晚上灯下,烤全羊的香、炖牛肉的美、驼峰皮的脆、大盆鸡的辣……我们都成了美食专家。

"吐鲁番的葡萄哈密的瓜,和田的大枣顶呱呱,阿克苏的苹果笑哈哈。"

新疆地大物博,这里的人们热情奔放,轻松潇洒。

"今天的羊腿今天吃,今晚的美酒今晚喝",男的出去赚钱养家,女的在家貌美如花。

我们不可能像王洛宾那样创作出《半个月亮爬上来》《掀起你的盖头来》《达坂城的姑娘》《在那遥远的地方》等世界名曲,更不可能像他那样得到才女三毛的垂青和厚爱,但我们可以感受新疆朋友的豪情大气,可以细品洛宾大师的妙笔生花。

火焰山的场景布置，让我们回到唐三藏、孙悟空去西天取经的路上。为了初心追求，为了到达彼岸，为了得成正果，他们历尽千辛万险，天不怕地不怕。

大峡谷的恢宏气势、千佛洞的彩绘壁画，让我们深深领略了源远流长的中华民族五千年的历史文化。

四

谁不向往人间的仙境，谁不留恋昨日的童话？

"天山上下，风景如画"，一点儿不假。

才到博格达山下，我们已被绿道旁清澈的小溪流水、岩石边挺拔的千年胡杨、林荫下遍地的白色花瓣，还有花枝招展、载歌载舞的回族姑娘深深吸引，不知不觉心里涌上莫名其妙的冲动：永远留下，又是一处温暖的家。

沿着三工河谷的盘山公路向上，初阳底下，天池水面一片烟雨茫茫，湖边的山峰若隐若现，好像新娘披上了神秘的婚纱。

天池大海子北岸的古榆树，为什么叫"定海神针"？因为它长命百岁而且枝繁叶茂、郁郁葱葱；因为它树冠如伞、面湖向南、孤芳傲立、称王称霸；因为它是西王母的宝簪，镇住了水怪；因为它守护着百姓的平安，守护着他们幸福的家。

新疆，既有天池、博斯腾、乌伦古、布伦库勒等湖泊的碧水蓝天，也有塔克拉玛干、古尔班通古特等沙漠的浩瀚苍茫，也有石头城、约特干、四道沟、瓦石峡、楼兰古城等遗址的历史沉淀,更有哈纳斯、怪石峪、神木园、胡杨林、葡萄沟的绿草红花,还有青格达湖边郁金香、红玫瑰的香艳醉人和独库公路两旁壮丽的景观名扬天下。

独库公路纵贯天山南北,横跨崇山峻岭,穿越深山峡谷,沿途风光无限。一会儿在花海平原上飞奔,一会儿在酷热烈阳下爬行;有时穿过红叶、黄叶与绿叶相间的原始森林,有时跨过海拔三千多米、人迹罕至的冰川雪山。"一条公路,十多小时,一年四季,尽收眼底。"十六个字,传为佳话。

为了独库公路这道绝世美景,168名筑路官兵长眠天山脚下。

美好的生活都是辛勤劳动的结果。美丽的风景,何尝不是人类千百年来血肉筑成的结晶?没有先烈们的牺牲,哪来今天的风景如画?哪来城乡处处的美丽繁华?

丽江印象

玉龙雪山

远远就看见那座闪着银光的山峰,多么神奇,令人向往!

机场大道被两边的花草、树木、溪流装点得非常亮丽,如诗如画。可我总是透过车窗往外远眺,遥望那座百看不厌的神峰。

入住酒店,拉开窗帘,眼前一亮,窗外依然是那一座座连绵不断的山峰,是那闪着银光的峰顶。

一觉醒来,温暖的阳光洒满大地。峰顶上的银光射进窗内,仿佛热情如火的雪山玉女送来了暖心暖肺的问候,让人按捺不住内心的冲动,迫不及待要投向雪山宽广的怀抱。

明明近在咫尺,却又仿似天涯。通往雪山的路不远,却是如此漫长。我恨不能变成一只矫健的雄鹰,飞过沧桑的白沙古镇,碧绿的草甸、杉林,风景如画的甘海子和歌声袅袅的白水河,还有神秘莫测的冰川、峰林，然后降落在雪山的顶峰，饱览丽江的全貌、雪山的巍峨、雪景的壮丽……

缆车上，一对情侣紧紧相拥。车窗外，一排排树木向下后退。挺拔的雪松，笔直的云杉，还有羞答答的杜鹃和含情脉脉的香樟。

我清晰地看到，杉树那古铜色的硬皮透露出岁月的痕迹，墨绿色的针叶飘散着历史的印记，永不弯腰的树干好像在诉说万年的冷暖轮回、经久的雪雨风霜，与无尽的世态炎凉。

踏着冰雪，拾级而上。冰天雪地，挡不住游人走向胜景的脚步；天寒地冻，改不了我们欣赏佳境的心情。刺骨的寒风敌不过温暖的阳光，高原反应的困扰盖不住人们对美好的渴望。

放眼望去，曲折迂回的栈道始终人来人往。

当美好心情与美丽风景不期而遇，往往碰撞出爱的火花。一男一女站在雪堆上亲吻，众目睽睽，旁边还有多部相机不停闪动。忘乎所以，此时此刻，终生难忘！

难怪有人说，玉龙雪山是恋爱的圣地、情侣的天堂。也有人说，玉龙雪山是荡涤心灵的仙境，来到这里就会情不自禁地抛弃私心杂念、痛恨贪婪邪恶、忘却往日烦恼、追求美丽善良……

不错，来到雪山，所见所闻，特别美好。

从玉龙雪山下来，我如释重负，豁然开朗。

丽江古城

丽江的天特别蓝，天上的云特别白。

丽江古城的规模特别宏大，历史底蕴特别深厚，自然风貌特别亮丽。我国古城众多，但丽江古城特别浪漫、特别迷人。

阿来的《一滴水经过丽江》既描述了古城的美貌又诉说了古城的风情，吸引了五湖四海、天南地北的男女老少纷至沓来。

茶马古道上繁华热闹，如今依然灯红酒绿、霓虹闪烁，笙歌起伏、笑声荡漾。许多人围坐在一起，把酒言欢。许多人挑选商品，尽情消费。也有不少孤身一人者，徘徊在悠长的麻石路上，不知是在等待令人惊喜的艳遇，还是在感叹丽江古城的魅力。

迈进一扇古老的木门，坐在纳西火塘旁，各色让人垂涎欲滴的食物一下子就烤出了让人回味无穷的甘香，这香味飘满店堂，飘向游人如织的古巷。

店前的溪流清澈见底，游鱼可数。溪水唱着情意绵绵的抒情小调，获得了游人欢声笑语地和唱。

小溪两旁，花红草绿，杨柳依依。还有那一盆盆植物造型艺术，婀娜多姿，楚楚动人。那盆腰肥叶细的榕树，多么像贵妃出浴，吸引着游人的目光。那两棵绿叶婆娑的罗汉松，多么像威武卫兵，守护着一方的安宁。你看，那盆300多岁的黄杨，正在为店家迎来送往——家有黄杨，黄金万两；家有黄杨，喜气洋洋。

一座花岗岩打造的拱桥跨过小溪，雕花石栏杆、彩绘石栏板。

这是桥吗？分明是一件巨大的艺术作品。古城因水而活，因花而美，因人而旺，因众多古老又年轻的艺术佳作而富丽堂皇。

四方街熙熙攘攘，人流从几个街口汇集过来，又从几条古巷流往四面八方。店门前挂着灯笼，头顶上吊着彩伞。一街一美景，一巷一特色。琳琅满目的商品，古色古香的建筑，纳西民族的风情，让人流连忘返。

一名男子，身着牛仔服，脚穿牛皮鞋，头戴黄毡帽，坐在藤椅上呼呼大睡。这可是人声鼎沸的闹市、艳阳高照的白天，居然能够入睡，此君确实厉害。然而，走近细看，竟是蜡像。

古城内外，亭台楼阁，鳞次栉比。走在四通八达的古巷，仿佛在参观纳西民族的市井风情和古建筑博物馆。

庄重的木府，向游人讲述了当年木氏土司的威严，讲述了徐霞客与丽江的故事，讲述了纳西族与汉族文化的交融和对传统美德的弘扬。

古城故事多，道不尽，说不完。

黑龙潭

狮子山上，有一座万古楼。

登上楼顶，举目四望，古城景色，尽收眼底。

狮子山下，潭湖相连，碧波荡漾，美不胜收。

来到黑龙潭边，只见玉泉在潭中涌起，形成波光轻轻地飘散开来。我从来没见过这么晶莹剔透的潭水,也没见过这种天生丽质的玉泉,更没有见过如此动人心弦的湖光山色。

走近锁翠桥,细品"惊涛撼树飞晴雪,未雨垂虹卧曲波"。

走进得月楼,欣赏"春风杨柳万千条,风景这边独好;飞起玉龙三百万,江山如此多娇"。

来到万寿亭,走在林荫下的鹅卵石径,惊叹水面上的蓝天白云一碧如洗,花草树木清晰翠丽。

踏上五孔桥,遥望远近风光如画,赞叹"龙潭倒映十三峰,潜龙在天,飞龙在地;玉水纵横半里许,墨玉为体,苍玉为神"。

转到法云阁,只见古楼三叠八角,飞梁画栋,五只凤凰跃跃欲飞。背靠象山绿林,面向玉泉碧水,加上古楼鲜艳的红、碧丽的绿、深沉的蓝,好一幅浓墨重彩的画卷!

象山古木参天,浓荫蔽日。拾级而上,进入林海,茫茫绿野仙踪让游人一个个成了逍遥自在的"绿林好汉"。

潭中玉泉涌出连绵不断的欢歌,随着水面徐徐的清风轻轻地飘往象山双峰。歌声让那排古老的山栲青春焕发,让那片娇娆的杜鹃盛情绽放,让那丛茁壮的桂花四季飘香。还有那不甘示弱的茶花和搔首弄姿的野兰,纷纷拜倒在欢歌的石榴之下。

有一棵枝繁叶茂的野柿,金黄的柿果像繁星点缀在夜空。几只身手敏捷的松鼠在柿树杈上跳来蹿去。在觅食?在运动?在嬉戏打闹？还是在欢迎远方游客的到来？

不管如何，这些松鼠是幸运的、快活的。生活在如诗如画的人间仙境，好山好水好风光，有吃有喝有阳光。

几只不知名的小鸟，在树上自由自在地玩耍，好像要和游客结伴而行，又好像在向游客显摆自己家园的绿色生态。

"古城源"旁边的柳树下，有人在下棋，有人在聊天，有人在散步，还有人在打羽毛球。各取所需，各得其乐。

古城的人，比松鼠、小鸟更幸福。

蓝月谷

千山万壑，冰雪消融，一点一滴，汇聚成涓。

四水归源，海纳百川。

巍峨的雪山送出涓涓细流，向着东方，一路欢歌笑语。白天，亲吻蓝天白云，慷慨热情；晚上，润泽万物生灵，悄然无声。

七级瀑布，四大潭湖，编织着蓝色幽灵一般的梦想，形成了天然翡翠一样的河谷，造就了世人拍案叫绝的风光。

从白水台下来，蓝色的小溪流汇成了神秘的玉液湖。

琼浆玉液是什么颜色？金黄，奶白，微绿，还是橙色？看吧，玉液湖的琼浆玉液是透明的，里面的蓝是天空，白是云彩，绿是树木，红是花朵，一张张笑脸是那一群群欢乐的游人！

欢呼雀跃的瀑布，把琼浆玉液送到镜潭湖。

一面长方形的银镜,折射着玉龙雪山的银光。四周绿林苍翠,鸟语花香。带着野花香味的清风与不同民族的游人热情相拥。湖边巧夺天工的奇山异石与仪态万千的花草树木尽情亲吻。

洁白的云彩,洁白的雪山;清澈的湖水,清新的空气;淡蓝的湖面,淡蓝的天。蓝月湖水底的鹅卵石清晰可数,古木安然沉睡,水草轻扭腰肢。怎么没有游来游去的鱼?是否因为石灰岩地貌的水质,让鱼儿移情别恋,爱上了新家?还是鱼儿胸怀大志,出去寻觅远方的诗句?

走过林荫小道,来到亲水平台。捧一把听涛湖的水,洒向空中,晶莹的水珠跑回湖面,嗒嗒作响。仔细再听,上游远处流水潺潺的细语,山谷两岸林海茫茫的涛声,亭台楼阁凉风习习的歌声,声声入耳、句句动听。还有丛林中那几只衣着华丽的蝴蝶正在窃窃私语,一言一语,一清二楚。怎么这里的蝴蝶不怕远道而来的生人?是否因为一方水土养育了一方生灵,让蝴蝶特别大方与多情?还是蝴蝶情窦初开,渴望找到真心的伴侣?

何止蝴蝶?蓝月谷的山有义,水含情;花草娇娆美丽,树木热情如火;山风的歌声婉转动听,彩云的舞姿优美动人。

听不完的涛声,看不尽的风景。

三峡恋曲

白帝城

二百公里三峡风光,五千多年长江文化,从白帝城开始。瞿塘峡、巫峡、西陵峡,无限风光,徐徐展开……

"朝辞白帝彩云间,千里江陵一日还。两岸猿声啼不住,轻舟已过万重山。"

是谁站在长江岸边,吟唱千古绝句?

是李白、杜甫、陆游,还是白居易?

何止他们,无数的诗词名家在这里留下了不朽名篇!无数的能工巧匠在这里塑造了经典杰作!

四面环水,群山环抱。看似孤岛,实为仙境。"诗城"的美誉随着茫茫江水流向大江南北,继而漂洋过海。

明良殿的庄严肃穆昭示了人们对白帝城的敬畏。

武侯祠的威武壮观代表了人们对白帝城的守护。

观星亭的温柔多情抒发了人们对白帝城的爱恋。

东西碑林的一字一画呀,洋溢着世人的赞美、流露出世人的尊重。

翻开历史,白帝山、白帝镇、七道门均为奉节军事要塞,是历来兵家必争之地。

游览当前名胜,古战场的遗风、古航道的踪迹,历历在目。

如今,青山绿林,碧水蓝天⋯⋯

白帝城焕发英姿,白帝庙香火鼎盛。

遥望远处群山,听闻滔滔江吟,耳边传来苏轼《导引·帝城父老》:"⋯⋯天远玉楼深⋯⋯云阙海沈沈。遗民犹唱当时曲,秋雁起汾阴。"

大宁河

小三峡,大宁河,小峡大河美景多。

带着大巴山的泥土气息,游巫溪,穿巫山,道不尽岁月如歌,说不完风雨蹉跎。

原始古朴的群峰造就了弯弯东流的河道,四水归源的溪流汇成了浩浩荡荡的大宁,雾气缭绕的两岸构成了缥缈的仙境。

滴翠峡,大宁河上第一峡。悬崖峭壁上那倒挂的青松,崇山峻岭间那飘荡的云彩,还有那一片片临水而居的翠竹,让人过目不忘。

巴雾峡,你的绰约风姿展示了大宁河的明静秀美,你的含情脉脉暗示了小三峡的风情万种,你的婀娜多姿展现了大自然的鬼斧神工。

龙门峡,山青水碧,原始古朴。袒露的河床上布满经年冲刷的鹅卵石,大的,小的,黑的,白的,金黄的,赤红的,还有黑白相间的。一河两岸,目所能及,全是大自然赐予人类的宝藏。

不是三峡,胜似三峡。

自从投入了万里长江的怀抱,大宁河融入了三峡的同台大合唱。小三峡也获得了新机遇,更加坚定了前进的方向。

河与江相融,山与水亲吻,人与自然和谐共生。

这是团结奋进的协奏,这是步调一致的力量。

神农溪

延绵60公里,来自珍禽异兽的乐园、野生植物的天堂、人迹罕至的森林——神农架。

携手众多兄弟姐妹,汇成一股强大力量。一路欢歌笑语,唱尽喜怒哀乐,千年流淌,万年沧桑。

观赏神农峡的粗犷,赞叹鹦鹉峡的雄姿,又见龙昌峡的壮美。从原始部落到罗坪古镇,从叶子坝到官渡口,从涓涓细流到滚滚长江!

巍峨华中第一峰,孕育长江第一溪。河中清澈的溪水,两岸翠绿的山峰,谁叫你如此多情,谁叫你如此秀美?

曾记否,健壮的纤夫裸露着胸肌,用古铜色的力量拉动着历史的帆船,嘹亮的号子撼动了岁月的轮回。没有你坚定向前的步伐,哪里能到达幸福温暖的家。

为万里长江注入动力,为三峡风景增添光彩,为中华大地添砖加瓦。

看,古老的村落洒满了温暖的朝阳,年轻的土家妹子跳起了优美动人的巴山舞,婉转的旋律汇入了滔滔长江那催人奋进的合唱!

秋风亭

顺流而下,渐觉江面宽阔,碧波潋滟。

山峰列成整齐的队伍欢迎远方贵宾的到来,江风弹奏着古筝,江水轻吟着情歌,还有岸边红花绿草的唱和。

来不及分享《楚辞》的精彩篇章,来不及缅怀屈原的爱国情操,忽见前方河床笔直、江水浩茫,崇山峻岭倒映江中,好一派浓墨重彩的风光!

香溪宽谷到了!巴东县城,遥遥在望。

掩抑不住兴奋,感觉不到疲惫。一鼓作气登上秋风亭,任由舒适的秋风亲吻冒汗的额头。

被青苔装点着的石级,被翠柏包围着的台阶,被群山环抱着的亭阁……赤柱彩瓦,雕梁画栋,两层八角,经历了千年风霜雪雨,秋风亭依然屹立在金子山下。

放目远眺,叠叠山城,尽收眼底;滔滔江水,逶迤壮丽;茫茫林海,一望无际……

忘不了宋代名相寇准,他留下了宝贵的历史杰作。尽管三峡工程需要秋风亭移位重建,然而当地政府视秋风亭如珠如宝,一丝不苟,让一模一样的新亭一如既往地屹立在长江岸边。

站立亭下,江风徐来,只觉心旷神怡。

葛洲坝

滚滚长江东逝水,一日千里不复回。

"今日长缨在手,何时缚住苍龙?"

中华民族勤劳勇敢、开拓进取,"可上九天揽月,可下五洋捉鳖"!

1971年五一国际劳动节,数千名劳动者来到宜昌长江岸边,一出举世瞩目的历史剧拉开序幕。

那时,国情复杂、经济落后。一次又一次的惊涛骇浪,一场又一场的狂风暴雨,一回又一回的殊死较量,劳动者们没有害怕,他们前赴后继,负重前行……

好事多磨。1988年底,长江第一坝浮出水面。

世人惊呆了。葛洲坝水利枢纽不仅是长江第一座大型水电站,更是全球最大的低水头大流量径流式水电工程。20年后的三峡工程蓄水、发电、通航能力远远超前,但葛洲坝长度依然第一。

上游,湖面如镜,静水深流。

下游,江水如歌,长流不息。

远处,高压铁塔像擎天巨人,从长江出发,从一座山峰跨向另一座山峰。

长江大动脉焕发了青春活力,祖国心脏跳动越显年轻、健康……

坛子岭

白云飘荡,带来天底的湛蓝更加洁净、鲜艳。

高峡出平湖。眺望坝上一望无际的江面,发现水里的天更蓝、云更白。

三峡大坝犹如巨龙,横卧大江水面。江水驯服了,一年四季听从巨龙的调遣。昔日放荡不羁、祸害百姓,今天俯首称臣、为民所用,尽情地释放出无法估计的能量。

举世无双的五级通航船闸,吸引了无数游人的目光。全球人流、物流最大的峡谷水运正如巨龙的大动脉,有序跳动。往来船只,悠然自得,漂往远方。还没听清两岸猿声,就见前面洒满阳光。

站在观景台上,思绪随着远去的航船驶向万水千山。

峰峦上站着的可是屈原?指点江山,激扬文字。不久的将来肯定又有歌颂三峡风光的佳作面世。

那位风姿绰约的女神不就是王昭君吗?马上出塞了,她深情地凝望着家乡的大好河山,恋恋不舍。

大自然的精彩绝伦，三峡工程的雄伟壮观，让人流连忘返。祖国的繁荣昌盛，中华民族的美好前景，让人信心百倍。

离开坛子岭很远了，回首遥望，山坡上的大字特别醒目：大国重器我自豪！

大连走笔

战略重地

辽东半岛——大连,位于渤海与黄海之间,与南面的烟台、威海隔海相望,共同守护着渤海往黄海的必经之道。大连东面海岸就是朝鲜平壤。从大连北面陆地的丹东跨过鸭绿江就是朝鲜的新义洲。

有史以来,大连都是兵家必争之地。特别是以水运为主的年代,大连更是战略核心地带。大连作为甲午战争、日俄战争的主战场,内度沦为俄、日殖民地,饱受侵扰,历尽沧桑。

大连有着6000年的悠久历史,由于依山傍海,环境绝佳,素有"北方明珠""浪漫之都""东北之窗"美誉,先后获得国际花园城市、国家环保城市、中国最佳旅游城市等殊荣。

现在,大连是中国东北对外开放的窗口和最大的港口城市。

海岸风光

大连最令我印象深刻的是海岸风光、城市广场、主题公园。

大连三面临海,形成了众多的海岸景观。由于夏无酷暑、冬无严寒,更加造就了大连一年四季蓝天白云、海天一色的迷人风光。在大大小小的海岸景区景点中,首屈一指的当然是金石滩国家旅游度假区。

我是广州增城石滩人,一提到石滩两个字就感到特别亲切。从周水子机场走出来,看见5A级度假胜地金石滩的广告牌我就兴奋不已。第二天,我们马上用了整天的时间去游览,确实大开眼界。

金石滩位于辽东半岛黄海之滨,是国家首批4A级景区,2010年被评为国家5A级旅游景区。进入广场后,通往海边的绿地上有一块大型方石,上刻"金石滩"三个大字。巨石后面临海悬崖和水中礁石形态各异,构成了各种各样极具特色的图画,令人忍不住惊叹。海浪一排接一排卷过来,冲击着大小石头,冲击着悬崖峭壁,发出阵阵轰鸣,游人深感震撼。

金石滩度假区规模庞大,除了海岸风景还有金石文化博物馆、滨海国家地质公园、毛泽东历史珍藏馆、大连金石蜡像馆、生物奥秘博物馆、奇幻艺术体验馆、高尔夫球俱乐部、金石缘公园、万福鼎公园等众多景点。

城市广场

大连下辖10个区、县、市,大大小小的广场、公园不胜枚举。最为瞩目的是胜利广场和星海广场。

胜利广场位于青泥洼桥商业中心区,地下是多层庞大的集购物、娱乐、餐饮和休闲于一体的五星级商场,是名副其实的不夜城。

星海广场是亚洲有名的城市广场,位于大连南部滨海风景区。这里既可以欣赏四周林立的高楼大厦,也可以倾听日夜欢歌的涛声海韵;既可以观赏美丽的滨海风光,又可以领略迷人的闹市风情。176万平方米的地方,每一个角落都能让人得到艺术的熏陶、高雅的享受。

我们漫步在星海广场中用各种各样原石砌成的健身小道,欣赏着各具风格的艺术雕塑,倾听着和平鸽在游人旁边咕咕吟唱,享受着海风微微吹来的惬意……

主题公园

大连的主题公园很多,圣亚海洋世界、老虎滩海洋公园、森林动物园、发现王国公园、星海主题公园、滨海地质公园、海之韵公园、傅家庄公园、黑石礁公园、劳动人民公园、大黑山公园、燕窝岭公园、军港之夜公园、龙王塘公园、金龙寺公园……还有很多很多。而且,大连也有白云山公园、莲花山公园、儿童公园、北海公园。

我们重点参观了老虎滩海洋公园。说实在的，全球著名的香港海洋公园我去过，但我觉得它跟老虎滩海洋公园无法相比。老虎滩海洋公园拥有4公里长的海岸线，各式各样不同风格的建筑、塑像和装饰，在碧海蓝天、青山奇石、芳草绿林间融为一体，构成了绮丽的海滨风光。

从老虎滩市民广场的正门进入老虎滩海洋公园，左边是极地馆，右侧是珊瑚馆。我们沿左边向前，看到的是欢乐剧场和海兽馆。参观完根雕艺术馆，我们都累了，便走进四维电影院坐了半小时，一边休息一边欣赏紧张刺激的短片。可惜我们没有足够的时间，没能乘游艇观赏海上风光和乘坐全国最长的跨海缆车俯瞰大连最具代表性的南部美景。

日俄监狱

到大连旅游的人肯定要去旅顺口参观日俄监狱博物馆，这是对大连历史和中国乃至东南亚近代史最好的了解方式。

日俄监狱的历史身份十分特殊，它于1902年由沙俄始建，日本以强大的海军打败沙俄占领东北后于1907年扩建。中华人民共和国成立后，人民政府多次修葺并将其作为陈列馆对外开放。1988年该址被公布为全国重点文物保护单位。

日俄监狱遗址占地22.6万平方米，高墙内面积2.6万平方米。高墙外是被关押者服役的窑场、果园、菜地等。墙内是囚室、检身室、绞刑室和工厂。

　　走进日俄监狱博物馆大门，一座青红两色的三层监狱大楼耸立在眼前。据说青色砖墙部分是沙俄"原作"，红褐色的砖墙则是日军扩建。监狱大楼呈"大"字放射型，站在"大"字中间交叉点可看清五个不同方向的动静，特别是三排囚室一目了然。二层之间及各层走廊的通道用铁枝铺成，上下之间能看清楚各层情况。就在这里，曾经关押过无数的爱国人士还有反战的日本人士和美国飞行员……

　　在日俄监狱博物馆的东北角，有一座独立的暗红色二层小楼，这就是绞刑室。这里陈列着各种刑具，展示着当年日寇残忍无比、惨无人道的各种杀人手段。无数仁人志士，就是在这里被处极刑，然后尸首被蜷曲着塞进木桶，弃置后山荒野。

　　从这个阴森森的地方出来，我们的心情特别沉重。一盘散沙注定贫穷落后，贫穷落后注定软弱无能，软弱无能注定受人欺凌。

　　如今，我们的民族雄起了，我们的国家强大了，我们万众一心开拓进取，沿着新时代中国特色社会主义道路，把我们的国家建成富强、民主、文明、和谐、美丽的社会主义现代化强国。

再游漓江

一

桂林山水甲天下，阳朔山水甲桂林。但是，无论桂林还是阳朔，都离不开漓江。

最近，我第三次畅游漓江，面对两岸青山翠竹，仰望头顶蓝天白云，自然放飞万千思绪，重温昔日依稀旅途。

第一次游漓江是35年前。当时，我在初中当教师，暑假来了，我们46人包了一辆大巴，天没亮就出发。穿过广州、佛山，再过肇庆、云浮，下午到达了梧州。第二天早上，走了两三小时盘山公路，中午进入蒙山县城。下午，经过著名的香芋之乡荔浦，差不多天黑了，我们才赶到桂林市区。

风景如画的桂林深深地吸引了我这个初出茅庐的黄毛小子。芦笛岩、象鼻山给我留下了永不磨灭的印象。坐着简朴破旧的小木船，沿着漓江顺流而下，岸边的石峰倒映在清澈见底的河面上，在我脑海里定格成一幅幅精彩的画面。

到了阳朔，我更加佩服她的繁华美丽。当时，我们增城县城只有五六条街，像样的建筑物寥寥无几，大小商铺屈指可数，可供游人观赏的也只有凤凰山、东湖公园。然而，阳朔县城不但街道繁华热闹，市容整洁亮丽，更重要的是景点星罗棋布，比比皆是，而且风光秀丽、景色迷人，一下子就紧紧地吸引了我们的注意力。我回到增城之后也久久不能忘怀。直到10年后我重游漓江时，仍然印象深刻。

说实话，第二次游漓江我记忆空白、印象模糊，说不出子丑寅卯。可能是人到中年，诸事缠身，无心游山玩水。也可能是……不管怎样，10年来漓江没什么变化、阳朔没什么变化才是没有好感的主要原因。而那个时候的增城已经撤县设市，正在以一日千里的速度奔向现代化建设的康庄大道。

二

这次，我们坐高铁从广州南站出发，只用了两个多小时就到了桂林站。当年，我们坐大客车足足走了两天。而且，坐在汽车上颠簸1000多公里，跋山涉水、穿州过省，没有高速公路，很多地方还是弯弯曲曲的泥土乡道，那种滋味可想而知。

时代不同了。现在，我们喝早茶后坐上高铁，轻轻松松就能到桂林吃中午饭。如果坐飞机从白云机场到桂林两江机场再进入临桂中心也是两个多小时。

白天，我们走马观花，游览了叠彩山、独秀峰、东西巷和王城景区。微笑堂、逍遥楼、国际会展酒店、喜来登大酒店、金融大厦、万达广场、恒大广场和北站综合枢纽、"两馆一院"等标志性建筑充分展示了这座城市的文化底蕴和迷人魅力。难怪桂林市先后获得了众多国际和国家荣誉。国家历史文化名城、国家环保模范城市、中国优秀旅游城市、国家首批重点名胜……实至名归、名不虚传。2018年2月24日，国务院批准桂林为国家可持续发展议程创新示范区。

晚饭，品尝了红烧马肉、荔浦扣肉和桂林米粉等美食之后，我们参观了位于闹市中心的桂林漓江大瀑布酒店，与熙熙攘攘的游客一起观赏从大厦顶上喷涌而出的人工大瀑布。

两江四湖，是桂林市的主打名片。漓江、桃花江与杉湖、榕湖、桂湖、木龙湖构成了桂林的环城水系。我们从大瀑布来到杉湖，融入了醉人的夜景，体会到人间天堂的魅力。

走在被五光十色灯光点缀着的树荫小道上，望着杉湖上来来往往的彩船和两岸灯火璀璨的建筑物以及倒映在湖面上斑驳亮丽又令人浮想联翩的景色，我惊叹桂林的夜景太美了，与前两次来桂林有着根本不同的感觉。

在杉湖游不尽、看不完的景色中，首屈一指的当然是桂林地标日月双塔。金碧辉煌的日塔高9层、41米，是世界上最高的铜塔。

玉洁冰清的月塔高7层、35米,是举世闻名的琉璃塔。双塔之间有一水族馆将日月相连。一黄一白双塔倒映在夜色朦胧的湖面上,构成了一幅让游人如痴如醉的画面。同时双塔与远处象山上的普贤塔、塔山上的寿佛塔,遥相呼应,连成一幅长卷,成就了桂林独特的日月同辉、四塔同美的旖旎风光。

三

迎着早晨八九点钟的太阳,穿过繁华热闹的中心城区,来到了磨盘山码头,我们登上豪华气派的小型游轮,沿着清澈见底的漓江顺流而下,向着风景秀丽的阳朔游去。

以前来漓江乘坐的是破旧木船,现在我们乘坐的游轮宽敞舒适,又有空调,边欣赏风景边品尝小吃,边聊天边喝茶,感受截然不同。漓江两岸步步称奇、处处美景。主要景点集中在草坪乡、杨堤乡和兴坪镇附近。两岸形态各异的石峰上生长着苍翠的树木,构成了各种各样的图画。鲤鱼挂壁、仙人推磨、僧尼相会、八仙过海、乌龟爬山、猴子望月、玉兔似水、骆驼过江、青蛙观天,还有童子拜观音、老人守苹果、七仙女下凡,等等,都是天然的水彩画,十分逼真。

特别推崇的是九马画山和黄布倒影。

九马画山景点位于漓江兴坪镇河段北岸。距桂林中心城区60公里。坐在游轮上,放眼望去,只见九马画山临江而立、石壁如削,山石树木五彩斑斓、浓淡相宜、斑驳有致,构成了一幅巨大的画屏。

细看画屏，以灰色和白色为基调，在石壁顶端、下方、左边、右边和鱼尾峰上，九匹骏马清晰可见，栩栩如生，不得不让人惊叹大自然的鬼斧神工。特别是那几棵生长在石缝里随风轻摇的松树，就像骏马奔驰摇动的尾巴。

黄布倒影景点是漓江风景最精华的部分。位于兴坪镇境内河段，距桂林市区80多公里。人们都说，漓江之美，在于倒影；倒影之美，黄布滩也。我们的游轮从草坪乡到杨堤乡，经过九马画山，江面逐渐开阔，水面平静如镜。顿见青山碧水，蓝天白云，水上水下融为一体，远近景色美不胜收。我们走到游轮舷边，清楚地看到江底有一块米黄色的大石板，恰似一匹黄色丝绸铺在河床之上。据说，黄布滩因此而得名。最值得骄傲的是，我们现在流通的20元人民币背景图案就是黄布倒影景点。

离开黄布滩，游轮驶进以奇峰倒影、翠竹伴江著称的朱壁滩。

然后，我们向着阳朔县城进发。我们计划穿过西街古巷、图腾古道，前往遇龙河边的大榕树，寻找美女歌仙刘三姐的足迹。

这时，漓江岸边传来了清脆悦耳的山歌："哎，什么有脚不走路咧，嗨了了啰？什么无脚走千家咧，嗨了了啰？什么有嘴不说话咧？什么无嘴闹喳喳咧？"

古城新韵

我多次游览凤凰古城,除了路程不算太远,还因为凤凰古城景点众多而且典雅秀美百看不厌,更重要的是每次游览凤凰古城都有新的收获。

这次,我们是自驾游。沿二广高速直奔邵阳,转包茂高速经怀化吉首即到凤凰古城。

我们住的客栈临江而建,一共六层,正三层负三层。我们住在负三层,与沱江进行了亲密的接触。推开窗户,脚下潺潺流水如歌如诉,低吟着湘西美女委婉动人的情歌。沱江两岸,万家灯火,红红的灯笼昭示着古城一年四季如同节日般的喜庆。

当夜,我们枕着沱江水,听着催眠曲,进入了甜美的梦乡。

天刚蒙蒙亮,我就被江面小船上传来的清脆悦耳的山歌唤醒。望向窗外,只见两岸的房舍树木清新如洗;远处,山顶上细碎的白云在蓝天下轻轻地飘荡着;脚下,沱江水面上缭绕的烟雾随着微风徐来飘忽不定……

我们从下游的风桥起步，先游江南再游江北。凤凰古城核心景区内有三座艺术桥楼：风桥、虹桥、雪桥。风桥位于城东，虹桥位于中部，雪桥位于上游的西部。三者皆为景观艺术桥楼，历史悠久，历尽沧桑，有着许多美丽动人的传说。

当然，凤凰古城还有金水桥、风雨桥和其他便桥。主干道交通桥还有凤凰大桥、凤凰二桥等。

我们从风桥桥头的亲水步道向上游漫步。江面上的游船、水面上的倒影和古色古香的木楼以及熙熙攘攘的游人，都成了我们手机拍摄的对象。

有一间经营早餐的小木楼，门口挂着"正宗酸菜粉"的牌子，食客进进出出、络绎不绝。我们决定在这里吃早餐。只见里面座无虚席，我们左顾右盼也找不到座位。这时，四名穿着当地少数民族服装的年轻人站起来，捧着碗一边吃一边让我们坐下。我们心里感到无比温暖。

以前，有人说凤凰古城环境脏乱差、人员复杂素质低。但是，我们这次旅行的体验极好。走在狭窄的古石巷，尽管人来人往、摩肩接踵，但秩序井然、挤而不乱。麻石巷道，光滑洁净。两旁商铺，窗明几净。商品摆设，井井有条。

我们左转入虹桥中路，在过马路的时候，小汽车、摩托车、电动车全部停住，待行人全部通过，他们才缓慢驶离。

我们参观了沈从文故居，从十字街转入古城博物馆，然后参观杨家祠堂和东门城楼。

　　站在东门城楼的墙头,沱江两岸风光尽收眼底。特别是虹桥艺术楼的英姿"原形毕露"。据说,虹桥始建于明洪武初年,是凤凰古城核心中的核心,集交通、观光、商贸、展演多功能于一体。桥上的一楼是商铺和过江通道,二楼是文化展馆和音乐茶座。东门城头应该是拍摄虹桥美景的最佳角度。

　　我们离开东门城楼时,发现一部苹果手机落在墙头上。是谁的手机?我们站在那里等待着。游人如织,来往穿梭。不少游客路过的时候也会看一下,但没人伸手去拿。难道真的是"路不拾遗"吗?这时候,一对情侣匆匆忙忙跑回来。"哎呀,真的在这里。"我们通过号码验证让他们拿走手机,两位年轻人不断鞠躬致谢。

　　沿着城墙往上游走去,我们在北门码头下了城墙,进入文星街。熊希龄故居、朝阳宫、文化广场、西门城楼等景区都让我们留下了美好的回忆。

　　中午饭时间到了,我们走进一家装修豪华考究、富丽堂皇的餐馆,请老板安排了五个最有当地特色的菜。

　　这里装修不错,环境舒适,吃东西会不会很贵?我们后悔刚才没有问清楚价钱。以前来凤凰古城,我也被人宰过。现在,凤凰古城不收门票了,饮食价格会不会提高了?

　　饭菜很快上桌了,味道不错,我们吃得津津有味。买单的时候老板脱口而出:一百八!我们松了一口气:不贵呀!给了钱,我们高高兴兴往南华门和雪桥方向走去。

谁知道没有走多远，餐馆的伙计追出来：你们四个等一下！糟糕，是不是要收我们三百八？快点跑——不行，他要就给他吧，跑什么？伙计追上来喘着粗气递给我20元："给，找你钱！"

我们很感激地看着伙计，忘记了道谢。

在跳岩，我们又看到了让人动容的一幕。

跳岩，是一排横在江底的石墩，枯水期可以通过。我们正从这里往沱江北岸走去，突然，一名正在拍照的小女孩不小心掉进江里，眼看就要被水冲走。这时，几名大汉跳下水去，很快就把小女孩救了上来。岸边商铺的人也纷纷跑来帮忙。当时天气很冷，一位大妈拿着一件大衣披在小姑娘身上，并带她到旁边的店里去换衣服。

沿着沱江北岸亲水步道向下游漫步，我们来到了东关门，参观了望江亭。然后，我们游览了万寿宫和万名塔。

走了大半天，我们都有些累。一位同伴早上扭了一下脚，脚踝现在又红又肿又痛。我们只能放慢脚步陪着他缓缓向前。这时，一家衣服饰品店的老板娘跟我们打招呼，叫我们进去坐，并给我们每人倒了一杯茶。然后，老板娘蹲在同伴的跟前看了一下他的痛脚，用半咸半淡的普通话说：我帮你敷点药，很快好。

小店的后院种了许多花草树木。老板娘采摘了其中的一棵放在石窝捣碎，然后，把草药敷在同伴的痛脚上。她一边包扎一边说，这是苗药，家传秘方，十分灵验。药敷了，茶喝了，同伴掏出一百块钱给老板娘。但是，她坚决不收：如果收钱这个药就不灵了，我就不行了。

我们都感到不好意思。于是，我们就在这里买东西。饰品、衣服、工艺品，我们四个人都买了不少。

　　不到一小时，同伴的脚消肿了，不痛了。

　　我们到停车场开车回程的时候，只见红红的晚霞洒满了沱江，两岸的木楼也被晚霞映得通红。

毛尖飘香的地方

一

我喜欢喝茶,特别钟情信阳毛尖。

作为广州人,喝茶是我生活的重要组成部分。一直以来,我喝广东本地的英德红茶居多,也喝武夷山的大红袍。后来,朋友送了两盒毛尖给我,一喝就把我迷住了。高雅清醇的香气、持久回甘的韵味,光是茶体那晶莹透亮、黄中带绿的颜色就让人念念不忘、恋恋不舍。我细看产地:河南省信阳市鸡公山。于是,信阳成了我向往的胜地。

坐高铁经武汉往北,很快便到了信阳。我们迫不及待地扑向鸡公山的怀抱。

鸡公山属大别山余脉,是全国著名的四大避暑胜地之一,与河北秦皇岛的北戴河、浙江湖州市的莫干山、江西九江市的庐山齐名。

鸡公山素有百年避暑胜地之称,更有万国建筑博览之誉。从1898到1936年,山上建成了300多栋各式别墅,有豪华气派的欧美式,有环形古雅的宫殿式,有尖顶突起的教堂式,有玲珑剔透的袖珍式。在这些不同风格的建筑物中,以颐庐、将军楼、烟雨楼、会景楼、美国教堂、瑞典大厦最具特色。当然,中正山洞、美龄舞厅、马歇尔楼、姊妹楼等也是很不错的景点。

然而,我们最关心的还是信阳毛尖。就连报晓峰、鸡公庙、灵化寺、观鸡台、巨人峰和仙人居、吟月居、星湖、月湖这些迷人景点我们也是走马观花。八字石刻、犀牛卧坡、悬壁栈桥、龙珠瀑布、宝剑山口、东沟瀑群、逍遥山庄等更是无缘会面。

鸡公山物产丰富,南方、北方物种兼备,最为有名的就是毛尖茶叶。在回市区的路上,我们看到了广告牌上面有两行醒目的大字:看红看绿看蓝天,品山品水品毛尖。

二

我们在浉河区府办朱德顺主任的引领下,来到了南湾湖畔的一个毛尖茶场。

南湾湖是有名的豫南明珠。烟波浩渺的湖面水天相连,倒映着蓝天、白云、青山,构成一幅波澜壮阔的山水画卷。

南湾湖岛屿众多，龙岛、鸟岛、猴岛、杜鹃岛、桂花岛连成了一条让五湖四海、天南地北游客心旷神怡、流连忘返的水上休闲专线，每一位到此旅游的客人都既能大饱眼福又能大饱口福。

　　但是，南湾湖最重要的还是她周边的"五云"诸山：车云山、连云山、集云山、天云山、云雾山。"五云"山就是信阳毛尖的主要产地。

　　走进茶场，视线便被满山坡那一排排碧绿的茶树占满。三面绿坡中间夹着一口鱼塘，鱼塘边有两间平房。这鱼塘的水位要比南湾湖的水位高五六十米。

　　茶场主人泡了一壶白毫毛尖给我们品尝。我们坐在鱼塘边的小竹椅上，端起小小的紫砂杯靠近鼻子、闭上双眼，一呼一吸，扑鼻的清香令我们脑海里马上出现了一幅海市蜃楼的画面，我们都成了里面的神仙。轻轻地喝一口，香气充盈口腔、鼻腔，清新而回味悠长。细细品尝，甘醇的感觉长留口中。太美妙了，个中感受无法形容。

　　茶场主人轻轻一笑。白毫毛尖又叫"绿茸"，也称"银针""雨前"。生长在车云山1000米海拔以上的乌黑沙土中，属于稀有品种。物以稀为贵，有些年份的白毫要卖好几万元一斤。

　　我吃惊非小：这么厉害！我前年花3000元托人买了半斤名叫雨前大山茶的毛尖，以为便是最好的了。怪不得今天喝这个茶的感觉特别好，特别耐人寻味。

　　朱主任冲着我说："你在乎茶，也在乎山水之间也。"

　　当然，此情此景，仿佛置身于世外桃源。主人家的盛情，茶场里的美景,极品茶的芳香,无不让我陶醉。

"我们这个茶场的茶都是很一般的,虽然也领略得到它的清香、爽滑,但和这个白毫毛尖无法相比,没有白毫那种内涵和底蕴,不像白毫那样意味深长。当然,几百块一斤的东西和上万元一斤的不可相提并论。"

我们深深体会到茶场主人的诚实,更加感激他让我们尝到了人间极品,让我们此行锦上添花、回味无穷。

三

为了让我们对毛尖有更深的了解,第二天,朱主任带我们参观了茶文化博物馆。

博物馆位于市中心百花广场旁边,六层高的大楼结构独特,气势恢宏,颇具现代气息。

百花广场规模庞大,布局考究,一年四季繁花似锦。百花广场正北面就是市政府大楼,坐北向南,面对宽阔迷人的百花广场,庄严威武。广场东面是百花文化艺术中心,南边是百花会议展览中心,西侧就是图书馆、百花馆和博物馆。

走进博物馆,我们直奔三楼的茶文化专馆。多才多艺、知识渊博的朱主任是一位优秀的讲解员,跟着他,我们都受益匪浅。

朱主任说,茶树最初为野生嘉木,集天之气、地之华、山之英、水之灵于一身。《神农本草》《晏子春秋》中的记载,体现了先人对茶的器重。千百年来,茶有着许多美丽的传说,是她风干了秦砖汉瓦,浸润了唐诗宋词,洗涤了古今铅华……

茶,人在草木间也。她在中华民族国粹里名列第六,排在书法、武术、中医、戏剧、汉服之后,瓷器、围棋、剪纸、刺绣之前。几千年的喝茶历史,让国人越来越领略到茶的神奇功效。陆羽的《茶经》更是让中国茶叶闻名于世、享誉全球。

展馆的第二室精工制作了一排橱窗,里面以字画形式图解卢仝的《七碗茶歌》:一碗喉吻润,两碗破孤闷……三碗搜枯肠……四碗发轻汗……五碗肌骨清……六碗通仙灵,七碗吃不得也……

朱主任为我们介绍了信阳毛尖的发展历史、种植基地情况及各种毛尖的特点,还教我们如何选茶、品茶、存茶、说茶。

最后一个展厅为我们介绍毛尖茶叶制作全过程,基本步骤是:采摘、筛选、杀青、理条、初烘、精选、包装、存放。每一道工序都极其严格,都有专门的师傅把关。

生长在海拔 800 米以上的毛尖特别娇嫩、特别矜贵,她的制作工艺就更加复杂了。由于高山峻岭,群峦叠翠,溪流纵横,形成了烟气弥漫、云雾缥缈、芳香笼罩的人间仙境。环境造就生物,时间养育灵性。高山毛尖就像养在深闺的淑女,谷雨前就要出嫁了。大家闺秀出阁,肯定排场浩大、非同凡响。

四

从博物馆出来，朱主任带我们到农村去感受当地人的毛尖情怀。

郝堂，是豫南有名的古村落，全国首批幸福社区示范单位，被誉为中国乡村旅游模范村、中国最美休闲乡村和最美的宜居示范村庄。还有人说，30年前看小岗，30年后看郝堂。

朱主任说，郝堂真的很漂亮。当然，全国各地像这样的美丽村庄还有很多。每个省、每个地区、每个县市都会有几个典型。都是青山绿水、荷塘月色、客舍俨然。但郝堂比较特别，春天看映山红和紫云英，夏天呼吸荷香和茶韵，秋天亲近遍地野菊和漫山红叶，冬天就跟着村前那些百年老树沐浴阳光、共享天伦。郝堂更特别的是茶舍众多，客栈、农庄、作坊极具特色。

我们转入村道，出入的车辆络绎不绝。鱼塘边、水溪旁、树荫下都停着不少车辆，大多数是一家几口过来游玩的。

村口有一座十来米高，用石头砌起来的碑牌，上面刻着"郝堂村"三个大字。水泥路伴着小溪流延伸到荷塘边，荷塘边几个地塘上分别停了不少来自各地的小客车。

我们在一个卖石凉粉的小摊上坐了下来，每人吃了一碗石凉粉。这种东西跟我们广东的凉粉差不多，但它是微黄、透明的，比广东凉粉那种黑乎乎的颜色好看。特别引起我们注意的是，卖石凉粉的老大爷有六十多岁了，他手里拿着一个巨大的玻璃茶杯，有空就喝一口，他杯里泡着的碧绿茶叶正是毛尖。我问他怎么用这么大的杯子喝茶。大爷说，有些茶叶适宜一冲就喝，但我们这个毛尖要边泡边喝才能品尝到她真正的味道。

我留意到郝堂的几条街道上都有茶社，主人家泡茶给客人喝是用小杯，但他们自己喝都用一个泡着茶叶的大杯。

郝堂村除了茶室、客栈、食店，还有众多特色店档，也可以说是特色景点。比如，岸芷轩、好人家、禅茶研究院等。我们走进书堂，美女服务员热情有礼，招呼我们坐下，为我们每人泡上一杯热茶。杯里飘动着碧绿的茶叶，那是毛尖。还没喝，我们就闻到了清爽香味，那是毛尖的茶香。

这种香，一直萦绕在我的脑海，久久不去……

五

几天下来，朱主任还带我们参观了信阳其他地方。每到一处，我都被信阳独特的城市风貌所吸引。广州作为南部美丽的大都市，无疑是值得我骄傲和自豪的。但想不到处于祖国江北的信阳，居然也充满迷人的风光和无限的魅力。

信阳山清水秀，气候宜人，素有"江南北国、北国江南"美誉，先后获得国家森林城市、国家级生态示范市、全国绿化模范城市、国家园林城市、中国宜居城市、中国优秀旅游城市、中国最具幸福感城市称号。

信阳历史悠久，文化底蕴深厚。2000多年的风霜雪雨滋养了信阳的山山水水。淮河流经过的山川、平原，人杰地灵，人才辈出。由于地处鄂豫皖三省通衢的交通要道，信阳历代都是兵家必争之地。信阳的特色美食和新旧八景随着旅游业的兴旺发达得到世人越来越多的赞赏。

最让我心驰神往的还是信阳毛尖。经过这次信阳之行，我对毛尖的认识又提升了一个层次。作为中国的十大名茶之一，信阳毛尖为信阳市赢得了众多荣誉："山水茶都""毛尖之都""绿色经济十佳城市""中国最美城市""中国休闲城市30强""中国魅力城市30强"……

信阳举办的茶文化节还被评为"中国十大茶事样板"。信阳毛尖的芳名已经进入千家万户，进入国内国外好茶人士的心里。说真的，我家冰箱里贮存最多的茶叶就是毛尖！

因为喜欢喝茶，我爱上了毛尖。

我爱毛尖，更爱毛尖飘香的地方——信阳！

寻觅远方的诗句

某月,十余好友,一辆中巴,远征万里,走马观花。所到之处,耳闻目睹,景物风情,不乏奇葩。

神仙湖边扮神仙

第一站,广西贺州富川县。

来到神仙湖边,我便醉倒在花红草绿之间。

人生在世,日求三餐,夜求一宿。

我不知道,谁比神仙更快活,谁比神仙更疯癫。

我不知道,忘却烦恼、与世无争是否是最高境界。

我也不知道,进了神仙湖能否成为神仙。

如果不是脚踏实地,我还以为腾云驾雾;明明走在林荫小路,却好像置身世外桃源。老态龙钟的人了,怎么会健步如箭?

夕阳忽然从西山顶上露出笑脸,余晖洒向湖面。

云雾飘向远方,我们眼前一亮:神仙湖像一位沐浴完毕准备穿衣的女仙。

我们神魂颠倒,像神仙一样,飘过浮桥,来到神仙亭。面对一望无际的湖水,我们遥想天上宫阙,不知今夕是何年。

飞过神仙桥,我们降落在瑶王府。这里野菊飘香,蝴蝶翻飞。我们禁不住引吭高歌,翩翩起舞。

不知不觉,我们飘到香樟园内。沿着湖边栈道,轻步如飘。金黄色的水面,承接了夕阳的恩赐。金黄色的樟叶,享受着晚霞的滋润。还有,那金黄色的游人,仿佛就是忘乎所以的神仙。

入夜,一窝神仙湖里的神仙鱼,一壶神仙湖边的神仙酒,一盆别具风格的梭子粑粑,还有一碗回味无穷的三角肉饺,我们都成了醉仙。

朱砂古镇识朱砂

第二站,贵州铜仁万山区。

为了让这班活神仙能够镇静安神,我们来到了朱砂古镇。

千年丹都、中国汞都、朱砂古都……神仙都被镇住了。20世纪60年代,万山汞业为中国偿还外债作出了巨大贡献,受到周总理高度赞扬……神仙们更加肃然起敬。

很久很久以前,有个名医叫徐福,他为了帮秦王求取长生不老药,四处寻觅药方药剂,经反复研试,其中一种药引就是万山朱砂。于是,徐福便搭炉炼丹。朱砂古镇就是徐福炼丹的地方。

这里地处湘、黔、渝、鄂交界的武陵山腹地。崇山峻岭,冈峦起伏,悬崖峭壁,空谷幽怀。从巨大的拱门进入,游览朱砂古道,观赏仙女石,漫步玻璃桥,参观仙人洞,看完黑硐子,经过云南梯,再登鸳鸯楼,远眺放下云居、悬崖酒店,最后在公社食堂随便一餐。

这里是中国最大的汞砂采场。2002年,因资源枯竭,矿场关闭,后来转型成为旅游景区。万山汞矿有超两千年的开采冶炼历史,是全国第一、亚洲第二、世界第三的汞业产地,创造了史无前例的工业奇迹,很快朱砂古镇景区便成了全国有名的爱国主义教育基地。

这里是全球最有名的朱砂大观园。全场采用声、光、电等科技手段,通过多媒体显示介质,对朱砂的形成过程、用途性能、文化历史、收藏研究等进行了详细介绍,让游客得到了最真实、最直观、最震撼的效果。

水银是液态金属汞,含微量银元素。朱砂是硫化物类矿物质辰砂,主含硫化汞。水银作为中药有消毒、泻下、利尿、杀虫、灭虱等功效。朱砂作为中药主要起定惊、安神、解毒等作用,加工成项链、手链、吊坠、雕像等鲜艳夺目,是十分珍贵的装饰品,还能杀灭皮肤细菌。

梵净山上凡尘间

第三站,贵州铜仁梵净山。

为了那无尽的思念,为了那多年的向往,为了实现美好的梦想,我再次来到印江、江口、松桃三县交界的空中秘境。

上次,没有预约,未能上山,甚是遗憾。

当晚,入住寨沙侗寨,即被那几棵千年苍楠和侗族古塔及商业街上的篝火晚会深深吸引。

次日凌晨,排队上山,缆车窗外,风光如画。蘑菇山、老金顶、红云金顶尽收眼底。六角寨、太子石、万宝岩、九皇洞遥遥在望。

梵净山是中国五大佛教名山、国家5A级景区。是一座神秘、壮美,充满禅韵和奇迹的灵性大山。承恩寺、护国寺、龙泉寺、白云寺、坝梅寺等非常有名气,难怪世人颂称"佛光普照梵净山"。

著名的红云金顶,双峰并立,气势恢宏。顶上,释迦、弥勒两殿相连,那就是"极乐天宫、无边法界"。多少信徒,为了到达净土、获取"鸿运",手脚并用,连攀带爬,垂直向上一百米,不达目的不罢休。

梵净山的天像三岁孩子的脸,说变就变。在半山平台观看万米睡佛之后,我们做好了向老金顶、蘑菇山、红云金顶步行五小时的准备,却忽然来了一场大雨。放眼远望,朦胧一片,山峰若隐若现。雨水洒落在各种各样的叶子上,嗒嗒作响。

不到半小时,雨过天晴。忽然,我看见一轮光环罩着红云金顶,这是"佛光幻影"还是"弥勒显像"？定睛细看，这五彩光环就是佛光普照！

传说，能在梵净山看到佛光的都是有功德、有佛缘、超凡脱俗之人。我想，这里本来就是远离尘嚣的净土，人们从大江南北、五湖四海前来登山问佛，何人没佛心、佛缘？何人不想修成正果？

然而，就在这凡间净土，我看见4名五六十岁的老人扛着竹椅抬着一名20来岁的胖子上山，一步一步，像蚂蚁搬家，艰难至极。

我也看到，4名二十来岁的青年男女，扶一位六七十岁的老太婆一步一步向老金顶走去，他们的脸上都荡漾着幸福的笑！

重庆火锅看重庆

第四站，山城重庆中心区。

环球金融中心、国际博览中心、来福士广场、人民大礼堂、洪崖洞街区、解放纪念碑、黄金双子塔、朝天门、长江大桥，还有穿楼而过的城市轻轨、饱览两岸景色的过江缆车……

这就是重庆，魅力无限、活力四射的重庆。

三面临水，一面靠山；高楼重叠，依山而建；上坡下坡，顺势而为；立体交通，来往穿梭；双江交汇，铁桥飞架；山城之夜，灯火辉煌……

这就是重庆，特色鲜明、热情如火的重庆。

走进九格九味火锅城，只见鸳鸯火锅、三色火锅、多层火锅，各种各样的食材琳琅满目摆成一条街。

一锅滚沸的汤底,一边鲜红如血,一边黄白如奶。毛血旺、鱼片、肉丸、牛肚、牛排、羊蹄、鲜虾、海螺……数十种调味佐料,多种新鲜的时令蔬菜,热气腾腾,辣味袅袅。

窗外,滚滚长江向东流。对岸,横卧在半空的大厦清晰可见。夕阳洒在江面上,万家灯火开始闪烁。

热辣辣的火锅,一如重庆的热情如火。有朋自远方来,不亦乐乎?重庆朋友细致入微、周全到位的"导游服务",让人终生难忘。

众口能调的火锅,一如重庆的魅力无穷。中西部唯一直辖市、国家历史文化名城、超大城市、"红岩精神"发源地、"巴渝文化"发祥地、中国十佳旅游城市、世界特色魅力城市……

回味无穷的火锅,一如重庆留给我的美好回忆。一栋栋高楼鳞次栉比;蓝天白云下的绿水青山;漫步街头如彩蝶轻飘的美女;还有,洪崖洞那潮水般的人流和色彩斑斓的灯饰,还有……

苟坝会议忆苟坝

第五站,贵州遵义苟坝村。

早就听说苟坝是毛泽东同志一盏马灯照亮中国的地方。

我们跨过大江小河,穿过崇山峻岭,来到了花红草绿、瓜果飘香的枫香镇。向前十多里,远远便看到一座30米高的巨型马灯造像,特别引人注目。

巨型马灯对面的广场边有一座老式黔北农家三合院，传统木结构的砖瓦房，前有门楼，左右厢房，坐北朝南。前面是一片开阔的田野，后面是树木葱郁的马鬃岭群山。这就是苟坝会议旧址。

会议旧址内陈列着许多历史遗物，除了会议室、会议桌椅、简陋的床铺、破旧的草鞋、陈旧的电报机等外，还有许多相关的文字、音像资料。会议旧址周边还有红军医院、周恩来和朱德旧居、抗捐委员会旧址、红九军团司令部驻地等。

苟坝会议旧址不但是全国重点文物保护单位，还是全国著名的爱国主义教育基地。

茅台镇里品茅台

第六站，贵州仁怀茅台镇。

许多时候，闭上眼睛，就能想起茅台酒的酱香。

酒啊，让人兴奋，让人感慨，让人无法形容。我想，是不是该给杜康颁一个发明家的终身大奖？

这是如何酿成的魔水？一直以来，我总是糊里糊涂、不明不白。有点好喝酒，以为喝酒好，更想喝好酒。仅此而已，别无他想。

不知不觉又到了这个酒气弥漫的古镇，又闻到那令人垂涎的酱香。美酒河路段，巍巍的山、清澈的水、灿烂的阳光、翠绿的树木、碧蓝的天……

我仿佛看到日月之精华、大地之灵气、山河之壮美！也许，有了这些,一瓶好酒才能来到人间。

当晚,十瓶老酒让我们荡气回肠,让全世界四处飘香。

全场充满了幸福的欢笑。笑声里散发出酒的内涵、酒的诗意、酒的文化、酒的醇香……

这就是茅台。身临其境,亲身感受,此时此刻,热烈的气氛让人完全沉醉在美妙的酒乡。

走到赤水河边,酒醒了,迷人的夜景又让我陶醉了。醉,并非因为霓虹闪烁、灯红酒绿;并非因为一河两岸、风景如画;也非因为山顶上那只全球最大的茅台酒瓶和四处林立、比比皆是的巨型不锈钢储酒罐;更非因为国酒文化城对各代酒礼、酒俗、酒技、酒故、酒史、酒文、酒诗及酒人、酒物的详细介绍;而是因为茅台镇的长征文化、酱酒文化、古盐文化,特别是红军四渡赤水的故事无时无刻不让人感慨、让人振奋、让人斗志昂扬!

醉吧!不能不醉的茅台之夜,不能不醉的陈年佳酿,不能不醉的万水千山!

一觉醒来,美好的一天重新开始,所有的烦恼烟消云散。

模范小村成模范

第七站,广西百色模范村。

拜谒了工农红军纪念馆,参观了中国杧果交易场,我们漫步在田东湿地公园和十里莲塘景区。

然而，让我们眼前一亮的还是那幅龙潭山水画。

一条清澈见底的小河，穿过重重峰林，左弯右拐来到祥周镇的模范村。河水停留下来，形成了灵湖。灵湖四周的杧果园里、香蕉林边水道连片，与湖相连，与河相通。

这就是龙潭风景区。林立的山峰簇拥着蓝天白云，倒映在碧波荡漾的湖上，栩栩如生，楚楚动人。为什么黄布倒影能登上人民币的背景？为什么绿水青山能令人流连忘返？为什么田园风光能让人心旷神怡？此刻，站在龙潭的水边，我终于有了答案。

龙潭景区是模范村村民的集资项目，每家每户都是股东。他们逐年投入，逐项建设，逐步完善。道路修好了，围栏建成了，设施齐备了。天更蓝，水更清，草更绿，花更红。游客每天从四面八方涌来，看，他们脸上的笑容多么灿烂。

除了解决三十多人的就业问题，每年模范村的人还可以从龙潭景区的盈利中获得分红。

龙潭景区的美名迅速传遍五湖四海、地北天南。

模范村成了真正让人羡慕的模范。

心驰神往内蒙古

"天苍苍,野茫茫,风吹草低见牛羊。"

我一直向往蓝天白云下那一望无际、碧草连天的大草原。

朱日和沙场大点兵,更加激励了无数热血青年的爱国热情,同时也给内蒙古大草原增添了无穷的魅力。

我忍不住翻出以前的照片和有关的文字记录,重温我两次游览内蒙古大草原的美好时光。

我们去内蒙古的第一站是呼和浩特。谁都以为,到呼市肯定是先在白塔机场降落再坐15公里汽车进入市区。但那次我们是从广州飞往太原武宿机场,次日驱车前往五台山,第三日到大同游览云冈石窟后赶往呼和浩特。

从太原到呼市沿途所见,让我们感慨万千。太原市作为省会自然少不了五光十色、繁华热闹,而且大街上、酒店前随处可见世界级名车。当地朋友告诉我们,这些大多数是煤矿老板的座驾。但是,在离开太原往五台山的200多公里路程中,道路两旁都是广东30年前乡村的模样。在五台山往大同途中,我们更是看到公路两旁荒山野岭、人烟稀少。地上不长草,山上不长树,低矮的房屋里偶尔会走出一两位老人,躺在门前的黄狗马上起来向主人摇头摆尾……

一进入内蒙古,笔直的柏油马路两旁花红草绿,树木苍翠。主干道中间的隔离带绿化美化独具匠心,各种花草树木被修剪、摆放成了各种各样的艺术造型。放眼望去,每一个角度都是一幅优美的风景画。和山西相比,感觉截然不同。

到了呼市已是深夜。我们来不及欣赏整洁亮丽、流光溢彩的街市夜景,马上入住昭君大酒店,为了明天早一点奔向大草原。内蒙古一年四季美景特色十分鲜明,春享蓝天白云下的鸟语花香,夏游欲穷千里目的碧绿草原,秋赏层林尽染的漫山红叶,冬看银装素裹的万里飘雪……大草原是内蒙古的标志,是国人心中神圣的净土,是无数游者梦寐以求、百看不厌的绿地。

我们没有选择昭君墓、成吉思汗陵到鄂尔多斯大草原这一线路,无缘造访著名而神秘的响沙湾景区,更加无缘千里之外的现存最原始的呼伦贝尔大草原和那令人向往的额尔古纳湿地。我们一致同意,取道西北方向140公里的乌兰察布大草原的腹地——格根塔拉草原。

由于沿途的风景太亮丽了,明明两三小时的车程,却仿佛一下子就到了。

乌黑的柏油路延绵在一片油菜花海中,只见前面游人如织,车水马龙。四座白顶红帽的蒙古包式建筑簇拥着景区的牌楼,楼顶上有蒙文和汉语书写的四个大字:格根塔拉。

我们一下车,马上有一班穿着节日盛装的美女一拥而上,为我们献上白色的哈达。接着,又有一班高大威猛的俊男递上精美的小酒杯,让我们都喝了一口马奶酒。

我们来到一个小山坡上,举目四望,尽情地享受着美丽草原的自然风光。湛蓝的天,洁白的云,碧绿的草,清新的空气……还有,你看,远处如海浪飞奔的马群,如白雪飘忽的羊群,如铁流奔涌的牛群。一条蓝色的小河流像许多个大写"S"延伸到远处那片如镜的湖中。一队雄赳赳气昂昂的骆驼从我们身边走过,我们马上抢抓机遇与沙漠之舟合影留念。

据说格根塔拉草原是国家投资最多的草原旅游景区,1979年正式向中外游客开放。由于草地辽阔、景色优美、气候宜人,加上绿草如茵、牛羊肥美、配套完善,很快就成了五湖四海、天南地北游客的理想目的地。来到这里,一下子就忘记了平日的喧嚣,忘记了工作的重负,忘记了不顺心之时的烦恼。在这里,既可以于草丛中漫步,又可以策马奔腾;既可以轻歌曼舞,又可以一醉方休……

我们在湖边的度假村住下。传统的蒙古包和现代的蒙古包分成两个区域,同时摆在一片开阔平坦的草地上,形成了鲜明的对比。我们住的旧蒙古包虽然条件较为简陋,但当晚度过的欢乐时光让人终生难忘。

晚餐吃的是全羊宴,烤羊排味道好极了,肉嫩、汁多、香滑,越吃越想吃。平时，我也喜欢吃羊肉，但活了大半辈子从没吃过这么好吃的羊肉。当晚真的记不清吃了多少斤……

篝火晚会上，我们又唱又跳又喝酒。青稞酒、马奶酒、纯生啤酒和葡萄酒任君所好。我们的领队唱了一首《高原红》，我还和一位当地的美女合唱了一首《敖包相会》。大家都或多或少有了醉意，于是，不会跳舞的我们也跟着翩翩起舞。当然，也许是酒不醉人人自醉……

深夜，无人入眠。我们就坐在草地上看着神秘的太空数星星。一阵清风吹来，顿觉自己处于人间天堂……美好的记忆实在太多了！

时隔两年，我又一次到了内蒙古。

这次我们是从白云机场飞到首都，在北京喝了"牛栏山"之后，半夜坐火车出发前往赤峰市。在卧铺上睡了一觉，天亮的时候刚好到达赤峰火车站。

赤峰是内蒙古东部中心城市，也是内蒙古人口最多的城市。这里是中华文化发源地之一，境内有著名的红山遗址等景观。尽管离锡林郭勒大草原只有200多公里，但我们这次没有去漫步绿茵碧连天的草地，而是选择了在这里感受蒙东原热河地区的人文历史和独特景象。

我们冒着小雨前往红山森林公园。我们还没上山，碧波荡漾的月牙湖、花红叶绿的荷花湖、烟雨朦胧的五盘湖就已尽收眼底。其实，这三个湖连成了赤峰最大的市民休闲公园——红山公园。我们要去的是前面那座高山——红山国家森林公园。山上园，山下园，充分代表了赤峰的红山文化。而有着五六千年历史的赤峰红山文化又是中华文化的典型代表。

我们到了山上，马上穿上了特意带来的厚外套，但当微风夹着细雨吹来时，我们还是冷得手脚发抖。山上山下气温相差十多度，如果不是熟人提醒我们带上能防冻的厚衣物，真的会被冻坏。不过，由于景色太美，加上这是我们第一次感受红山文化的魅力，我们都兴致勃勃、热情高涨，一下子就忘了寒冷。

下午，我们参观了第四纪冰川遗迹，由300多个形态各异的从十多米大到几厘米小的冰臼组成的冰臼群让我们大开眼界。

第二天，我们参观了辽上京遗址和辽中京遗址。

第三天，我们参观了中国清代蒙古王府博物馆和喀喇沁亲王府。

所到之处都给我们留下了深刻的印象。从地图上看，内蒙古就是中华民族的一匹骏马，事实上这匹骏马正在一日千里奔向更加美好的未来。我们一致约定，尽快安排另外两次内蒙古之行：最西边的阿拉善和最北端的呼伦贝尔大草原，深入人间天堂额齐纳和北疆国门满洲里，好好感受大草原的风景人情，好好领略蒙古人的万丈豪情。

于是，我做了一个甜蜜的梦：正身处飞往内蒙古的飞机上……

神农架到武当山

一

神农架虽然没有黄鹤楼那么浪漫、富有诗意，但却是多少旅游爱好者梦寐以求、不能不去的名胜秘境。

我国是个农业大国，万业农为本。千百年来，渔、樵、耕、读均以"农"作背景。我们的祖先，手脚并用穿梭来回于山岭林间，在获得天然食物的同时，渐渐享受到耕种、养殖收获带来的喜悦。

中华大地，物产丰富，中草药更是中华民族的瑰宝。中医中药于国粹中排名第三。神农架位于荆襄、巴蜀、三峡交界，这一带的植物品种繁多，东南西北物种兼备，为我们祖先的生息繁衍带来了保障。

据说，华夏始祖炎帝神农氏曾在此处搭架采药，故此地得名神农架。长期以来，神农架以其完好的生态、丰富的物种和"野人"

的传说享誉海内外。

神农架林区是全国唯一的厅级林业管理行政区。神农架不仅拥有国家5A级旅游区、国家自然保护区、国家生态示范区、国家湿地公园、国家森林公园等多个国家字号招牌，还拥有联合国人与生物圈保护区、世界地质公园、世界自然遗产等多张世界级名片。如果要全方位领略神农架的自然风貌，恐怕非得"搭架为梯、背釜而栖"在此游览个一年半载不可。

早在三十多年前就听说过有个神秘的地方叫神农架。后来，又听说神农架有野人出没，国内外游人突发好奇之心，纷纷前往一探究竟。这么多年来，由于无缘身临其境，但凡有关于神农架的书刊、报道我都特别留意，均须细读为快。

二

终于，亲密接触神农架的机会来了。

我们从兴山县南阳镇347国道进入木鱼镇。沿途风光旖旎，美不胜收，特别是茫茫林海，苍翠欲滴，极具特色。汽车沿着弯弯曲曲的小溪行驶。潺潺流水冲刷着溪底大大小小的石块，仿佛弹唱着优美的抒情歌曲。这些石块形状独特、千姿百态，色泽丰富多彩，如果运到城里去肯定可以开一家奇石博物馆。

看着清冽的溪水，我忽然产生一种冲动，恨不得脱光衣服，跳进溪里拥抱、亲吻一块又一块可爱的石头。

夜宿山间小镇，除了感受灯红酒绿的热闹气氛，最为舒适的是呼吸这里大自然清纯的空气。据了解，神农架的空气质量在湖北省排名第一，比鹤峰、利川、咸丰、巴东、建始等有名的生态县区还要好。

神农架林区辖下有6镇2乡，都是保留完好的生态旅游胜地，处处鲜绿，步步为景。光木鱼镇就有神农顶、神农坛、天生桥、官门山、香溪源、龙降坪和国际滑雪场等著名景区。其他乡镇的太和山景区、巴桃园景区、红坪画廊景区、天燕景区和潮水河漂流、中国野人谷、大九湖公园都是享誉五湖四海的名胜美景。

在神农坛景区，我们拾级而上，参拜了华夏始祖炎帝神农氏的巨型牛首人身雕像。中华儿女在这充满灵气的福泽之地，供奉始祖神农氏像，充分彰显了始祖炎帝的丰功伟绩，表达了炎黄子孙对神农氏的敬仰和对始祖文化的发扬光大。

神农坛有主体祭祀区、古老植物园、千年古杉园、蝴蝶标本馆、编钟演奏厅五大部分。站在千年杉王面前，我们肃然起敬。铁坚杉是神农架茫茫林海中最苍劲挺拔的树种。杉王高48米，胸径2.8米，树冠覆盖面积530余平方米，历经了1200多年的岁月沧桑依然枝繁叶茂、葱茏劲秀、昂首云天，犹如擎天一柱展目逶迤群峰、俯瞰幽谷山涧。树身虽然苔迹斑驳，但就像带着翠锈的古青铜器一般坚固，凝聚着千年的风霜，可拍出铮铮的金石之声。我们走在木板铺成的台阶上，绕着杉王转了三圈，虔诚地表达了对杉王的敬意、对大自然的敬意、对华夏大地万物生灵的敬意。

从神农祭坛的石级走下来,便是"金蟾望月"。我们看到广场中央有一块好像青蛙的巨石,石身四周长满了藤蔓,斑驳的外形掩不住饱经岁月的痕迹。金蟾望月旁边立着一块石碑,上刻十六个大字:亿年寿石,万年神农,千年杉王,百年情浓。

来到官门山景区,我们除了游览自然景观,还走到丁涸的小溪谷底捡拾石块。那里有很多非常好看的石头,我们想都搬回来,只可惜太重了。我们还参观了野生植物园、野生动物园,和国宝大熊猫合影留念。在野人洞体验了"野人"的生活场景之后,我们又参观了科考馆、地质馆、生态馆和民俗馆。在神农药园,我们还了解到神农架有 4000 多种植物,可作为中医入药的就有 1000 多种。加上穿梭游走在 20 多座海拔 2500 米以上的山峰和无数山川溪流中的 1000 多种动物,神农架真可谓地大物博、物产丰富,了不起!

三

中华大地,了不起的东西太多了。

享誉全球的中国武术,在中华民族国粹里排名第二,还列在中医中药前面,仅次于中国书法。

中国武术有着悠久的历史,是广大人民群众在长期的劳动实践中不断积累和丰富起来的用于强身健体预防侵害的一项宝贵的文化遗产。晚清以来,中国武术在树立形象、扬我国威方面发挥了巨大作用,多次把扬扬自得、不可一世的来犯者打得屁滚尿流、落荒而逃,让国人精神振奋。

　　武当山,是中国武术发源地之一,距离神农架100多公里。神农架在十堰市南面,武当山在十堰市东端。武当山旅游经济特区位于丹江口市,由十堰市直辖,属正县级行政单位。武当山以其绚丽多姿的自然环境、规模宏大的古建筑群、源远流长的道教文化、博大精深的武当山武术名扬天下,素有"亘古无双胜境,天下第一仙山"之称,先后荣获"中国十大风景名胜区""中国最美十大宗教名山""中国自驾游十佳目的地""欧洲人最喜爱的中国十大景区"等荣誉,是当之无愧的世界文化遗产、国家重点名胜、国家5A级景区、国家地质公园、全国重点文物保护单位、全国十大避暑胜地、中国著名道教圣地。

　　武当山山川秀美,风光旖旎,众峰险峻,气势磅礴,一年四季紫气氤氲、云霞缭绕、风云莫测。看着飘忽不定、神秘空灵的林海景观,联想到许许多多历史故事,更让人感到武当山的神奇玄妙。难怪箭镞林立的72峰、绝壁深渊的36岩、激流飞溅24涧、云烟雾蒸的11洞、玄妙奇特的10石9台等早已饮誉海内外。

四

　　顶,什么叫顶?不登临武当山的金顶真的感受不到顶的含义。

　　金顶景区是武当山的精华部分,位于天柱峰周围,由黄龙洞、会仙桥、朝天宫、清微宫、太和宫和一二三天门等景点组成。

天柱峰海拔1612米，又名一柱擎天，宛如巨型石柱直插云霄。到武当山游览的人都要登临金顶，不然就等于白来。就像到了北京的游客都要去故宫博物院一样。

环保观光车沿登山公路途经磨针井、太子坡、紫霄宫等景区后停在乌鸦岭停车场。我们没有参观附近的南岩，也没有参观榔梅祠，一口气来到了七星树。原来就极陡峭的古石道慢慢变成了狭窄的天梯石级，游人摩肩接踵一步一步往山顶挪动。

石梯贴着石壁迂回，呈螺旋形绕着擎天一柱。这样神奇的天梯古道是怎么凿出来的？山顶上的建筑群是怎样盖起来的？几十吨重的铜器又是怎样运上来的？那是几百年前啊！不要说直升机，就是机动车也没有！

我们经四座塔、百步梯攀登至朝天宫，这里的石级稍微平坦好走，没有垂直向上爬行那么艰难。过了一天门，便到了会仙桥。沿途古树参天，浓荫蔽日。偶尔抬头远望，只觉彩霞拂面，香气清新，渗入心肺，仿佛进入人间仙境。

来到二天门、三天门，登天的感觉更加明显。石梯在石壁上的殿堂祠塔中穿梭，一会儿贴着悬崖峭壁，一会儿挂在半空。因游人太多，我们连抓拍奇景的机会都难以把握。

终于登临天柱峰顶部的紫金城。我进入深深庭院、巍巍宫殿之中，顿觉皇气浩荡，庄严肃穆。

紫金城又称皇城、红城，是环绕天柱峰顶端修建的宫殿，由明成祖于1419年敕建，与北京紫禁城为孪生兄弟。北京城有太和殿，武当山有太和宫，这样的"孪生文化"绝非偶然。

从转运殿出来，我们进入太和宫。太和宫是紫金城的主建筑，建成于永乐十四年，即1416年，现在是全国重点文物保护单位、全国重点宗教活动场所。太和宫分布在海拔1500~1600米的山坡石壁上，布局巧妙，美如天宫，彰显了明朝皇家建筑风格。从太和宫后门走过南天门往右便是灵宫殿。沿着几乎是垂直向上的石级，手脚并用攀爬在悬崖峭壁之中。我们发现，在这段天梯旁边有许多饱经风霜侵蚀的石碑，上面刻有"圣旨"等字。据说这是历代皇帝为展示皇权而设，每一块石碑都有一段非比寻常的故事。

终于爬上了天柱峰顶尖位置的金殿。我们静静地站在仙鹤铜像旁，望着至高无上的金殿浮想联翩。

金殿位于紫金城中央最高处，被东、南、西、北四座天门所簇拥，感觉就好像在太和宫的屋顶上。天柱峰顶峰因金殿而称"金顶"。金殿前面只有几平方米的位置，这里的一草一木、一石一瓦都是珍贵的历史文物。特别是金殿门前的围栏，据说是珊瑚化石建造，堪称举世无双、价值连城。人们挤在一起，怀着敬意，井然有序地参拜或行注目礼。

金殿属于铜铸仿木结构重檐庑殿式建筑，整座铜殿虽然只有数米见方，却是熠熠生辉、高高在上。殿内供奉着五尊鎏金神像，全都是明代的艺术瑰宝。殿中央玄武神像前还有一盏600多年没熄灭过的长明灯，那跳跃的火苗仿佛在告诉每一位游客，金殿太神奇、太有灵气了。金殿的铸造艺术是全球公认的世界奇迹，独特的结构、巧妙的布局、娇美的造型，不但可历经千百年的风雨侵蚀，还能抵抗无数次的电闪雷鸣。

　　据说，金殿中镶嵌有数千两黄金。我们清晰地看到金殿右后角三米高的地方露出一块闪闪发亮的金砖。为了沾一些财气和皇气，游人纷纷手摸金殿。金殿的铜栏、铜柱、铜壁都被摸得金灿灿的。

　　我们绕着金殿转了三圈，然后来到"太岳武当"石碑前拍照留念。站在金顶，放眼远眺，"一览众山小"的感觉油然而生。

　　壮哉，武当山！中华民族的山山水水太了不起啦！

走马芷江古城

一

"八年烽火起卢沟,一纸降书落芷江。"

在中国人民抗日战争胜利70周年到来之际,互联网上传着腾讯的一则新闻:"日本芷江投降彩照首次公布——日方代表坐白旗车示众。"一时间,全球无数网民争相点阅89岁的飞虎队员约瑟夫·德向芷江中国人民抗日战争胜利受降纪念馆捐赠的223张当年他在现场拍摄的珍贵照片。这则消息使世人把目光投向芷江。1945年8月21至23日的历史浮现在人们眼前……

二

孩提时候看连环图,第一次看到了芷江这个地名。后来学习历史和地理时,又多次了解到湘西芷江侗族自治县的一些情况。随着年龄的增长,我慢慢地对芷江有了一些认识,一次,我们有幸到怀化,于是抽了几小时来亲密接触这个充满传奇色彩的地方。

芷江在旧石器时代已有人类生息繁衍。公元前202年即西汉高祖五年时,始设县府,名为无阳县,后来曾改为舞阳、潭阳、卢阳,时称"势居西南第一州""滇黔孔道、全楚咽喉",实为古今军事战略要地。战国屈原,唐朝李白、岑参、王昌龄,明朝薛瑄、王守仁,清朝胡礼篯,民国熊希龄、黄铭功以及陈纳德、陈香梅、沈从文、孔介夫等名人都留下了吟诵芷江古城的佳作。

芷江拥有"抗日胜利芷江洽降旧址""芷江天后宫""芷江太和塔""龙津风雨桥""侗乡鼓楼群""国际和平村""飞龙谷漂流""民俗博物馆"等名景点,特别是前两处还是国家重点文物保护单位。时间有限,我们只能选择性地参观了受降纪念馆、龙津风雨桥、侗族文化村和飞虎队纪念馆四处景点。

三

抗日胜利芷江洽降旧址包括受降会场旧址、受降纪念坊、受降纪念馆、受降亭、受降碑林、七里桥和兵器陈列馆等。

受降会场旧址是三栋建于1938年的两层木结构房屋,有受降会场、中国陆军总司令部、何应钦办公室、萧毅肃陈列室等。现在这里已成为全国爱国主义教育基地。

受降坊是进入景区大门后首先吸引人们眼球的建筑,始建于1947年8月,1985年和2010年先后两次按原照复修,坊上镌刻着蒋介石、孙科、王东原、白崇禧等人的题联、题额。

受降坊的左前方是受降碑林,有一块石碑特别抢眼,上书"冈村宁次并未死"七个大字,提示人们警惕帝国主义。

受降坊左侧是受降纪念馆。由于该馆正在装修,我们未能入内参观。听说为了纪念抗日战争胜利70周年,这里将举行隆重的庆祝活动,党和国家领导人也可能会出席。其实,我们也发现芷江到处都在搞美化绿化和修葺装扮,看来70周年活动那天这里肯定是个重要的分会场。

受降坊的右边就是受降堂和陆军总司令部旧址、兵器陈列馆、萧毅肃陈列室等。

四

芷江侗族自治县面积2099平方公里,人口约40万,既是历史文化名城也是和平之城。芷江机场曾是全国第二大的军民两用机场,距怀化市区31公里,1938年1月开建,占地2000亩。机场旁边就是举世闻名的"飞虎队纪念馆"。

飞虎队纪念馆内有陈纳德将军石雕、中美空军俱乐部旧址和飞虎队援华抗战史实陈列馆等。

1938年,芷江机场修建末期,陈纳德将军应邀从美国来到中国组建航空学校，担任校长，培训了中国首批飞行员。1941年陈纳德将军率美国志愿援华航空队即飞虎队来到中国，帮助中国空军与日本空军展开殊死战斗。到1945年7月抗战胜利，陈将军和他的飞虎队共击毁敌机2600架，是举世闻名的飞虎将军。1945年8月，正当中国人民沉浸在抗日胜利的气氛中时，陈将军告别芷江返回美国。1947年12月陈将军回到上海与陈香梅女士结婚。1957年陈纳德在美国晋升中将。1958年7月，陈将军辞世，享年65岁，美国以最隆重的军礼将其安葬在华盛顿阿灵顿国家公墓。中国人民永远不会忘记这位为和平而战的飞虎将军。

领略腾冲秘境

一

经常听说"云南十八怪",但从云南过来的朋友跟我聊天时却说:"十八怪算什么?腾冲有十万怪,有人正在搜集材料准备编辑出版一本《腾冲十万个为什么》呢!"

于是,我觉得腾冲更加神秘了。

二

腾冲隶属保山市,位于西部边陲,与缅甸山水相连,总面积5845平方公里,相当于增城区的3.6倍。

天生丽质、风格独特的腾冲拥有一座高黎贡山、十面自然奇观、百年翡翠商城、千年古道边关、万年火山热海和88处温泉喷珠溅玉、

99座火山雄峙苍穹……

　　1942年5月,日军入侵缅甸,继而撞开了中国的南大门,占领了怒江以西包括腾冲在内的大片国土。1944年9月14日,中国远征军经过127天的浴血奋战,光在腾冲县城就激战了44天,最终全歼日军,腾冲成为全国沦陷区中第一个光复的县城。

　　关于腾冲的电影、剧集非常多。我最难忘记的是《滇西1944》《中国远征军》《我的团长我的团》《腾越殇魂》,还有《国际大营救》《翡翠凤凰》《滴血翡翠》《烽火铁骑》《大马帮》等。

三

　　我到访腾冲是在七月上旬。仲夏的广州连日平均气温30多度,炎热让人烦躁。而腾冲却清凉舒适,偶尔下一场小雨,晚上睡觉不用开空调还要盖被子。果然是四季如春呀!

　　我们是从瑞丽坐车到腾冲的。腾冲也有机场,叫驼峰机场,由于地势海拔高,又是山区,近来连日雨水造成大雾天气令飞机不能正常在腾冲起落。

　　汽车在狭窄的盘山公路上行驶。我们都有些紧张,毕竟我们走惯了宽敞笔直的马路。我们的导游是一位非常漂亮的傣族姑娘,能言善语,笑容迷人。"你们放心,我每天都在风景优美的怒江流域来回奔跑,安全、舒心。看这青山绿水,赏心悦目。雨停了,蓝天白云就在前面……"她这么一说,我们真的放心了,轻松地看着两边窗外的山岭村庄向后跑去。

喝过青瓜浸泡的纯米酒,吃过以腾冲鸡枞为主菜的午饭,我们来到特产市场。这里的商品让我们大开眼界,除了翡翠、腾药和根雕、石雕工艺品这些较为常见的特产,我们还参观了百宝街等地方,了解到藤编、斗笠、宣纸、果脯、鸡枞、粽包、松花糕、大薄片、稀豆粉等风物的妙处……最让我感兴趣的是高黎贡山茶叶。

高黎贡山坐落于怒江西岸,是三江(金沙江、澜沧江、怒江)并流世界自然遗产的重要组成部分、国家级自然保护区;独特的地质地貌孕育着丰富的资源,独特的地域造就了独特的民族文化;这里的生态旅游资源丰富多彩、得天独厚。高黎贡山茶以普洱为主,尤以古树茶为贵,特别是生长在海拔2000~3000米的千年古树茶。由于地势高、空气好、水分足、无污染,原材料质量特佳,如果是采集一芽二三叶的老树春茶为原料,经过手工晒青,加上独特工艺制成的茶就确为茶中极品了。

我们品赏过几种茶之后,被其无穷香味吸引,纷纷选择、购买。我们知道,在这里500元一斤的古树茶到了广东可能被炒到1000元。

四

汽车驶进美女池温泉酒店已经是下午7点多,但这时太阳还没下山。云南的日照时间比广州要长一个多小时。

吃过晚饭,天完全黑下来,气温也降了,我们穿上了长袖衫,在这里没有半点盛夏的炎热。

据美女导游介绍,腾冲是我国著名的三大地热区之一,全县有八十多个温泉、沸泉,其景之神奇、热力之强大、疗效之绝妙堪称全国之首。

清晨,我步出酒店大门,四面群山环抱,轻雾缭绕。叶尖上的露珠一闪一闪地眨着眼睛,路边小溪里的泉水叮咚叮咚地轻声歌唱,头顶上偶尔有小鸟从这棵树跳到另一棵树并温柔地向我这位远方来的客人问好……

来到热海大滚锅景点,沿着布满奇石的溪边小路往下走,踏过古色古香的石拱桥,进入温泉区。众多的泉眼水汽蒸腾,烟雾弥漫,犹如云雾茫茫的仙界。

大旅行家徐霞客两次来到腾冲,住了40多天,留下了3万多字的精彩篇章。"遥望峡中,蒸腾之气,东西数处,郁然勃发。如浓烟卷雾,东濒大溪,西贯山峡。""环崖之下,平沙一团,中有孔数百,沸水丛跃,亦如数十人鼓扇于下者。"徐的佳句甚多,让腾冲更加名扬天下。

五

世界腾冲,天下和顺。

美女导游说:"如果把腾冲当成一块美丽的翡翠,和顺就是这块翡翠上最水灵的亮点。"

和顺是云南著名的侨乡，曾被中央电视台评选为"中国十大魅力名镇"的第一名。她拥有独具魅力的民俗风情、自然生态、人文精神、经济活力和历史文化。除了陷河、魁阁、双杉和双虹桥、洗衣亭、元龙阁、中天寺、百岁坊等著名景点，还有和顺龙潭、千手观音古树群和艾思奇纪念馆、滇缅抗战博物馆等。

感受白沙古镇

说起丽江,你肯定会对丽江古城、束河古镇、玉龙雪山赞不绝口,或者对泸沽湖、蓝月谷、虎跳峡、黑龙潭、拉市海竖起拇指。可是,我却念念不忘白沙古镇。

白沙古镇就在束河古镇旁边、玉龙雪山脚下。她很低调,也很矜持,静静地走过自己的春夏秋冬,默默地经历千年的岁月轮回,淡淡地看着无奈的世态炎凉,顽强地挺过无尽的雪雨风霜。

在白沙镇政府门前下车,踏上那条铺满沧桑的麻石路,只见两旁古老的砖木房手挽手肩靠肩连在一起,悠长的古街人不多也不少,人们慢悠悠地走走停停,看风景的,拍照片的,卖东西的,买东西的,虽然轻声细语但也笑容满面。不过,古街给我的感觉是心事重重的。

古街两旁的店铺木门木窗大开,店内各式各样的商品琳琅满目,特别是纳西当地的特色产品应有尽有。吃的,用的,看的,听的,玩的,收藏的,送礼的,花样繁多,让人目不暇接。不过,古街给我的感觉是幽雅清静的。

店铺门前摆了很多盆栽，花有红色、白色、黄色，叶是绿色、紫色、青色。偶尔有一两棵并不高大的古树静静地矗立在街边，就像踩着高跷的老人突然出现在古街上。花草树木为沉寂的古街增添了几分生机。不过，我依然觉得老街在负重前行。

怎么说呢，我好像看到了一棵老态龙钟的古树，生命力现在没那么强了，身体上的毛病也多了，在等待第二春奇迹的出现。我也好像看到了一位古稀之年的老人，体魄现在没那么强壮了，身体上的不适也多了，在盼望儿女的归来，给他精神动力。

来到十字街口，果然精神一振。夕阳洒满古街，白云密布蓝天。遥望玉龙雪山，峰顶银光闪闪。这里有一座古老的木牌坊，横额上"白沙"两字显得很斑驳，看得出经历过许许多多的人间冷暖。牌坊附近全是古色古香的木楼，这些造工考究的木楼滔滔不绝地向我们诉说着古街昔日的繁华。

白沙古镇已有一千多年历史，是丽江土司"木氏家族"政权的起源地，也是纳西族的古都，曾经是丽江的政治、经济、商贸和文化中心，被誉为"世界文化遗产纳西古王国之都"，有"最具纳西遗风的古镇""最原生态的纳西村落"之称。

作为纳西文化的重要发源地之一，纳西族木氏土司在白沙积累了丰富的城镇规划和建设经验。可以说白沙古镇就是一座纳西木雕和建筑博览馆。现存于丽江古城的明代木氏土司府就是仿照白沙古镇的木氏土司府邸建造的。丽江古城的四方街也是依照白沙古镇的四方街规划建设的。土司府和四方街现已扬名世界,是丽江游不能不去的打卡点。难怪有人说没有当时的白沙古镇就没有今天的丽江古城。

夜幕降临,白沙古镇更加安静。老街两旁的店铺亮起了昏暗的灯光,没有霓虹,没有喧哗,没有机动车往来,也没有饮食店的烟酒味、吆喝声,有的是更加清新的空气,更加舒适的感觉。

路上的行人越来越少。留守在古街店铺内的居民,围着火塘开始有滋有味地享受他们丰盛的晚餐。他们的脸上洋溢着幸福与满足,他们的生活与世无争。他们沉稳低调,容易满足,不浮躁,不争强好胜,不急功近利。祖祖辈辈留下来的锅碗瓢盆要珍惜利用,大自然恩赐的青山绿水要用心保护。这里,有他们离不开的许多物事。"为什么我的眼里常含泪水,因为我对这土地爱得深沉。"

此时的丽江古城,繁华热闹,灯红酒绿,充满诱惑。束河古镇也是霓虹闪烁,人来人往,夜色迷人。而在白沙古镇,没有喧嚣,没有艳遇,只有人们的沉思和赞许。

原始古朴的白沙古镇依偎着巍峨苍茫的玉龙雪山,静静入睡。昔日的繁华与今天的宁静形成鲜明的反差,更加显示出纳西族人的勤劳开明、兼容并蓄。他们低调,但不排外。千百年来,白沙古镇能够兴旺发达,正是因为纳西族人通过集百家之长实现了多元化共同发展。

早在明代,木氏土司就大力推崇汉文化,从汉人地区聘请了大量的种桑、织丝、刺绣、雕刻、建筑、艺术能手到纳西族人地区共图发展。我们今天在白沙老街看到的古建筑、铜器、石雕、木雕、刺绣、壁画、玉器、服饰等,明显糅合了多民族文化元素,彰显了纳西族人善于发扬各民族优良传统的风格。

　　生态就是财富,保护也是发展。白沙古镇的谦虚和低调,其实是纳西族人的自豪与骄傲。

丽江古城的水

问渠那得清如许，为有源头活水来。

丽江处于长江第一湾的位置，早在1997年入选世界文化遗产名录前就已闻名中外。但我在丽江三天，印象最深的是大研古镇、束河古镇千家万户门前的水。

束河古镇离悦榕庄酒店很近，看上去没大研古镇繁华，但特原始、特生态，水流特清澈。九鼎龙潭、青龙河，每家每户门前的渠、水边的垂柳、光滑的石头路，都能让人感觉到百年历史。破旧的木门、摇摇欲坠的雕花窗门、木屋上的飞檐走壁、屋内的雕梁画栋，都能让人领略到古镇的风貌。

最吸引眼球的是步行街铺面前潺潺流过的渠水。以水为财，每家每户门前都有清澈见底的流水。杨柳招财，有水的地方就有柳树。水能调温，每家见水可调节艳阳照射带来的高温，确保镇中一年四季如春。水可康体，因为丽江处于海拔2400米高原地带，特别干燥，每天与水为伴可保持环境湿润，人体干湿平衡。水能便民，千家万户拿着青菜、萝卜、衣服、碗筷在门口的渠水洗涤，活水长流不息，非常干净，成了居民除饮食外的生活用水。水道多用，一水解千愁，电线、电话线、宽带网线、电视天线、自来水管都安装在渠水通道的两边，解决竖电杆、立铁塔、挖马路、掘沟渠的庞大工程，减少了难以估量的开支。

据说街上渠水是从玉龙雪山引来的冰水，特别清澈、特别凉快，长年保持在5℃左右。玉龙雪山的泉水排到青龙河，进入九鼎龙潭，经过人工截流，分段流进每一道水渠。千百年来，渠水不断。

人民政府为了更好地发挥水的作用，于1996年地震后重新规划，在保留历史风貌的基础上，创新、优化了很多工程，让整个古镇更加亮丽。特别是对生活用水的排放、生活垃圾的处理、空气污染的监测都做得非常到位，确保了历史名城的美好声誉。

面对小桥流水，面对街上如织游人，面对保留完好的古建筑群，面对衣着不一的少数民族朋友，我们觉得这里的人是在仙境里享受生活，而不是在凡尘间寻求生存。

上善若水，和者亲水。晚上，我们特意坐在渠水旁边的如意酒吧听音乐、吃烧烤、品小食、看胖金妹跳舞，还特别叫了一瓶当地最出名的红酒——香格里拉青稞干红，据说这是他们店里最贵的葡萄酒，味道不错。但此情此景，潺潺的渠水早已让我陶醉。我不禁感叹：以水为财，财源广进；无水不欢，欢天喜地。

初识张居正

来到湖北荆州古城，要想仔细游览九大城门及其他主要景点需要整整两天的时间。我们用了一天的时间有选择性地参观了东门、宾阳楼和张居正故居、荆州博物馆以及关帝庙，新北门、大北门、公安门、远安门、古玩城、藏兵洞、关公义园、三国公园、明月公园、九老仙都宫等众多景点就只能下次再见了。

这次荆州之行我逗留时间最长、印象最深刻的就是张居正故居。

一直以来，凡是张氏名人我都特别留意。战国时期的张仪，"汉初三杰"的张良，出使西域的张骞，科圣张衡、医圣张仲景，大将张飞、诗人张九龄、画家张择端、武侠张三丰，还有张学良、张自忠、张治中和才女张爱玲，等等。

然而，说来惭愧，如果不是荆州之行，见识短浅的我还不知道有张居正和张敬修父子俩这么响当当的张氏名人。

张居正故居位于东大门宾阳楼附近。穿过"江陵碑苑"麻石牌坊，从停车场往正门走去，首先看见牌楼上"张居正故居"五个金色大字。一对三四米高的石狮蹲守在门前两侧。大门两边的黑檀木刻着一副对联："上相太师一德辅三朝功光日月，状元榜眼二难登两第学冠天人。"

入门后第二进是"太师居"，这里又有一副有趣的对联："红袖添香细数千家风月，青梅煮酒笑看万古乾坤。"

太师居陈列了张居正的生平事迹简介和后人对他的研究论述。

太师居后面是一个大花园，亭台楼阁，布局巧妙。一尊张居正铜像立在花园中间，在旁边崖柏的衬托下显得庄严肃穆。

雕塑后面的殿堂上方有两个醒目的金色大字"纯忠"。两边的对联是"尔惟盐梅，汝作舟楫"。入门正中竖着一座牌匾，"元辅良臣"四个黑底白字苍劲有力。

纯忠堂后面又有一个花园，花园过去是张文公祠。张文公祠左侧有一座文昌阁。在文昌阁和神龟池中间，有一座两三米高的铜鼎。据说该铜鼎有着许多耐人寻味的历史故事。看着鼎身上流露出来的青色斑驳锈迹和黄色混浊泪痕，就知道它曾经饱受风雨的侵蚀和岁月的历练。

从文昌阁出来，我参观了西花园、捧日楼，还参观了九鸟苑和文化艺术碑廊。由于时间关系，我们没有现场参拜"明相太师太傅张文忠公之墓"，只能暗暗遗憾。

张居正出生于1525年夏初。神龟池的简介中说，他出生前其曾祖父做了一个梦：一轮明月落在水瓮里，照得四周一片光明，然后一只白龟从水中慢慢浮起。曾祖父认定白龟就是小曾孙，于是信口给他取了个乳名"白圭"，希望他来日能够光宗耀祖。

张居正果然非同凡响。5岁入学，7岁能通六经大义，12岁考中了秀才，13岁参加乡试写了一篇优秀文章引起了巡抚大人的注意。16岁那年，张居正便中了举人，23岁那年成了进士。随后，由于张居正不断努力，先后任吏部左侍郎兼东阁大学士、吏部尚书、建极殿大学士。万历年间，张居正成为首辅，代替年幼的皇帝明神宗主持一切军政大事。

作为明代的政治家，张居正悉心研究历代盛衰兴亡的经验教训，认为"为官清廉、治政清平、人民生活安定才能长治久安"，人民的逃亡和反抗"并非老百姓喜欢犯上作乱"，而是"本于吏治不清，贪官为害"，"治国之道，没有什么比安顿民生更为紧迫的；而安顿民生之第一要务就是整顿吏治"。于是，他推行"考成法"，全面加强了内阁的控制、监督和管理功能，使官吏素质和行政效率大大提高。张居正知人善任，使戚继光、李成梁、王崇古、潘季驯、殷正茂等能尽情发挥才能、效忠王朝，得到了人们的爱戴和拥护。张居正"勇于任事，以天下为己任"，使暮气沉沉的大明王朝出现了回光返照的最后一抹辉煌。

作为明代的经济家，张居正推行"一条鞭法"，改变了严重的赋役不均，减轻无地或少地农民的负担，适应社会经济发展的新形势，在我国赋役制度改革发展史上具有划时代的意义。

作为明代的改革家，1573年，张居正推行"考成法"，全面整顿了各级行政机构。1581年，他推行了"一条鞭法"，彻底改变了以往不合理的税赋制度。在军事改革方面，他积极推行"外示羁縻、内修战备"的方针，一面精心选任驻边将领，练兵备战，修治边防要塞，同时训令诸将在边境囤积钱谷、整顿器械、开垦屯田，务必做到兵精粮足、战守有备。

张居正一生勤政清廉。为官多年，张居正一直勤恳、善思、锐意进取，"以天下为己任"。他父亲去世时，按照封建礼教，他应该回家"守制"。但他考虑到国事纷繁、主上年幼，仍然"吉服视事"坚守在工作岗位。这在当时真的是"无人敢为之举"。后来，张居正被奸人所害，死后惨遭抄家。结果，大家发现他的家产微薄，还不到贪官严嵩的二十分之一，人们才知道张居正是清官。

无论古代还是当今，大凡敢于改革创新、真心实意干事者都会得罪别人，张居正也不例外。

张居正在大力整顿吏治、实行政治革新的时候，得罪了御史刘台。刘台多次在皇上面前告张居正的状。张居正没有回老家奔丧，也得罪了吏部尚书张翰等顽固派，被攻击为"忘亲贪位""三纲沦矣"。在惩治贪污腐败和治理军政大事的过程中，他得罪了不少人……

1582年7月，张居正去世。他原来的政敌全部官复原职，张诚、羊可立等人联手陷害张居正。明神宗下令削去了他的官秩，剥夺了他的谥号，查抄了他的家产。张居正的长子张敬修被捕入狱，其他亲属全部充军远疆。1621年，熹宗朱由校即位，才恢复了张居正的官秩。

张敬修也是有名的江陵才子。张居正死后被抄家，张敬修被捕并遭受严刑拷打，他留下绝命书愤然自杀。直到1640年，崇祯帝追复张敬修礼部主事并复武荫，授其孙张同敞为中书舍人。

　　离开张居正故居，我们都沉默不语。张居正以其超人的胆识，利用当时历史舞台所能给他提供的条件，大刀阔斧进行改革并取得了比商鞅、王安石变法更大的成果，但他和他的家人却经历了一场悲惨的政治迫害。真让人唏嘘不已。

　　好在张居正的儿子张敬修留下了张重辉，张重辉又有了下一代张同敞。世世代代，生生不息……

情牵杨家界

一

说到湖南旅游,肯定是张家界、洞庭湖、岳阳楼、韶山冲、桃花源,还有就是凤凰古城、南岳古庙、岳麓书院、橘子洲头……然而,令我感觉最好的还是杨家界。

杨家界,养在深闺无人识。有些人到了杨家界游玩,口头上还是说张家界,都说"我去了张家界",极少人会说"我去了杨家界"。

其实,到了杨家界,说是到了张家界也没错。首先,张家界世界地质公园是一个全球著名的大景区,天子山、杨家界、袁家界都是张家界的姐妹山,于张家界的西北面紧挨在一起,骨肉相连。其次,张家界是湖南的地级市,张家界、杨家界、袁家界、天子山、索溪峪等景区所在的武陵源是张家界下属的一个区。当然,张家界市还有热水坑温泉、大峡谷玻璃桥、天门山国家森林公园和玉皇洞、普光寺等景点，奇山异水，无处不在。

二

我们一行四人只在凤凰古城玩了半天就迫不及待赶往张家界。湖南的朋友特别推荐了武陵源本地的一位美女当我们的导游。

听说我们要游张家界，美女导游说，什么地方都不用去，我就带你们去杨家界，刚好一天时间就能把具有代表意义的景点看完，而且杨家界的峰林、云海比张家界原先那些山头更壮观、更美丽。

景区的套票包含了园内所有的费用。我们每看完一个景点转场的时候都有环保大巴接送，十分方便。而且，上下车基本不用排队，节省了很多时间。

游杨家界当天气温2～6℃，偶有小雨。我们都希望能再冷一点，最好可以见到漫天飞雪的奇景。毕竟我们四个都是井底之蛙，年过半百还没见过下雪。

山上的温度明显比山下低，但我们感到很舒适。可能是山上的负离子含量高，空气特别清新。也可能是我们第一次来杨家界，全新的感觉让人心情特别开朗。

三

坐在车上时，我们就已经被两旁悬崖峭壁形成的独特景观深深吸引，远处的峰林云海更让我们充满期待。

美女导游带我们来到百龙天梯。据说，从山腰到山顶的核心景点，平时靠双脚走上去必须花三四小时。景点看不到一半，天快黑了，游客就迫不得已要赶着下山。现在好了，有了这座百龙天梯，游人可以尽情欣赏山顶上的奇峰异石，饱览峰尖上的青松古木，然后天黑之前慢悠悠地坐缆车回到山腰再坐观光车下山。

百龙天梯耗资约两亿人民币，垂直高度335米，由山体内井和钢构井架构成，采用三台双层全暴露观光并列分体形式运行，是自然美景和人造景观的完美结合。她是世界上最高、载重最大、速度最快的全暴露户外观光电梯，作为"世界最高户外电梯"被载入吉尼斯世界纪录。

我们进入电梯后，92秒便"飞"到了海拔1092米的山顶。虽然电梯装有坚硬的钢化玻璃，但望着脚下的峰林怪石，那种凌空腾飞的惊心动魄至今令我记忆犹新。不少人吓得闭上眼睛一动不动蹲在电梯地板上。大胆的游客则纷纷隔着玻璃拍照，利用这机会留住难得一见的美景。

四

乌龙寨是电影《湘西剿匪记》的故事发生地，也是电影的拍摄地。往前向东袁家界内的山峰还是电影《阿凡达》的取景区，天下第一桥是这个区的核心景点。

我们沿着崎岖的石级步道向上攀登，左边是山石林海，右边是万丈深渊。远远望去，石柱林立，就像大都市的高楼大厦。用照相机拉近距离，能清晰地看到石柱峰林身上长了许多松树，树形独特，千姿百态，十分好看。

抬头往山顶上望去，两座山峰紧挨在一起，中间有一块拱形巨石把两座山峰连成一体，甚为壮观。这座天然的石拱桥被称为"天下第一桥"。

美女导游说，每天都有不少情侣来到天下第一桥合影留念。还有不少情侣成了夫妻后每年也来一次天下第一桥重温旧梦。

亲临天下第一桥，遥望层层峰峦、林海，我们仿佛置身于人间仙境。据说，这里是看日出、日落的绝佳景点。可惜当天阴冷，我们无缘日出、日落的美景。

我们走过望桥台，经过了孔雀开屏、天门初开，来到了连心桥、迷魂台，又步入后花园。每处景点都充分显示了大自然的神奇魅力，果然是"五步称奇，七步叫绝，十步之外，目瞪口呆"。

一群猴子跑到路边向我们搔首弄姿。几只不知名的小鸟，从我们头上缓慢地飞过，一会儿，又飞回来盘旋几圈，好像在向我们问好。之后，鸟儿们飞到远处的石峰林间，慢慢地消失在我们视线之外。

五

杨家界有数十座山峰重重叠叠排成若干行，数百处悬崖绝壁深不见底，场面壮观。最具代表性的景观树咬石、大王藤、五色花、歪嘴岩和最吸引人的景点龙泉瀑、白鹤坪、香芷溪、乌龙寨、空中走廊、天波府遗址等随着杨家界掀开神秘的面纱而"一举成名天下知"。

杨家界往北坐车至袁家界，来到天子山景区贺龙公园。公园正中央耸立着高大威猛的贺龙纪念铜像，游人到了天子山都会驻足铜像前缅怀贺大元帅的丰功伟绩。

贺龙公园地处海拔 1200 米高的千层岩左侧，周边是极佳的观景台。御笔峰、将军岩、仙女散花、众将出海、一指破天等峰林美景尽收眼底。

我们站在天子阁眺望御笔峰，只见石林间雾茫茫、烟缥缈，时而波涛汹涌，时而轻云飘忽，峰柱犹如披着神秘的轻纱若隐若现。一阵微风吹来，奇特的嶙峋石柱顿时清晰可见，连生长在石柱体上千奇百怪的青松也历历在目。

从御笔峰往右观望，著名的"石船出海"赫然在目。太神奇了，石船航行在茫茫大海，轻轻地摇啊摇啊……船尾有一棵形态独特的松树特别吸引眼球。据说有人想出 40 万美金派直升机来把它弄到国外，有关部门说，这是无价之宝，免谈。

再往左边望去，"仙女散花"更是惟妙惟肖。茫茫云海，石峰俏立，朦胧白雾中一位少女渐露倩影。只见她头插鲜花，胸脯隆起，怀抱一只玲珑的花篮，右手抓起鲜花洒向林海、洒向人间。一举一动，婀娜多姿，动作优美，满月似的脸庞挂着淡淡的笑容。

太美了！我们真的艳福不浅。

导游说，如果恰逢茫茫林海漫天飞雪，石柱峰林银装素裹，就更能大饱眼福。可惜，我们未能看到这样令人心驰神往的雪景。

六

从杨家界回来的第三天，导游发微信说，杨家界下雪了。

天哪，又一次与雪景失去缘分，虽不能说抱憾终身，但也确是美中不足。

我闭上眼睛想象着天子山的飘雪，想象着杨家界的冬景……

有时，我脑海里也会构成一幅波澜壮阔的画卷：一轮红日在杨家界层层峰峦上慢慢升起，重重白雾渐渐散开，石柱峰林宛如一幢幢高楼大厦露出真容。同样，我脑海里也会出现晚霞映红了杨家界半边天际，山峰林海沐浴在红霞中的景象，气势恢宏，令人震撼。

我们四人约定，让导游每年都带我们去一次杨家界，一定要看到杨家界的日出和日落，还要看到天子山的雪花飞舞……

速写闽浙赣

一

去过几次福建，厦门鼓浪屿、宁德太姥山、南平武夷山、连城冠豸山、泰宁大金湖、永定和南靖土楼以及古田会议旧址都略知一二，但直到此次闽浙游才知道泉州是福建人口最多的大市，真是有眼不识泉州！

经过两天深入了解，我更是发现泉州亮点纷呈、精彩不断。

大泉州所属惠安的崇武古城、永春的鳌山遗址、德化的竹筏漂流、安溪的长坑瓷窑、南安的叶飞故居、晋江的草庵石刻、石狮的黄金海岸无不让人流连忘返。还有郑成功纪念馆、陀罗尼经幢、清水岩景区、九仙山古刹、百丈岩名胜、双髻山的摩崖、蚁山古遗址、中国雕艺城……无限风光，不胜枚举。

晋江两岸、东西两湖，观音黄巢两山更加风光如画、魅力迷人。

泉州湾是东亚文化之都和海上丝绸之路的起点。泉州湾大桥环城高速是次于港珠澳大桥、杭州湾大桥的又一特大跨海工程。泉州博物馆、海外交通博物馆、华侨历史博物馆……为人们展示了泉州各行各业的人文历史。天后宫、开元寺、清净寺……为游人诉说了泉州宗教活动的传说故事。东西塔、洛阳桥、安平桥……为世人描述了泉州名胜古迹的源远流长。

特别是连接晋江和南安的安平桥，始建于1138年，是1961年第一批全国重点文物保护单位，是世界上中古时代最长的梁式石桥，中国现存最古老的海港大石桥，堪称古代桥梁建筑杰作，享有"天下无桥长此桥"之誉，既是历史之桥、文化之桥、商贸之桥，又是友谊之桥、合力之桥。

深入泉州清源山更让我们大开眼界。

清源山是国家5A级旅游景区，迷人景点星罗棋布，以36洞天、18胜景享誉海内外。虎乳泉、千手岩、清源洞、舍利塔、少林寺都是清源山必看名胜，老君岩更是举世闻名的佳景。

穿过大门后的牌坊，沿着林荫小道边走边观赏碑文石刻；再走过一段木栈道，来到一片参天古林，远远便看见太上老君坐像。

迈着欢快的步伐踏进老君岩山门，顿觉风清气爽、豁然开朗。曲尺形的山门分上下两级，岩石铺砌而成的小广场犹如太极八卦图形。第一级台阶前有一对威严的石狮，据说是守护太上老君的天兵神将。第二级台阶前有两块天然巨石，左边镌刻着"青牛西去，紫气东来"，右边则是"老子天下第一"。小广场两侧有林荫石径和两排充满勃勃生机的古榕树。

拾级而上,便是"老君造像"。造像高5.63米,厚6.85米,宽8.01米,是中国现存最大、雕技最绝、年代最久的道教石雕造像,是道教石刻中独一无二的艺术瑰宝,已被列为国家重点保护文物。该像原是一块天然巨岩,巧夺天工的民间匠人把它雕刻成春秋战国时期著名的哲学家、思想家、道教开山鼻祖老子,充分体现了世人对老子的尊重和对老子"崇尚自然"思想的传承。

站在这座与大自然浑然一体的巨像前,人们无不肃然起敬。这不单是对老君像及周边自然仙境的敬意,也是对泉州人民保护老君岩景观、保护生态环境、祈求天人合一的敬意,更是对中华民族博大精深的道教文化及其无法估量的历史意义的敬意。其实,这就是人类对大自然的敬意。

二

泉州出发,经过莆田,两小时便到了福州。

福州市是福建的省会,人文历史底蕴深厚。闽江穿城而过,汇入东海。城内古迹众多,寺庙祠馆林立,素有"佛国"之称。随处可见的名山、名园、名居、名塔和遗址,丰富了福州一年四季的旅游资源。

福州国家森林公园、旗山国家森林公园、鼓山景区、云顶景区、中国船政文化城、贵安休闲度假区、永泰生态旅游区……都是非常有特色的风景名胜。

南后街是福州首屈一指、人气最旺的经典名胜，享誉世界的国家5A级景区。第一次到福州，游南后街是必不可少的节目。其实，南后街就是三坊七巷的中轴主街。这里可以领略唐宋元明清各类建筑的韵味，可以了解柴米油盐酱醋茶各类交易的情况，还可以感受各行各业民间制作工艺的高超，更可以享受福州各种特色菜肴、风味小吃的美味。

南后街历史文化区位于福州市中心，离省政府和市政府不远，省政府在其北、市政府在其南。附近有文庙、闽王祠、开元寺、中山堂和林觉民故居、林则徐纪念馆。周边还有博物馆、西禅寺、北禅寺、地藏寺。

从八一七北路转弯，由杨桥路进入南后街正门，首先进入视线的是粉墙黛瓦石板路，接着就是牌坊后面枝繁叶茂的大榕树。榕树，是福州的市树，因其四季常青、雄伟挺拔、生机盎然，象征着福州城市精神面貌。牌坊有两副对联，外对是："正阳门外琉璃厂，衣锦坊前南后街。"内联是："仁里拂春风，且看锦肆绵延，琼楼轮奂。广衢萦古韵，共赏书香浓郁，雅乐悠扬。"

南后大街从南至北近千米，两旁商铺林立，大部分保留着明清建筑风貌，有些还复原了唐、宋、元建筑模样。许多商铺门上挂着大红灯笼，各式横额店名宝号别具一格。沿街有不少石雕工艺和盆景花木，把古街装点得更有诗情画意。

沿着麻石铺成的古街从北向南漫步，看见东边左侧第一条横街是杨桥巷，第二横街是郎官巷。西边右侧第一个小牌坊是个圆形拱门，上刻"衣锦坊"三个金色大字，旁边墙上还镶有一个正方形的玉石标牌，上面也有"衣锦坊"三字。走过拱门进入坊内，又看见一条条横巷整齐划一、布局合理。

沿南后街再往前行，东侧塔巷、黄巷依次出现，西侧就是文儒坊。古城墙式的门楼，正上方镶着竖写的"文儒坊"三个金色大字。此处原名叫山阴巷，以在闽山之北故称，后改为儒林坊。北宋时，因"海滨四先生"之一国子监祭酒郑穆居此，又改名文儒坊。明嘉靖年间，兵部尚书张经居此，又称尚书里。

亭台楼阁与古树名木并肩挽手的光禄坊是各朝代名人聚居的地方，以"光禄吟台"闻名于世。

南后街东侧还有安民巷、宫巷和吉庇巷。每一古巷均有店铺无数，且历史悠久各具特色。南后街南段西侧便是闻名遐迩的光禄坊。此处原名玉尺山，又名闽山，以池、台、亭、石、花、木和摩崖石刻著称，其中以光禄吟台最为有名。还有明末古朴木构房黄任故居和清代大木构造、宽敞明亮的刘家大院，吸引无数游人驻足观赏。

三坊七巷起源于晋，完善于唐五代，至明清鼎盛。古色古香的坊巷格局至今保留完整，有著名的古建筑200余座，全国重点文物保护单位就有9处，堪称"里坊制度活化石"和"明清建筑博物馆"。

三坊七巷历史文化街区包罗万象、一应俱全。除了特色美食、名优特产和漆器石刻、玻璃工艺以及古玩文具、装裱艺术，还展示了当地民俗雕塑和花灯文化。依海肉燕老铺、鼎鼎肉松老铺和福州古籍书店、米家船裱褙店以及景福堂珠宝、福州第一茶早已名扬四海、深入人心。

三坊七巷街区人杰地灵,孕育了无数有重要历史影响的风云人物,使这块热土充满了特殊的人文价值,成为福州整个城市历史风貌的重要标志。林则徐、林觉民、沈葆祯、陈宝琛、严复、冰心、林旭、邓拓等,均为福州人民之骄傲。作为福州历史之源、文化之根,三坊七巷文化街区于2009年获"中国十大历史文化名街"称号。

三

离开福建武夷山,很快到了浙江衢州。

经衢州进入金华,往东行,过义乌,即到东阳。沿途广告牌大都是横店影视城的内容:秦王宫、广州街、香港街、圆明园、梦幻谷、明清宫苑、清明上河图、诸葛八卦村、红军长征博览城……

横店镇是从1996年开始出名的。当时,献礼巨片《鸦片战争》的拍摄基地"广州街景区"就在横店。1997年为拍摄历史巨片《荆轲刺秦王》又建造了秦王宫景区。1998年横店又建成了香港街、明清宫苑、清明上河图景区。1999年建成"江南水乡"景区并承办首届"中国农民旅游节"。从此,横店名扬海内外,号称"江南第一镇"。

2000年,国家旅游局局长为横店题词:"中国农民旅游城"。

2001年,横店集团已拥有影视基地、影视拍摄、星级宾馆、旅游接待服务等20多家企业，还开发了浦江神丽峡、东白山和双龙洞等景区。小小横店镇景点遍布，各朝代名胜高度集中，成了名副其实的影视世界。慢慢地，外界忘了"横店镇"，大家都习惯称其为"横店影视城"。

如今，被誉为中国好莱坞的横店创造了多项全国之最：规模最大的电影拍摄基地、面积最大的影视城、空间最大的摄影大棚、数量最多的群众演员、室内最高的大佛塑像，已有的秦王宫、明清宫苑、清明上河图和红军二万五千里长征主题景观等规模均为全国最大。

20年来，在横店影视城摄制的剧集、电影近万部（集）。因其旅游配套设施不断完善，综合服务能力不断增强，2010年，横店影视城跃居全国旅游百强景区第4位。同年，横店影视城被授予国家5A级旅游景区称号。

要全面游览横店影视城各个景点，没有一两个月绝对不行。就是"清明上河图"一个地方，我们都走了大半天。

从1号门进入，迎面就是一座褚红色的城楼。沿左街前行，是"游龙戏凤"景区和影视拍摄区域；往右街方向，是"聊斋惊梦"和"汴梁一梦"景区。我们跨过虹桥走进汴河围内的宋城，该区域取名"梦回大宋"。

众所周知，《清明上河图》是张择端的惊世名作，全长5.28米，真迹现存于北京故宫博物院，世界各地还有30多个临摹和伪造版本。其中现存于台北故宫博物院的明代著名画家仇英的《清明上河图》和清代陈枚、孙祜、金昆、戴洪、程志道合画的《清明上河图》

是原著外最为有名的力作。

《清明上河图》是世界绘画史上独一无二的绢绘长卷，生动地记录了中国12世纪北宋都城东京（汴京，今开封）的城郊繁华面貌和市民生活状态。图中描绘了数量庞大的人物、房屋、船只、车轿、桥梁、城楼以及牛、骡、驴等牲畜。其历史价值、艺术价值、文物价值堪称举世无双。

清明上河图景区基本按图打造。从虹桥下来，进入大宋牌坊，仿佛一下子就时光倒流1000年。步入北宋汴京古城，宋代风格的店铺，麻石铺成的街巷，古色古香的园林，歌舞升平的戏台，来往穿梭的篷船，一应俱全，历历在目。

不少游客穿上宋代服装，戴着古饰，漫步街市；也有不少游客骑着毛驴，坐上马车，随街游荡；还有不少游客披甲戴盔，手握长枪弓箭，准备血战沙场；更有游客身穿龙袍，隆重出巡，众多名臣大将前呼后拥，紧紧相随。

穿过一片风雨萧条的杨柳林，转入一段挂满灯笼的步行街。这里商品琳琅满目，应有尽有。特别是仿古工艺品、玩具古董、琴棋书画艺术，简直就是"大观园"。

来到"吃货天下"，看到某集团公司正在拍摄古装剧集，我们不禁涌上前去，挤在观众之中。有人派发了简单的装饰道具，于是，我们也成了群众演员……

四

为了一早就能目睹三清山的芳容,我们连夜从金华赶到江西上饶。

和许多名山一样,三清山拥有众多的风景名胜,拥有清澈的潺潺流水,拥有挺拔的参天古树,拥有风格各异的亭台楼阁,拥有神秘莫测的仙洞奇岩,拥有……但是,三清山有许多与众不同的独特景观和令人耳目一新的观赏享受。经过三清福地的洗礼,让人心水清、念想清、灵魂清。

我们选择从东面的金沙索道坐缆车上山。放眼远望,云海壮阔,山岳雄浑。俯首脚下,奇峰异石林立,珍奇花木遍布。还没深入景区,早已被美景深深吸引。

三清山被誉为"清绝尘嚣天下无双福地,高凌云汉江南第一仙峰",分南清园、万寿园、西海岸、玉灵观、梯云岭、冰玉洞、玉京峰、石鼓岭、三洞口和三清宫十大景区。

缆车把我们送到了南清园景区半山平台。步出车门,一股清爽的山风扑面而来。我们张开双臂,尽情地享受三清福地赐予的自然气息。

沐浴在温暖的阳光下,我们沿着石栈道向上攀登。沿途山峦茫茫,云卷云舒,还有古树参天,花红草绿。到了女神观景平台,真的让人神魂颠倒,飘飘欲仙。

只见一位"美女"坐在云端之上,和颜悦色,秀发齐肩,风姿绰约。定睛细看，宽额头、高鼻梁、樱桃嘴、圆下巴，惟妙惟肖。我们不得不惊叹大自然的鬼斧神工。这可是一座近百米高的天然花岗岩石峰，就是人工雕琢也难得这么形神兼备、栩栩如生。

女神峰曾叫"思春女神"，意思为想念春天，代表了民间对美好生活的向往。另一叫法是"司春女神"，掌管着民间万物、爱情和春天的到来。你看，她身后一片苍翠的古柏，身前双手捧着两棵茁壮的青松，把春天送到人间。

从"东方女神"景点继续往高处爬行，经过玉女度假酒店，进入"企鹅献瑞"景点。只见一排数十米高的石岩，像数十只毕恭毕敬的企鹅，正在向"东方女神"躬身作揖，虔诚敬意，清晰可见。

从"企鹅献瑞"下坡往东，到了"东方女神"对面的峰林。这是一片悬崖绝壁，壁上峰柱林立，形态各异，蔚为壮观。其中东侧一座百多米高的峰柱极像伸长脖子的巨蟒，这就是举世闻名的"巨蟒出山"。

巨蟒头大腰细，嘴扁而阔，昂首挺立，耸入云端。沿石级转弯，又见巨蟒蛇身窜动，撼天动地。再前行，仿佛见巨蟒吞云吐雾，扶摇直上，冲向云霄。来到石柱正面，只见蓝蓝的天空白云飘荡，仰望蛇头，顿觉巨蟒扑面而来，不禁倒抽凉气。怕过之后，定神细想，原来是云朵移动造成的错觉。

巨蟒峰有许多美丽动人的传说，很多都与"东方女神"和"千年杜鹃"有关。广为流传的是"仰头望星空，日月思爱妻"。也有诗词称："一条巨蟒出山正扑向稀世奇景，却被女神用长藤勒成难以动弹的石形。"

巨蟒出山是阳刚、俊美和善良的象征,东方女神则是爱情、幸福和美好的化身。三清山的象形峰岩不计其数,玉京峰、玉虚峰、玉华峰、天门峰、玉门峰、天柱峰、老子峰、双剑峰、女神峰与巨蟒峰构成了特色鲜明的十大奇峰。

三清山的"奇峰怪石、古树名花、流泉飞瀑、云海雾涛"并称为天然四绝。我们觉得三清山杜鹃谷那百亩杜鹃,特别是满山遍野、高大繁茂、连成花海的千年杜鹃也让游人称奇叫绝,游人无不被这世外桃源、人间仙境所征服。

不用走遍"三清十区",光在南清园,我们就能体会到"览胜遍五岳,绝景在三清"的真正含义。

五

40年前读师范时已闻婺源大名。

在中学当教师的一年暑假,原计划的庐山、婺源、黄山旅行因家庭大事取消。2003年春,我和报社的同事约好3月去婺源看油菜花,因为SARS计划搁浅。2008年5月,我请了年假约几位作家一起去上饶五天游,又因要进行两场为汶川地震举行的赈灾义卖,不能成行。

时至今日,终于亲临其境,饱览婺源胜景。

来到婺源当晚,天阴沉沉的,下着毛毛细雨。然而,一觉醒来,又见阳光洒满大地。一幢幢白墙灰瓦的古建筑,一排排百态千姿的杨柳树,一片片望无边际的油菜花,还有远处一座接一座巍峨壮观的山峰,在太阳温暖下散发出无限的热情和迷人的魅力。

婺源全县处处名胜、步步佳景,婺源江湾景区被授予"国家5A级旅游景区"称号。篁岭、李坑、汪口、熹园、严田、五龙源、文公山、卧龙谷、鸳鸯湖、思溪延村、翼天文化城等都是名扬四海、享誉八方的人间仙境。

婺源古代隶属徽州府,是著名的"书乡""茶乡",被称为"最美乡村"。产自婺源溪头乡龙尾山的歙砚是中国四大名砚之一,已入选第一批国家非物质文化遗产名录。婺源的砖雕、石雕、木雕被称为"古建三绝",远近驰名,全国各地修葺祠堂寺庙大都引入了婺源工艺。婺源绿茶"颜色碧而天然,口味香而浓郁,水叶清而润厚","不独为绿茶之上品,且为中国绿茶品质之最优者"。

迎着八九点钟的太阳,我们来到著名的水乡李坑。

穿过高大的麻石牌坊,沿垂柳步道走过一片菜地,便到了村口溪水码头。这里古树繁茂,还有许多石凳,是夏天乘凉的好地方。石拱桥旁边停着几艘撑着竹篙的小木船。阳光从树叶缝隙照射到水面又折射向小溪两边古老的徽派建筑。小船、拱桥、古屋、蓝天、白云清晰地倒映在水面,简直就是一幅绝美的油画。

沿溪行,只见两岸花红草绿,各式盆景、雕刻巧妙地装点着店门铺面。长长的石板铺成长长的古巷。古巷里面又有众多横巷,巷口古色古香的牌坊构成别具一格的古圩风情。潺潺而流的溪水清澈见底，游鱼可数。数十座各种材质的小桥横跨两岸。岸上游人如织，笑声不断，他们在阳光下，品味着最美水乡的诗情画意。

中午，我们品尝了李坑炙肉、花菇石鸡、清焖荷包鲤鱼等美食，还喝了李坑糯米酒。我们还买了菊花、绿茶、板栗、酒糟香辣鱼等特产和各式各样的工艺品。

到了篁岭景区，更让我们眼前一亮。

乘坐缆车上山，居高临下，如诗如画的古老山村一览无遗、尽收眼底。"U"形山坳，绿树簇拥，梯田环抱，花海无边。玻璃栈道，漂流滑道，木榭古屋清晰可见。扇形走向的建筑群阡陌纵横，构成独特的古村布局。其中，最令人流连忘返的就是天街九巷。

跨过高空玻璃栈道，便看见"天街"上层还有"圣旨"两字的石造牌坊。500多米长的天街，两旁均为徽派古建筑，而且横巷众多，鳞次栉比，十分壮观。官邸、茶居、酒楼、食肆、砚庄、书场、画坊、棋室、鱼池、篾铺、饰店，一应俱全，应有尽有。街上还有主题公园、休闲娱乐室、会议中心和民俗文艺博物馆。有一处墙壁上凿出了一幅中华人民共和国地图，还有一户人家在门前悬挂了一幅由红辣椒和黄辣椒构成的国旗，让游人看了肃然起敬。

最有意思的还是世界上独一无二的"天街晒秋"。千家万户，大院内、屋顶上、墙头、巷尾，红的、黄的，铺在圆形竹窝上，整齐有序地摆在太阳底下，构成了一幅让人浮想联翩、刻骨铭心的民俗风情画卷。春晒水笋、夏晒山珍、秋晒果蔬、冬晒乡俗，已成了篁岭古村独树一帜的农俗景观。

六

景德镇是地级市，东有安徽黄山，南有上饶三清山，西面是南昌、庐山、鄱阳湖。

去世界瓷都，品千年瓷韵。

从高速下来，进入充满绚丽色彩的"景德镇"大牌坊，闪入眼帘的是一只巨大的"瓷碗"。刚好我们就在附近入住。

巨碗碗口向上，上宽下窄，碗身洁白带褚红色花纹，花纹有粗有细，呈波浪形。巨碗高80米，碗底直径40米，堪称世界之最。

"巨碗"是景德镇一座标志性的建筑——昌南里艺术中心。这座10000多平方米的艺术殿堂及周边艺术广场功能多样，集会议演出、艺术展览、艺术拍卖、学术论坛和旅游观光于一体，是展示世界瓷都形象和介绍景德镇历史文化的重要景点。

入夜，通过4D成像投影技术，巨碗外墙勾画出梦幻无穷、绚丽多彩的唯美意境。画面分8种颜色交替出现，时而金碧辉煌，时而庄重典雅，时而像景泰蓝山水画，时而像墨绿色田园风光……巨碗明亮的构图与周边迷人的夜色交相辉映，场景颇为震撼。

景德镇不愧为著名的世界瓷都，充满"瓷"性的景点比比皆是。青花瓷塔、御窑遗址、三宝陶艺、龙珠古阁、三间古街、浮梁古县和金竹山寨都非常有名。随着景德镇瓷器销往世界各个角落，景德镇陶瓷艺术也不断深入人心，这些富有文化底蕴的风景名胜更加美名远扬。

景德镇古窑民俗博览区是国家5A级旅游景区，位于昌江区枫树山蟠龙岗，集文化博览、陶瓷体验、古瓷展示、娱乐休闲为一体，是全国唯一一家以陶瓷文化为主题的国家级旅游景区。周边有明清御窑、紫禁书院、南湖公园、中国古窑馆、中国陶瓷博物馆、景德镇瓷器文化展览馆等，是深入介绍景德镇陶瓷历史文化最为集中的地段。

景德镇古窑民俗博览区分历代古窑展示区、陶瓷民俗展示区和水岸前街创意休憩区三大部分。水岸前街有昌南问瓷、昌南码头、耕且陶焉、前街今生、木瓷前缘等瓷文化创意休闲景观。民俗展区有十二栋明、清古建筑，还有天后宫、瓷碑长廊、陶瓷民俗陈列、水上舞台瓷乐演奏等景观。

走进历代古窑展示区，首先看到一座低矮的棚式古老建筑，棚下有一块古砖砌成的巨型"馒头"，这就是景德镇宋、元、明时期烧制陶瓷的馒头窑。别看这种窑造型简陋，烧成温度可达1300度。当时，景德镇窑工就在这里生产出了代表我国营造技艺和烧成技艺最高水平的瓷器精品。

来到宋代龙窑遗址，游人不禁精神一振。只见龙窑大棚依山而建，顺势逐级而上，与挺拔雄壮、直插云霄的大烟囱连在一起，真像卧于山坡上的巨龙。大棚内的古窑分窑头、窑床、窑尾三级，结构简单但装烧量大。龙窑一般以茅草树枝为燃料，造瓷成本低，余热可充分利用。由于烟囱抽力大，火焰温度持续，可形成烧造青瓷、影青瓷的还原气氛。景德镇湖田、瑶里、丽阳等著名陶瓷产区多以龙窑为主，产量甚大。龙窑为景德镇宋代瓷业发展做出了巨大贡献，现在景德镇还有多处龙窑遗址。

展示区还有明代的葫芦窑、清代的镇窑。它们所用的原料不同，烧制出来的陶瓷产品风格和色相也就别具一格。无论哪一种窑，都显示了景德镇陶瓷技术的成熟和历史文化的源远流长。

七

七仙女是一个美丽的神话，董永和七仙妹的爱情故事更是一个动人的传说。民间流传的文化艺术大都反映了老百姓对美好的追求、对幸福的向往。于是，仙女湖越传越神、越神越名！

据说，七仙女的故乡在新余市西南一带，当地有一风景秀丽的湖，就是七仙女下凡之处。人们把该湖叫作仙女湖。原来的仙女湖不大，随着人工植林、大修水利，现在的仙女湖景区已近300平方公里，并以其"爱情圣地、群岛峡谷曲水、千年水下古城、最大的热带植物基因库"四大绝景闻名于世。

仙女湖最大的特点就是水域纵横交错、岛屿星罗棋布、港口扑朔迷离、植物种类繁多、鸟兽不计其数。全域汇山水洞泉于一身，集秀幽奇美于一体。

游船经过龙凤苑，驶离名人岛、桃花岛水面，与蛇岛、若虹群岛擦肩而过，然后，停靠在龙工岛码头。龙王岛纵横不及千米，但"李回凤举，卓然嚣外，峨峨焉若望庆云之眘轸，浩浩焉似泛沧溟之无极"。游人纷纷拍照留念,定格荒岛壮美一刻。

经过钓鱼岛、会仙台,游船转往爱情岛景区。一上岸,海景码头上一个巨型红心雕塑跃入眼帘。接着,又看见刻有"爱情岛"三个大字的石碑和一把四五米高的同心锁。大铜锁旁有一座玉石,上刻有鲜红的"爱情林"三字。一条鹅卵石径,直通绿林深处。沿着风雨桥前行,只觉两旁绿树成荫,花木飘香,还不时有鸟儿唱着欢歌在头上飞过。

爱情岛上日式风格、欧陆风情的景观街道充满着温馨浪漫的神秘色彩。不少情侣在这里全神贯注地拍摄婚纱照。街的尽头,有一座别具一格的城堡,洁白楼身,尖顶锐角,显得庄严肃穆。鲜红的花海间,生动的树艺旁,碧绿的草丛中,随处可见摄影师的身影。难怪这里被称为世界婚礼大观园、全亚洲超大规模的婚纱摄影基地。可能,仅次于厦门的鼓浪屿吧!

爱情岛有70000多平方米,是国内外少见的以传播爱情文化为主导,以弘扬婚尚文化为宗旨的专题岛屿。岛上聚集了众多爱情文化元素和大量与情侣话题有关的景观,力求为天下有情人打造一个爱的天堂。

踏过望情桥,进入民俗文化风情园。这里空气特别清新,有一种特别宁静的感觉。景区牌坊后面是一片翠竹林,鹅卵石步道迂回竹林中,边漫步边赏景,令人心旷神怡、如临仙境。园内有小型露天剧场,舞台上每天都有独具民俗风情的文艺表演。

民俗文化风情园让人最难忘的还是湖边红叶。舞台后面是一片枫树林。枫树高矮不同，形态各异，像一个个卫兵站在岸上。树叶落在湖边，鲜红的、金黄的、赭赤的，形成一片火海。这片火海亲密接触着清澈的湖水，构成一道难得一见的水火相融的风景线。清风徐来，有红叶飞到水面，飞向水中蔚蓝的天空，与白云相拥而笑、飘向远方……

平遥古城行

平遥古城位于太原往南 100 公里，成城于北魏年间，因其为世人展示了一幅中国汉民族城市非比寻常的文化、社会、经济及宗教发展的完整画卷而被联合国列为世界文化遗产，成为山西旅游业的龙头之一。里面的古城墙、镇国寺、清虚观、城隍庙、县衙署、惠济桥、华北镖局、平遥文庙、金井市楼、日升昌票号、雷履泰故居、天吉祥博物馆等，均为世人所熟悉的景点，吸引了五湖四海、国内国外无数宾客纷至沓来。

据了解，每天来到平遥的游客不下一万人，最多的时候一天近十万。如果按每年 600 万游客算，每天每人花费 300 元，一年下来就要留给平遥 18 亿元！

平遥之所以有吸引众多游客的魅力，离不开以下优势：历史悠久的风土人情、文化内涵；保留完整的古典建筑、原始风貌；丰富厚重的政治历史、宗教文化；星罗棋布的票号遗址、商贾古迹以及极具代表意义的经济发展轨迹。通过平遥古城，人们可以了解中国古代历史，特别是明清时期的封建吏治、宗教文化、经济社会和民居民俗、生活作息情况。

不过，人们可以发现，历代的统治者根本没有想过未来的平遥古城会成为旅游业的亮点，为千秋万代带来无限财富。所幸的是平遥古城被完整地保留了下来。阎锡山时代日本鬼子长驱直入，解放战争时期国民党军弃城而逃，到了1986年国务院公布平遥古城为国家历史文化名城，1997年被联合国列为世界文化遗产，平遥古城得到全面保护。

保护也是发展。平遥古城告诉我们，为了给子孙后代造福，必须以科学发展观统揽全局，以可持续发展的策略建设我们美好的家园。

近几年，我们为了创建广州东部现代化生态新城区，把增城科学地划分为三大板块：北部800平方公里建设生态旅游度假区，中部300多平方公里打造宜商宜居的文化之都，南部600平方公里建成高科技工业园。同时，全方位实施公园化战略，使增城处处是公园，荔乡人民生活在公园里。最近，"两城两区"定位更明确：广州东部国际商务城、国际旅游度假城、国家级经济技术开发区、国家生态旅游示范区。增城必将成为世人瞩目的美丽新城。为了切实让广大人民群众享受到改革开放的成果，增城还致力建设高品位城市，培养高素质市民，发展高质量经济。场馆、路桥、体育设施等工程的建设一日千里。在提升文化内涵和挖掘旅游资源方面，市委、市政府把原生态较好的乡村都列为重点建设对象，历史名人湛若水、崔与之、胡庭兰、陈恭尹、石达开等得到了广泛宣传，增城广场被定位为市民文化活动中心，荔乡新城显示出浓郁的文化氛围。千百年后，现在所做的一切必将成为子孙后代不可估量的宝贵财富。

京津游记

一

1月29日,大年初二清晨,我们已来到天安门广场。是日零下7°C,寒风刺骨。我全身裹得严严实实的,还是觉得手脚冻得发僵,耳朵和鼻尖十分难受。毕竟是第一次经受如此低温的考验。

可惜,这么冷的天气,我们都没有看到下雪。

我已经是第三次到北京。第一次是在当中学英语老师的时候,暑期学校组织旅游,在北京待了五天,没看到下雪。

第二次到北京是我在报社兼管报纸印刷发行工作,到北京印刷学院参观学习,因要跟大队前往山西、内蒙古,在北京只停留两天,又没看到下雪。

作为南方人,特别是我这个从没见过下雪的井底之蛙,真的很想好好感受一下漫天飘雪的味道。这次我特意选择严冬来北京,就是想要尝试雪中打滚的浪漫。

经受这么寒冷的天气却看不到雪，真有点失望。

但是，我们很快就高兴起来。因为，北京太美了。人民大会堂、英雄纪念碑、国家博物馆、故宫博物院、毛主席纪念堂等标志性建筑吸引了我们的眼球。进入紫禁城，更是让我们忘记了寒冷。虽然多次参观，仍觉得百看不厌。

护城河面结了坚硬的冰，我们呼吸时凝结在围巾边的水汽一下子就成了冰花。蓝天白云下的美景，熙熙攘攘、摩肩接踵的人流，还有我们中午进入刘老根大舞台旁边的刘老根饭店用餐时，被暖气烘得浑身发烫。这就是当天留给我最深刻的印象。

下午，我们参观了孔庙和国子监博物馆。北京国子监始建于元朝至元二十四年，即1287年，是中国元、明、清三代国家管理教育的最高行政机关和国家设立的最高学府。

傍晚时分，我们来到了奥林匹克公园。沿着龙背向前走，壮观的景象让人浮想联翩、精神振奋。2008年，中华儿女在这里取得让全世界刮目相看的战绩。

二

不到长城非好汉。

初三凌晨5点多起来，6点准时摸黑出发。据说8点钟前到不了八达岭景区，汽车就得停在几公里外的停车场，那意味着要步行一小时才能到长城景点入口。

在排队坐滑轮车的40分钟里,我一直在想,我们前面的人是不是子夜时分就出发到这里来的?

虽然天寒地冻令手脚发麻,但我们挤在一起、前呼后拥的,感觉温暖了很多。

登高远望,晴空万里,蓝天白云,视野开阔,让人精神振奋。都说北京、天津雾霾严重,这两天我们看到的却是如洗的蓝天、如画的风景。

由于视线好,我们试图遥望康西草原美景,想象着策马奔腾、纵横驰骋的万丈豪情。

下午,我们坐在车上游览了十三陵景区,听导游讲述十三陵水库的历史。接着,我们来到"北京雪世界滑雪场",这次算是亲密接触冰和雪了。虽然我们没能看到下雪的场景,但也在冰天雪地里留下了许多珍贵的照片。

傍晚,游览了挺有特色的什刹海。五彩斑斓的霓虹、来来往往的游人、古色古香的建筑、热闹繁华的景象,让我惊叹北京作为全国政治、经济、文化中心所蕴藏的惊人魅力。

晚餐是非常有地方特色的北京菜,但比不上昨晚在当地著名品牌酒家丰德楼的菜色地道。

饭后,我们几个人没有去王府井逛街。我们私下请司机带我们夜游长安街。这下,我们真的大开眼界了。

上有天堂,下有苏杭,比不上十里长安灯火辉煌!一点不假,大街两旁各种各样的灯饰明亮绚烂、艳丽夺目。

司机非常自豪地为我们介绍：公安部、人大常委会、天安门、建国门、新华门、外交部、市政府、火车站。接着，我们看到了一些中央机构的大楼和最高级别的行业总部。特别是中国人民银行、中国工商银行、中国农业银行，还有中国银行、中国建设银行、中信银行、光大银行、交通银行、华夏银行等金融机构一览无遗。

三

辽宁大厦离昆明湖不远。我们早餐后不用半小时就来到了颐和园，入口处已挤满了等候进园的游客。我再一次感受到这个景区的吸引力，若知名度不高，能够每天都让那么多游客从四面八方涌来吗？

我听到旁边一位东北口音的大汉说："中国就是人多！"

颐和园，始建于乾隆年间，光绪十四年（1888年）改称颐和园，1961年被列为全国首批重点文物保护单位，与避暑山庄、拙政园、留园并称为中国四大名园。1998年入选《世界遗产名录》，2007年被批准为国家5A级景区，2009年入选中国世界纪录协会现存中国最大皇家园林。

从颐和园玉澜堂侧门出来，我们去参观了同仁堂、老胡同，观看了斗蟋蟀等民间活动。

下午参观了天坛公园。这也是世界文化遗产、国家5A级景区、全国重点文物保护单位。天坛始建于明永乐十八年（1420年），乾隆、光绪时曾多次修建，为明清两代帝王祭祀皇天、祈五谷丰登之场所。

傍晚，我们参观完龙潭庙会，专程去全聚德酒家、庆丰包子铺看了一下。听说习近平总记来庆丰包子铺用餐之后，庆丰所有的连锁店都旺起来了。

四

到达天津已是深夜11点多了。

我是第一次来天津，感觉一切都很新鲜。电视塔和小蛮腰相比逊色许多，但我们还是不停地拍照。因为，它叫"天塔"。

我们入住的喜来登大酒店非常气派，从环境到服务，从用具到食品都无愧于五星级宾馆的美誉。

第二天，迎着灿烂的阳光，我们游览了异国风情小区。早晨的气温只有-2℃，但温暖的阳光烤得游人暖烘烘的。

在古文化街，我们了解了"泥人张"彩塑、狗不理包子、桂发祥麻花、杨柳青年画等当地文化和风味食物的特色。

一河两岸的风光基本代表了天津城市容貌。许多市民凿冰捞鱼。他们用绳子捆住一块石头，扔向水面，砸破冰块，将长杆网兜伸进水底。果然，大大小小的鱼都有。一位大叔还捞到了一只2斤多重的甲鱼。

海河是我国七大河流之一，五大支流汇到天津合流成海河。北京、天津都是特大城市、国家直辖市，其历史地位举足轻重。

午饭后，我们参观了利顺德大酒店博物馆。清末民初期间，利顺德大饭店是中国最著名的酒店，由外国财团投资，是我国第一家采用现代管理模式的酒店，也是唯一一家拥有自己的博物馆的酒店。

下午，到达塘沽机场，返程。

长兴颂

太湖西岸,清风徐来。

漫步湖畔,遥望无边无际的湖面,产生无尽的遐思……

长兴的街道整洁亮丽,长兴的人们文明有礼,长兴的花草娇娆、树木挺拔,长兴的山含情、水有意……

长兴的夜,美得让人如醉如痴。

浙北广场周边的高楼大厦,霓虹闪烁,柔和的五颜六色把小城装点得浪漫而诗意。

行政中心前面的五彩喷泉,随着节奏轻快的音乐,把一朵朵细小的水花飞送到池边市民的手上、脸上,送到他们幸福快乐的心里。

大剧院周边人来人往、熙熙攘攘,璀璨的灯光映衬着他们的满脸笑容。

新紫金大酒店雪白的光柱划破长空,太湖君澜大酒店金黄的灯饰鲜艳夺目,长兴国际大酒店斑斓的霓虹让人着迷……

湖边,花前,月下,情侣们坐在杨柳树下卿卿我我,情意绵绵……四处飘香的东鱼坊历史文化街更让人心花怒放。

古色古香的牌坊在明亮的射灯照耀下,更显金碧辉煌。

鳞次栉比的店铺灯火通明,照亮了琳琅满目的各色商品。

花岗岩铺成的步行街上游人如织,摩肩接踵,热闹非凡。

护城河的拱桥上装上了几个半圆的霓虹灯,时而碧绿,时而金黄,时而火红,时而像飞向夜空的深蓝色梦想……

东鱼坊给游客带来了浓郁的地方特色和承载着城市记忆的人文历史,还有那回味无穷的美食、包装精美的特产。

原来破旧凌乱的街区,摇身一变成了长兴雉城的人间仙境;原来冷冷清清的商铺,一下子宾客盈门、货如轮转……

曾经落后的长兴,一跃成为全国文明城市。过去名不见经传,现在远近驰名,令人艳羡……

波密吟

多次梦里神游,淌过天际的波堆藏布河。只因对桃花世界心驰神往,只为听冰川之乡的美丽赞歌。

妩媚的姑娘捧着雪白的哈达,盈盈笑意,款款而过,仿佛易贡的红椒,纤纤美态,热情如火。

青稞酒的醇厚,绝配酥油茶的岁月如歌;羊肚菌的鲜美,恰似高原雪莲的意浓情多;牦牛肉的芳香,媲美波密天麻的神奇效果。

南迦峰顶的冰雪,突然射出一束耀眼的光波,照亮了崇山峻岭的参天古木,还有那一洗如镜的易贡错。

米堆冰川的浪漫,留住了白云朵朵。札木古镇的迷人,赢得了蓝天丽日的衬托。

穿过岗乡云杉林海,忽见古乡湖的辽阔;徘徊湖畔花草丛中,与随风轻舞的彩蝶快活。

湖水,是透明的水。

雪山,是圣洁的山。

蓝天,是纯净的蓝。

白云,是纯洁的白。

盔甲山多么威武,以藏王故里的名义,护卫着如诗如画的人间天堂。扎木红楼多少风波,吹起了雅鲁藏布的江水,净化曼妙动人的雪域江南。那只矫健的雄鹰,为了无尽的思念,为了伟大的梦想,开始新一轮的远航。